Cassandre Lambert

Atalante

I - La naissance d'une guerrière

DJ
Romans
Didier
Jeunesse

À toutes ces héroïnes de fiction
qui m'ont fait grandir
et à ma plus grande héroïne,
Olympe.

« J'ai souvent rêvé d'un lointain pays,
Où tous les gens m'aimeraient comme le plus précieux des amis.
Mille échos de leur joie montent à l'infini
Et leurs voix chantent en moi : tu es né pour cette vie !
Je prends le chemin de mon rêve d'enfance
Vers des lendemains aux glorieux destins.
Parmi les étoiles, je cherche idéal,
Ce monde auquel j'appartiens,
Qui est encore bien loin... »

« Le monde qui est le mien », *Hercule,*
Alan Menken, David Zippel, Luc Aulivier,
Walt Disney Records, 1997.

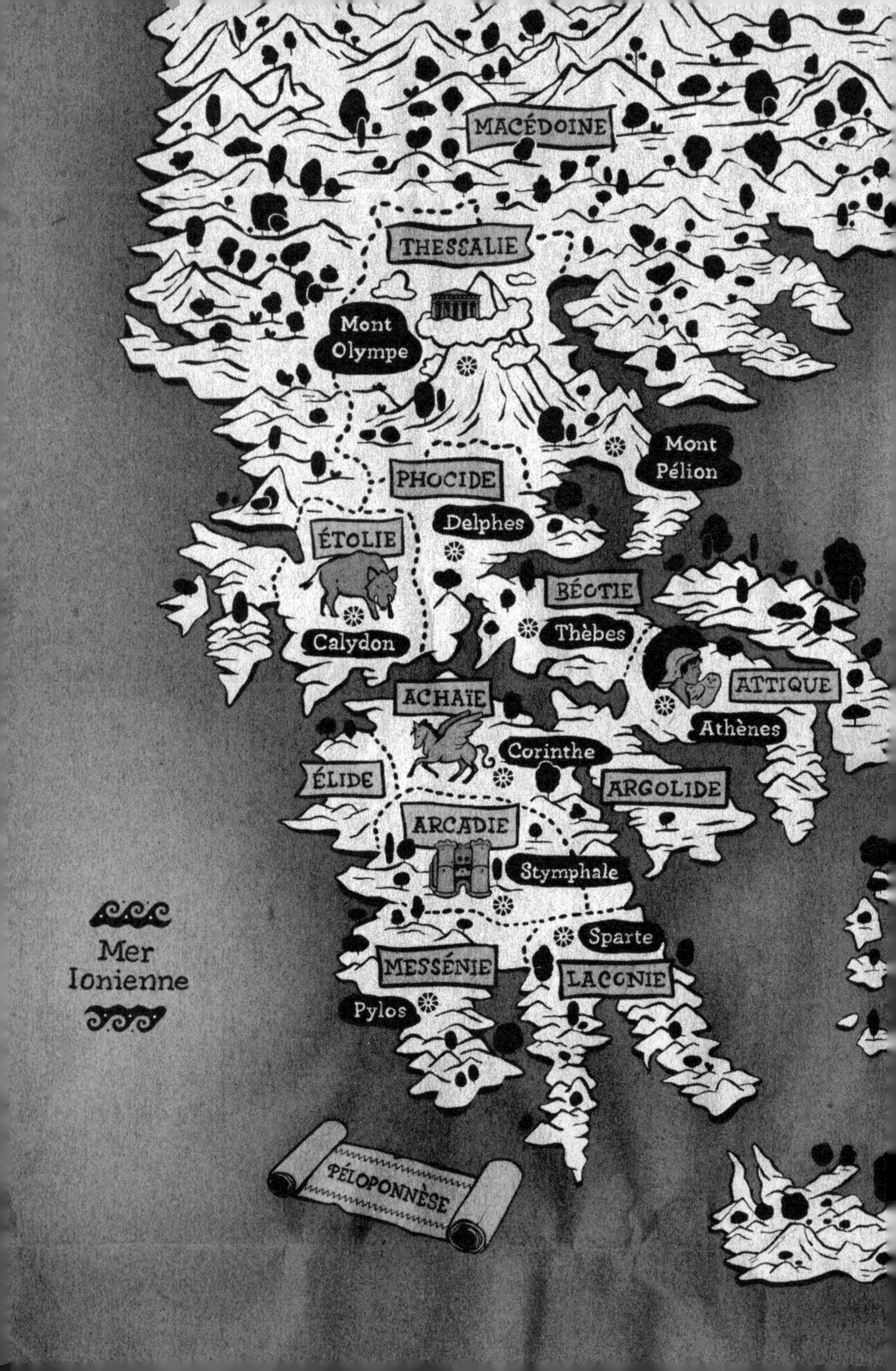

MACÉDOINE
THESSALIE
Mont Olympe
Mont Pélion
PHOCIDE
Delphes
ÉTOLIE
BÉOTIE
Thèbes
Calydon
ATTIQUE
Athènes
ACHAÏE
Corinthe
ÉLIDE
ARGOLIDE
ARCADIE
Stymphale
Mer Ionienne
Sparte
MESSÉNIE
LACONIE
Pylos
PÉLOPONNÈSE

THRACE
Mer Noire
LEMNOS
PHRYGIE
Mer Égée
CYCLADES
CRÈTE

PROLOGUE

Au cœur de la forêt du Pélion, en Thessalie, deux hommes se frayaient péniblement un chemin à travers la végétation. La chaleur écrasante rendait leur progression difficile. Leur peau moite ruisselait de sueur. L'un serrait une machette et sectionnait les lianes qui se dressaient sur leur chemin. L'autre tenait à bout de bras un petit baluchon qui se balançait au gré de ses mouvements.

On aurait pu croire qu'il ne contenait qu'un cageot de pommes, à en juger par la façon dont il portait le ballot, du bout des doigts, et de la négligence dont il faisait preuve en le laissant cogner contre les troncs et heurter les branchages. Mais l'étrange petit paquet cachait en réalité... un nourrisson. Âgé d'à peine une journée.

— « Déposez-le sur le mont Pélion », qu'il disait, grommela l'homme à la machette, entre deux halètements. « Laissons les dieux décider de son sort »... Ils ne peuvent pas sceller le destin du mioche autre part que sur une maudite montagne ?

L'autre joignit ses plaintes à celles de son camarade. Une si longue marche pour une chose aussi insignifiante ! Peu importe où ils l'abandonneraient, le nourrisson mourrait dans la journée. C'était une certitude. Quelle perte de temps !

— Nous pouvons le déposer ici. Personne ne le saura jamais...

Et déjà, il relâchait le baluchon sur un gros caillou moussu. Son compère jeta un regard apeuré en direction des nuages et ses épaules furent secouées de tremblements.

— Les dieux de l'Olympe nous regardent... Zeus en personne !

L'inquiétude qui perçait dans sa voix n'intimida guère le second, qui grogna, exaspéré.

— Bah... Les divinités sont trop occupées à festoyer dans leur palais pour prêter attention à de simples mortels. Elles n'accorderont pas plus d'intérêt à un étrange marmot. Par le Styx, elle me file des frissons dans tout le corps !

En effet, la petite fille n'avait pas le comportement habituel d'un nouveau-né. Elle ne pleurait ni ne gesticulait, et ses grands yeux verts écarquillés détaillaient son environnement avec avidité. Elle donnait l'impression de comprendre ce que les deux hommes s'apprêtaient à faire, et d'accepter son sort.

— Tu as raison, céda l'autre. Laissons-la ici et rentrons retrouver notre roi bien-aimé.

C'est ainsi qu'un bébé fut abandonné en plein cœur d'une forêt hostile.

Contrairement à ce qu'affirmaient les deux truands, les dieux de l'Olympe n'étaient pas insensibles au sort des mortels. Ils se plaisaient à intervenir dans le cours de leur vie, à entretenir des relations charnelles avec eux, à s'immiscer dans leur quotidien ou à leur lancer des malédictions au gré de leurs caprices. Et la destinée tragique de cette nouveau-née rejetée, à qui l'on n'avait même pas pris la peine d'offrir un prénom, ne laissa pas indifférente Artémis, la déesse de la chasse.

Elle fut la première à descendre du mont Olympe pour se pencher sur le baluchon de la petite orpheline, vêtue de ses hautes bottes de chasseresse, de sa couronne de laurier et de sa tunique blanche qu'elle ne quittait jamais.

La déesse avait bien observé la réaction du roi Iasos à la découverte de l'enfant.

« Une fille ?! » s'était-il exclamé, horrifié. « Pourquoi s'encombrer d'un être aussi fragile et inutile ? J'ai besoin d'un héritier masculin ! »

Artémis connaissait bien ce genre de discours, pour l'avoir entendu un nombre incalculable de fois dans la bouche des mortels mâles. Orgueilleux et arrogants, ils n'avaient de cesse de prétendre que leur sexe était le seul digne d'intérêt, et que les femmes devaient se cantonner à leur fonction reproductrice.

La déesse sentit son sang sacré, l'ichor, bouillonner dans ses veines. Ce prétentieux de Iasos méritait une bonne leçon. Il regretterait d'avoir rejeté sa fille, elle s'en assurerait !

Alors qu'elle s'approchait pour desserrer les pans du baluchon, une autre divinité fit son apparition. Une magnifique déesse à la peau d'un blanc laiteux, aux mains fines et délicates et au visage d'une beauté si parfaite que c'en était éblouissant. Aphrodite, déesse de l'amour, adorait mettre son nez dans les affaires de sa sœur. Aussi n'avait-elle pas résisté à la tentation de savoir ce qui avait attisé sa curiosité, au point qu'elle eut besoin de descendre sur terre.

– Ma sœur ! J'ignorais que tu possédais une telle fibre maternelle, se moqua-t-elle tandis qu'Artémis s'était saisie de l'enfant pour la poser contre sa poitrine. Aurais-tu renoncé à ton vœu de chasteté ?

La chasseresse leva les yeux au ciel.

— Évidemment que non.

Aphrodite esquissa une moue boudeuse. En tant que divinité de la séduction, elle ne pouvait concevoir que quelqu'un souhaite demeurer célibataire toute son existence. Elle occupait une bonne partie de son temps libre à présenter à Artémis des prétendants, tous plus beaux et distingués les uns que les autres, dans l'espoir de la voir céder aux délices de l'amour. Toutefois, malgré ses efforts acharnés depuis plusieurs millénaires, Artémis n'avait jamais daigné accorder le moindre intérêt aux hommes.

— Dommage ! Mais ce n'est qu'une question de temps... Tu finiras par changer d'avis.

Ses yeux ourlés de longs cils noirs glissèrent sur la nouveau-née.

— Alors, qu'avons-nous là ? Quel visage extraordinaire ! Quelle détermination ! On la croirait prête à sauter de tes bras pour affronter l'univers tout entier.

Cette réflexion tira un sourire amusé à Artémis.

— N'est-ce pas ? Je comptais bénir cette enfant et lui transmettre quelques-unes de mes capacités, mais on dirait qu'elle n'a nul besoin d'aide...

Aphrodite rejeta sa longue chevelure ébène derrière ses épaules graciles.

— Bien sûr qu'elle a besoin de nous ! Ce n'est qu'un bébé. Elle ne survivra pas une minute dans cette jungle sans nos faveurs.

L'enfant émit un babillement d'approbation.

— Tu vois ! s'exclama Aphrodite, ravie.

Tout à coup, un grondement s'éleva et le ciel prit la couleur de l'encre. Un éclair menaçant se dessina au-dessus d'elles.

– Notre père est en colère..., constata Aphrodite. Je me demande ce qui l'a fait sortir de ses gonds, cette fois.

– Ou plutôt *qui*, rectifia Artémis.

Avec une synchronisation parfaite, un tourbillon se matérialisa devant elles. L'instant d'après, Arès se tenait à leurs côtés, un sourire canaille se dessinant sur son visage aux traits burinés.

– Bonjour, gentes demoiselles ! Voilà un endroit bien incongru pour des retrouvailles familiales.

Artémis soupira. Voilà pourquoi elle préférait la compagnie de ses nymphes et des animaux sauvages. Quand elle chassait, il n'y avait personne pour la provoquer.

– Quel pot de colle ! geignit Aphrodite.

– Mais tu adores ça, glissa le nouvel arrivant avec une œillade appuyée.

La déesse de l'amour minauda un peu, chercha à cacher son ravissement, sans succès. La relation entre ces deux-là variait constamment. Confidents passionnés ou ennemis mortels, chaque jour apportait son lot de rebondissements.

– Je suppose que nous te devons cette merveilleuse météo ? cingla Artémis.

Le ciel s'était obscurci davantage et le tonnerre grondait.

– Qui cherche la lutte la trouve, chère sœur.

L'intéressée se garda bien de répondre. Pour le dieu de la guerre, chaque désaccord était prétexte à l'affrontement. La moindre critique déclenchait un raz-de-marée. Et Arès gérait très mal sa colère, qui prenait vite des proportions démesurées.

– Cesse donc de t'agiter et regarde cette belle enfant, lança Aphrodite.

– Ce n'est qu'un marmot comme il y en a des millions, renchérit Arès, peu impressionné. Voilà bien des manières de femme de s'émouvoir pour si peu...

– La ferme, Arès. Je n'ai pas envie d'écouter tes réflexions vides de sens, siffla Artémis.

Et la forêt s'agita autour d'elle. Des sangliers se rapprochèrent, des renards se pressèrent autour de leur maîtresse et une meute de louves apparut aux abords de la forêt. Bien sûr, toutes les bêtes du monde n'auraient su venir à bout d'un immortel, mais elles étaient en nombre suffisant pour lui infliger une bonne humiliation. Arès cessa de fanfaronner : il n'était pas dans son élément.

– Soit, soit... Que comptez-vous faire pour cette... fille ?

Artémis prit une grande inspiration. Une aura très puissante émanait de ce petit corps. Oui, cette enfant était destinée à de grandes choses... et après l'injustice qu'elle venait de subir, Artémis se fit la promesse de l'accompagner dans toutes ses aventures.

– Je t'offre ma force et ma détermination, souffla-t-elle avec fougue. Et nul être sur cette terre n'égalera ta rapidité.

– Moi, je t'offre la beauté et la grâce, pépia Aphrodite. Aucun homme ni aucune femme ne pourra jamais te résister.

Artémis serra la mâchoire, mais la déesse avait parlé : elle ne pouvait plus rien faire pour changer la donne. Et pourtant, cette bénédiction était loin de la ravir, elle qui considérait le mariage comme une prison dorée.

La déesse de la chasse reposa l'enfant sur la pierre recouverte de mousse qui formait comme un matelas moelleux.

— Retournons sur l'Olympe, soupira Artémis. Voyons ce que nous pouvons faire pour apaiser la fureur de Zeus.

— Pas si vite ! s'exclama Aphrodite en se tournant vers son frère. C'est à ton tour de la bénir.

Arès ravala le rire dédaigneux qui lui chatouillait la gorge. Après tout, pourquoi pas ? Il n'était pas dans ses habitudes d'offrir quoi que ce soit à une fille – pour lui, les grands guerriers étaient des hommes –, mais il décida de se prêter au jeu.

— Tu seras farouche et indomptable..., lança-t-il d'une voix grave.

— Ce n'est pas avec un tel comportement qu'elle trouvera sandale à son pied, marmonna la déesse de l'amour.

— ... et tu n'hésiteras pas à être cruelle et sanguinaire envers ceux qui s'opposeront à toi !

— Il suffit, Arès ! rugit Artémis.

Ce dernier ouvrit les mains en signe de paix.

— Un peu de caractère est toujours appréciable... Tu devrais le comprendre plus que n'importe qui, sœurette.

Il la gratifia d'un clin d'œil moqueur qui finit d'exaspérer la déesse. D'un claquement de doigts, elle s'évapora, très vite suivie par sa sœur et son frère.

Et l'enfant demeura seule.

ENFANCE

CHAPITRE

1

Une ourse sillonnait la forêt en poussant des grognements de douleur. Elle avait mis bas quelques jours auparavant, mais la sécheresse et la chaleur avaient eu raison de toute sa portée. En plus de son immense chagrin, l'ourse souffrait le martyre. Ses mamelles gorgées de lait n'avaient personne à nourrir. Elle errait, seule et démunie, et passait son temps à déchiqueter les arbres pour laisser cours à sa colère et sa tristesse.

C'est alors qu'elle remarqua quelque chose d'inhabituel. Un petit corps recroquevillé sur un rocher couvert de mousse. Elle s'approcha à pas lourds et renifla la curieuse bête. L'ourse n'avait jamais vu une si étrange créature. Elle ressemblait vaguement aux braconniers qui pillaient et abîmaient son habitat : deux bras, deux jambes, absence de poils, de griffes ou de défenses. À la différence près que cet humain-là était minuscule, potelé, et que ses grands yeux innocents lui rappelaient sa progéniture.

L'ourse sentit quelque chose de froid tâtonner autour de ses mamelles. C'était la petite main de la créature, qui avait senti le lait ! L'ourse s'approcha davantage... et la main fut vite remplacée par la bouche du bébé.

Elle consentit à s'allonger, protégeant le corps du nourrisson avec son épais pelage.

Et ne le quitta plus jamais.

Quatre ans plus tard

Tapis derrière un épais buisson d'épineux, deux chasseurs fixaient leur proie. Voilà des heures que les hommes suivaient les traces laissées par le mammifère. Enfin, ils touchaient au but : l'ourse brune était à portée de tir.

Sans avoir besoin de se concerter, l'un des deux chasseurs encocha une flèche. Il banda son arme et les muscles de ses biceps se contractèrent alors qu'il retenait sa respiration.

— Attends ! murmura le second.

Celui qui s'apprêtait à tirer, un grand bonhomme hirsute portant le nom de Cléon, grommela.

— L'angle était parfait, bougre d'imbécile !

— Quelque chose cloche, insista son partenaire de chasse.

Cléon continua à marmonner son mécontentement mais baissa son arc. Il ne l'admettrait pour rien au monde, mais Azariel avait un instinct surdéveloppé et ses intuitions ne le trompaient jamais.

— Elle n'est pas très vive, constata Azariel en détaillant l'épaisse fourrure de l'ourse qui se soulevait et s'abaissait au rythme de ses profondes respirations.

Il s'accroupit avec souplesse. Contrairement à son compère, qui semblait taillé dans le bois du chêne le plus solide, Azariel s'apparentait plus à un roseau : souple et résistant.

— Elle est gravement blessée, enchaîna-t-il. Ça explique les étranges traces qu'elle a laissées derrière elle. Elle traînait sa patte dans la terre.

Cette révélation était loin de les réjouir. Les deux hommes chassaient pour se nourrir, et ils ne pouvaient pas prendre le risque de consommer une chair contaminée. Cette longue traque n'avait été qu'une perte de temps.

– Rentrons au camp avant que la nuit tombe, soupira Azariel.

Cléon, mauvais perdant, émit un chapelet de jurons et fusilla du regard la bête responsable de ses maux. Alors qu'ils s'apprêtaient à tourner les talons, un étrange sanglot retint leur attention.

– Qu'est-ce que...

Les deux hommes se figèrent de stupeur. À côté de l'ourse agonisante se trouvait une fillette aux longs cheveux emmêlés dont le corps nu était recouvert de terre. Ses membres fins et sa petite taille témoignaient de son jeune âge, mais il y avait dans sa posture et dans ses gestes la détermination d'une adulte.

– Une gamine ! s'exclama Cléon.

– Elle est en danger, lança Azariel, chevaleresque. Nous ne pouvons pas la laisser entre les griffes de cette bête.

Sans plus réfléchir, les deux hommes bondirent par-dessus le buisson et se précipitèrent sur l'ourse. Tout à coup, au moment où Azariel s'apprêtait à planter sa dague entre ses omoplates, la sauvageonne s'interposa, écartant ses deux bras fins semblables à des brindilles pour constituer un bouclier. Elle se mit à grogner, dévoilant des dents de lait irrégulières.

– Oh là ! s'exclama Azariel en reculant. On dirait...

– ... qu'elle la protège, compléta Cléon, abasourdi.

La fillette se mit à quatre pattes dans une posture d'attaque, enfonçant ses ongles dans la terre, prête à charger.

Malgré sa franche détermination, son corps maigrelet n'était guère impressionnant et les deux hommes échangèrent un regard interloqué.

— Tu penses que l'ourse est... la mère de cette petite ? demanda Azariel.

Cléon, qui possédait l'esprit le plus pragmatique que la terre ait jamais porté, s'esclaffa :

— Tu rêves, mon pauvre ! Il faut une femme pour engendrer, un point c'est tout.

— Athéna est bien sortie du crâne de Zeus, alors...

Soudain, l'ourse poussa un long râle et la sauvageonne se détourna de ses adversaires pour coller son visage contre le museau chaud de sa mère. L'animal poussa un ultime cri et son corps cessa de bouger. La fillette se blottit contre la fourrure encore chaude de la bête, le visage déformé par une tristesse incommensurable.

— Qu'est-ce qu'on fait ? murmura Azariel. On ne peut pas la laisser là. Elle ne vivra pas deux jours, seule dans cette forêt, si petite et frêle.

Cléon se mit à bougonner. Il ne tenait pas à s'encombrer d'une sauvageonne incontrôlable. En même temps, il ne pouvait guère abandonner une enfant à son sort.

— Le courroux des dieux s'abattra sur nous si nous ne faisons rien, insista Azariel.

Cléon se contrefichait de ces divinités perchées sur leur nuage comme de sa première carie, mais il ne fit aucun commentaire.

— Ramenons-la en Arcadie avec nous. Nous la nourrirons et la laverons. Ensuite, ce sera à elle de décider si elle souhaite rester ou non.

Mais Azariel n'avait pas anticipé que la sauvageonne serait aussi farouche : lorsqu'il s'approcha pour l'attraper, elle l'esquiva avec une vitesse inouïe et reprit ses grondements menaçants avec plus d'intensité encore, en jetant des coups d'œil à l'ourse.

— Elle est vive comme une anguille, se plaignit-il.

Cléon éclata de rire.

— Un grand gaillard n'arrive pas à attraper une fillette inoffensive ? Laisse-moi rire !

— Je t'en prie, puisque tu es si costaud.

Il fit mine de s'incliner. Cléon déposa tout son attirail : couteaux, arc, carquois et munitions, sacoche et fourreau. La petite fille l'observait avec intérêt pendant qu'il se déchargeait. Lorsque le chasseur se rua sur elle, elle lui échappa toutefois d'un geste souple. Il réitéra ses assauts, encore et encore, mais ne parvint même pas à l'effleurer. La gamine découvrit ses dents dans une grimace moqueuse, qui ressemblait étrangement à un sourire. On aurait pu croire que les tentatives désespérées des deux hommes l'amusaient.

— Elle se moque de nous ! s'insurgea Cléon. Elle nous ridiculise !

Son camarade se contenta de rire.

— Il faut croire qu'elle est plus rapide que nous.

Et, sans prévenir, il posa sa main sur le corps de l'ourse. Aussitôt, la fillette plia ses jambes et se propulsa sur le chasseur. L'impact fut tel qu'il bascula en arrière et effectua un long roulé-boulé qui l'entraîna plusieurs mètres plus loin. La sauvageonne était sur lui, ses doigts fins agrippés à sa tunique.

Cléon les rejoignit en courant.

— Azariel ! Tu n'as rien ? Quelle vitesse, c'est inouï !

L'intéressé écarquilla les yeux, à la fois surpris et un peu intimidé.

— Et elle est forte comme un homme, compléta-t-il.

Sa voix grave et douce sembla apaiser l'enfant, qui relâcha la pression exercée par sa poigne.

— Tu t'appelleras Atalante, lança Azariel en se redressant sur les fesses.

Il dépoussiéra ses vêtements. La fillette s'était postée face à lui. Elle pencha la tête sur le côté, à la manière d'un pivert curieux. Et, bien qu'elle ne puisse pas saisir le sens des mots prononcés par le chasseur, elle ouvrit la bouche pour répéter :

— Atalante.

Le prénom sonnait plus comme un râlement déformé, mais Azariel hocha la tête et sourit.

— Tu veux bien venir avec nous, fillette ?

L'enfant, à qui l'on avait enfin offert un nom, cligna des yeux. Azariel tendit sa paume ouverte.

— Nous sommes pareils, toi et moi.

D'un bras tremblant, Atalante posa sa petite main contre celle, grande et rugueuse, de l'homme. Cinq doigts. Pas de griffes.

Cléon aida Azariel à se relever et récupéra tout son attirail. Pendant ce temps, la fillette continuait de fixer le corps sans vie de sa mère, non loin de là. Elle sembla hésiter un long moment.

— Tu es d'accord ? demanda Azariel.

Alors, lentement, Atalante hocha la tête.

Et suivit les deux hommes dans la forêt.

CHAPITRE

2

— Atalante ?

Cléon s'égosillait depuis de longues minutes, renonçant à l'un des principes fondamentaux que tout chasseur digne de ce nom se devait de respecter : la discrétion.

— Cette gamine n'en fait qu'à sa tête...

Il scrutait les branchages à la recherche de son petit corps svelte. À huit ans, Atalante bondissait d'arbre en arbre avec l'agilité d'un écureuil.

— ATALANTE ?

Le chasseur n'avait pas toujours été aussi prévenant avec la fillette. Au début, ç'avait même été tout le contraire. Après l'avoir ramenée au camp, les deux hommes lui avaient offert un morceau du cerf qu'ils avaient abattu la veille. La sauvageonne l'avait englouti en quelques bouchées. Ensuite, Azariel avait entrepris de nettoyer la crasse accumulée sur son visage, mais n'avait récolté que griffures et morsures. Lorsqu'il avait enfin consenti à abandonner, Atalante s'était enfuie dans la forêt comme si Hadès lui-même était à ses trousses. Cléon s'était réjoui de cette fuite inopinée : pas question de s'embarrasser d'une gamine sale et non éduquée ! Pourtant, Atalante était revenue, les suivant petit à petit jusqu'en Arcadie. Discrètement d'abord : en rôdant autour du camp au moment des repas, en pistant les chasseurs alors qu'ils partaient en expédition, en chipant une peau de loup dont Cléon se servait comme matelas... La fillette disparaissait toutes les nuits. Il arrivait aux chasseurs d'entendre une branche craquer non loin d'eux, le froissement d'un buisson, de repérer des traces de pieds dans la terre humide... Mais Atalante demeurait invisible.

Un soir d'automne où le vent glacial soufflait en continu, Azariel avait allumé un feu. Il avait pris l'habitude de laisser une portion de leur dîner à proximité du camp. Cette fois-ci, Atalante s'était rapprochée d'eux. Elle s'était déplacée à quatre pattes, avec un mélange de grâce et de bestialité. Elle avait observé avec fascination les bûches qui se consumaient. Et, lorsqu'elle avait compris que les flammes dégageaient une douce chaleur, elle s'était recroquevillée près du foyer.

– Tu as froid, petite ? avait demandé Azariel.

Pour toute réponse, Atalante avait frissonné.

– Tu as besoin de vêtements, avait-il tranché. En attendant, tu peux prendre l'écharpe de Cléon.

Il avait enroulé délicatement la fourrure de lapin autour de la nuque d'Atalante, qui s'était aussitôt endormie.

– *Mon* écharpe ? s'était insurgé Cléon. Et puis quoi encore ? Il faudrait que je lui cède mon arc ?

Finalement, Cléon ne s'était jamais séparé de son arc, mais en avait taillé un autre dans le bois du plus haut chêne de la forêt du Pholoï et l'avait offert à Atalante pour ses sept ans.

Petit à petit, les deux chasseurs s'étaient pris d'affection pour cette sauvageonne aux yeux d'épervier qui grimpait aux arbres et qui battait tous les animaux sauvages à la course. Ils avaient tenté de lui inculquer les bonnes manières des humains : Atalante finit par accepter de revêtir une tunique mais ne parvint jamais à s'accoutumer de sandales. Ils lui apprirent à parler, à marcher sur deux jambes, à allumer un feu et à ne pas le laisser mourir. La petite fille assimilait vite. Elle apprit à lire et à compter en quelques semaines seulement, grâce à Azariel qui endossait le rôle de précepteur. Le chasseur n'était pas un érudit, mais était doué pour conter les histoires et en inventer d'autres. Atalante se passionna pour les récits des dieux de l'Olympe, et plus particulièrement pour Artémis, dont elle se sentait très proche. Elle réclamait aux chasseurs de nouveaux récits lorsqu'ils se rendaient au village pour se ravitailler.

— Des papyrus, grommelait Cléon. Encore des papyrus ! Je n'ai pas les moyens de payer tout ce papier !

Cléon n'était pas un savant et n'avait pas apprécié qu'une fillette haute comme trois pommes retienne les lettres de l'alphabet avec une telle facilité, alors que lui n'en avait jamais eu la patience. Il n'avait pas besoin de décrypter des lignes et des lignes sur un parchemin pour attraper du gibier et dépecer un lièvre. Il laissait volontiers à Azariel le soin de déchiffrer une carte. « Vrai chasseur n'est armé que de son arc et de son courage », répétait-il. Ce qui ne l'empêchait pas d'écouter d'une oreille attentive les histoires qu'Azariel relatait au coin du feu pour endormir leur protégée et, quelques semaines plus tard, de glisser des suggestions de nouvelles épopées à son camarade.

— La connaissance des mots conduit à la connaissance des choses, Atalante, répétait Azariel.

— Et la connaissance du gibier conduit à un ventre bien tendu ! répliquait Cléon dans un rire gras.

Atalante aimait beaucoup écouter les récits d'Azariel. Mais ce jour-là, son ventre gargouillait : elle prit donc le parti de Cléon.

— Et si tu nous accompagnais au village ? J'ai entendu dire qu'un aède se produit ce soir. C'est l'occasion de découvrir de nouvelles légendes, proposa un jour Azariel à la sauvageonne.

La petite fille avait secoué la tête avec énergie.

— Je te fais confiance pour tout me raconter. C'est toi, le meilleur conteur !

Ainsi Atalante n'avait-elle jamais mis un pied hors de la forêt. Elle se plaisait même à échapper à ses protecteurs des heures durant et à ne réapparaître qu'à la tombée de la nuit, comme c'était le cas aujourd'hui.

— Par Zeus tout-puissant, je vais...

Azariel aiguisait un de ses nouveaux couteaux avec un léger sourire aux lèvres. Il adorait voir son ami prétendre qu'il ne s'intéressait pas le moins du monde à cette gamine.

— ATALANTE !

Enfin, une petite tête brune fit son apparition. La fillette avait enroulé ses jambes autour d'une branche et se laissait choir, ses longs cheveux pendant dans le vide.

— Oui, Cléon ?

Elle ponctua sa question d'un battement de cils espiègle qui aurait pu émouvoir un caillou.

— Où étais-tu passée ? Nous n'allons pas attendre qu'Atlas s'écroule sous le poids du monde pour dévorer ces cuisses de lapin !

Atalante se redressa d'un coup, puis bondit de branche en branche, indifférente au vide sous ses pieds. Ni Azariel ni Cléon ne jugèrent utile de la réprimander. Azariel avait beau tenir son rôle de précepteur d'une main de maître, il ne connaissait rien aux subtilités de l'éducation d'un enfant. Et puis, Atalante n'était pas une fillette comme les autres. Elle soulevait des troncs d'arbre et courait sans s'épuiser sur des distances impressionnantes : ses capacités physiques continuaient d'estomaquer les chasseurs jour après jour. Aussi, Atalante avait grandi sans acquérir aucune notion du danger ou de la mort. Nul défi n'était trop grand pour elle. Rien ne parvenait à l'effrayer, à l'exception, aussi incompréhensible que cela puisse paraître, de ces petites chenilles poilues qui se collaient aux vêtements.

– J'arrive, Cléon !

Elle effectua un formidable vol plané qui aurait brisé les jambes de n'importe quel humain normalement constitué.

– Vous auriez pu commencer sans moi, dit-elle en s'écroulant sur le long tronc à proximité du foyer.

Les deux hommes avaient adopté un mode de vie nomade : ils levaient le camp quasiment tous les jours et ne s'installaient jamais nulle part. Elle se remémora les paroles d'Azariel : « La forêt est une maison. N'oublie jamais que nous sommes ici en tant qu'invités, et que nous n'avons pas à décréter qu'une parcelle de terre est nôtre. »

Atalante, qui pensait y être née, n'arrivait pas à concevoir qu'elle ne puisse être qu'une invitée. Car alors, quelle était sa maison ? Où était sa place ? À l'aube de son neuvième anniversaire, les questions sur ses origines s'entrechoquaient dans son esprit. Interrogations auxquelles aucun de ses deux parents adoptifs n'avait de réponse. Ce mystère la plongeait parfois dans une profonde mélancolie dont elle n'arrivait pas à s'extraire.

– Tu es la fille d'une ourse, affirmait tantôt Cléon.

Mais Atalante savait que son corps ne ressemblait en rien à celui du mammifère, même si elle conservait près de son cœur des souvenirs flous d'une vie passée en compagnie de l'animal.

– Pourquoi pas la progéniture d'une dryade ? avait suggéré un jour Cléon.

Cette idée n'enthousiasma guère Atalante. Il lui arrivait de croiser de temps à autre ces nymphes des bois frivoles qui passaient leur temps à se contempler dans les flaques ou à barboter dans les cours d'eau en chantant. Sinon l'amour pour la nature, elle n'avait absolument rien en commun avec elles.

– Ça ne m'étonnerait pas que l'ichor sacré des dieux coule dans ses veines, avait lancé Azariel.

A contrario, cette supposition l'enchantait. Pour vérifier, Atalante s'était volontairement ouvert la paume avec une pierre tranchante. Mais, comme toutes les fois où elle s'était coupée auparavant, son sang demeurait rouge comme celui des mortels.

Malgré les nombreuses hypothèses, le mystère demeurait entier.

Après un dîner copieux, quand Cléon eut fini de lécher tous ses doigts pour aspirer la dernière goutte de jus, Azariel extirpa un nouveau rouleau de papyrus de sa besace. Atalante s'installa près du brasier qui ne l'impressionnait plus du tout et s'enroula dans une peau de renard.

Le chasseur entreprit de narrer la naissance d'Héphaïstos, le dieu du feu et de la forge. Le fils de Zeus et d'Héra était si laid que cette dernière n'avait pas hésité à le jeter de l'Olympe, le jugeant indigne de séjourner parmi les divinités. La chute provoqua à Héphaïstos une blessure qui le fit boiter toute sa vie. L'injustice et la cruauté de cette histoire tirèrent à Atalante une larme. C'était la première fois qu'elle pleurait pour autre chose qu'une blessure physique, et pourtant, son cœur la faisait souffrir.

— Ton histoire m'a fait mal, geignit-elle en pressant la main contre sa poitrine.

Azariel la couvrit d'un regard attendri.

— C'est bien. Ça veut dire que tu as du cœur. Que tu es sensible au sort des autres.

— J'ai envie de l'aider, poursuivit-elle.

— Tu es forte. Le destin t'a offert des capacités physiques hors du commun dans un but. Quand tu seras grande, tu pourras aider tous les laissés-pour-compte comme Héphaïstos. En les protégeant.

— Quand serai-je grande ?

Azariel tapota doucement le sommet de son crâne.

— Patience, souffla-t-il. Il te reste encore beaucoup à apprendre.

Atalante grimaça de déception. Si elle adorait apprendre, la fillette aimait davantage *agir*. Dans sa forêt, tout était calme et paisible. Mais dans les histoires du chasseur, l'injustice rythmait le quotidien des hommes qui s'entredéchiraient pour un oui ou pour un non. Atalante ne le supportait pas.

— Assez d'histoires pour aujourd'hui, décréta Azariel. Je tombe de sommeil.

Atalante et Cléon poussèrent de concert une exclamation dépitée.

Tout en haut de l'Olympe, Artémis surveillait sa petite protégée à travers une boule de cristal offerte par Héphaïstos lui-même pour lui permettre d'observer tous les mortels à n'importe quelle heure du jour et de la nuit. Elle avait assisté à l'échange de ce soir et était ravie de constater le désir de justice naissant d'Atalante.

La déesse reprit une gorgée de son savoureux nectar en souriant. Elle avait hâte d'être témoin des prodiges d'Atalante qui, elle en était certaine, ne tarderaient pas à se manifester.

CHAPITRE

3

Atalante grandit. Avec les années, sa fougue et son énergie inépuisable furent démultipliées, à tel point que les deux chasseurs ne parvenaient plus à tenir le rythme.

— Elle court beaucoup trop vite pour nous, déplorait Cléon.

— Sa maîtrise de l'arc est tout simplement prodigieuse, soulignait Azariel.

Atalante passait ses journées à pêcher, chasser, cueillir, traquer. Elle excellait dans tous les domaines à tel point que, bientôt, elle n'eut plus rien à apprendre des deux hommes.

— Suis-je grande ? demandait-elle régulièrement.

Elle espérait que ses protecteurs la jugent assez âgée pour prendre son envol. Aussi vaste que fût la forêt du Pholoï, elle commençait à s'y sentir à l'étroit. Elle connaissait chacune de ses souches, ses renfoncements, ses collines et ses cascades où se prélassaient des nuées de nymphes. Grâce à sa rapidité exceptionnelle, elle pouvait parcourir de grandes distances en un court laps de temps. Elle se sentait prête à partir à l'assaut du vaste monde. Envolée, l'époque où elle refusait de mettre un pied hors de sa chère forêt : les histoires d'Azariel l'avaient inspirée. Car voilà à quoi la fillette aspirait à l'aube de ses dix printemps : vivre des aventures. Même si, d'après Cléon, les autres contrées n'avaient pas grand intérêt.

— Pourquoi partir alors que nous avons tout à portée de main ici ? Tu ne trouveras pas d'endroit plus beau et plus généreux.

Azariel savait bien que les réticences de son compagnon étaient dues à la peur de voir partir leur petite protégée, mais il ne cherchait pas à le contredire, et pour cause : il partageait les mêmes craintes !

— Parce que tu as visité toutes les contrées possibles, peut-être ? répliqua Atalante, dont la langue s'était affûtée en même temps que les muscles.

Atalante voulait faire ses preuves. Et le destin lui offrit cette opportunité.

Depuis plusieurs semaines, deux centaures semaient la discorde dans les villages environnants. Les bandits, connus sous les noms de Rhoecos et Hyléos, prenaient un malin plaisir à sillonner les hameaux et à jeter des torches enflammées sur les toits des granges et des silos, par simple jubilation de voir la terreur transparaître dans les yeux de leurs victimes. Ils s'aventuraient parfois jusqu'à la forêt du Pholoï pour chasser et ne manquaient pas de terroriser les dryades qu'ils croisaient. Atalante ne les avait jamais vus, mais Azariel avait été témoin de leurs accès de violence envers les créatures.

— Sont-elles blessées ? demanda Atalante, qui s'était déjà saisie de son carquois pour partir sur-le-champ à la recherche des brigands.

Azariel, toujours aussi impassible, lui offrit un sourire énigmatique.

— Les dryades sont bien trop malignes pour eux. Elles se sont toutes transformées en arbres et les centaures se sont cassé le nez sur leur écorce !

Une vague de soulagement enveloppa Atalante. Elle s'était trompée sur le compte de ces nymphes de la forêt. Elles n'étaient finalement pas si faibles et superficielles, mais savaient se défendre lorsqu'il le fallait !

Toutefois, cette heureuse nouvelle ne l'apaisa pas tout à fait. Les centaures couraient encore et, tant que personne ne s'opposerait à eux, ils continueraient à terroriser la population. Comme s'il lisait dans ses pensées – et c'était presque le cas, après toutes ces années à la côtoyer –, Cléon s'écria :

— Je t'interdis de t'approcher d'eux ! Ils sont dangereux, tu entends ?

Atalante ne prit même pas la peine de répondre. Ils ne pouvaient pas le lui interdire ! Une lueur bestiale s'alluma dans ses yeux tandis qu'elle s'éloignait des deux chasseurs. Cléon marmonna à propos de puberté et de jeunesse intenable, tandis qu'Azariel la regardait disparaître dans les bois. Le chasseur était un fin observateur et avait déjà remarqué cette expression obscure chez sa protégée lorsqu'elle évoquait sa volonté de rendre le monde meilleur. D'où venait-elle ? Et comment faire en sorte que cette étincelle ne s'embrase pas trop ? Azariel craignait qu'Atalante ne confonde justice et vengeance, punition et méchanceté. Il s'était efforcé de lui transmettre les valeurs qu'il jugeait bonnes, notamment à travers les histoires qu'il lui contait, mais il sentait que sa fille adoptive lui échappait. Bientôt, il n'aurait plus aucune prise sur elle. Et ce serait à elle de suivre son propre chemin. Azariel eut le sentiment que quelque chose d'important allait se produire.

Ses intuitions ne mentaient jamais. Quant à savoir s'il s'agissait d'une bonne ou d'une mauvaise prémonition, seul l'avenir le dirait.

Atalante zigzaguait à travers les bois. Ses pieds nus s'enfonçaient dans la terre humide, ses cheveux voltigeaient derrière sa nuque tandis qu'elle fusait à la vitesse du vent. Contrairement à ce qu'elle avait laissé croire à Cléon, elle n'avait pas l'intention de poursuivre les centaures. Du moins, pas maintenant. Même si l'envie la démangeait affreusement.

À la place, elle gagna sa cachette secrète. Depuis quelques mois, Atalante s'était aménagé un petit chez-elle. Elle avait découvert l'endroit lors d'une longue escalade à la recherche d'œufs de caille. Sur une des plus hautes montagnes d'Arcadie se trouvait une vaste grotte dissimulée par un rideau de lierre qui grimpait tout autour de l'antre et protégée par un précipice. À l'intérieur, des eaux vives et fraîches coulaient à profusion, nourrissaient quantité de plantes et d'herbes. On y trouvait de grosses grappes de raisin qu'Atalante entretenait avec soin, de l'hyacinthe et toute une variété de fleurs qui contribuaient à embaumer le lieu. Atalante avait fabriqué une couchette confortable avec la peau de bêtes chassées, une table avec du bois coupé et même des coffres où elle entreposait ses trésors : des coquillages récupérés au fond d'un lac où rôdaient de dangereux piranhas, un gland qui reposait tout en haut de la plus haute cime de la forêt, des pièces d'or égarées par des voyageurs et tout un bric-à-brac qu'elle conservait précieusement.

Atalante n'avait jamais parlé de cet endroit à ses pères adoptifs. Elle craignait qu'ils ne la sermonnent, eux qui aimaient tant leur mode de vie nomade. Avoir un endroit à elle, même provisoire, lui semblait pourtant indispensable.

Elle plaça ses mains en coupe pour recueillir un filet d'eau qui ruisselait sur la paroi de la grotte et s'hydrata. Puis elle coupa une généreuse grappe de raisin et s'avachit sur son lit de fortune. Elle tira un de ses coffres, vida son contenu (des fleurs séchées et des os de différents animaux pour confectionner des armes) et appuya pour libérer le double fond. Enfin, elle extirpa un épais papyrus craquelé. Elle se souvenait encore de la première fois qu'Azariel l'avait déroulé. Il arborait un de ses inimitables sourires mystérieux, et avait déclaré : « J'ai trouvé ça en fouillant dans les archives d'Orchomène. Je pense qu'il peut te plaire. »

Le titre, d'abord, l'avait interloquée : *La Légende des Amazones*. Mais ce n'était rien en comparaison du contenu, qui relatait l'origine et les aventures d'un groupe de chasseresses établi le long de la mer Noire, vers la Colchide, sur les terres les plus à l'est. Vaillantes guerrières, ces femmes n'hésitaient pas à se trancher un sein pour faciliter leur maîtrise du tir à l'arc. Après avoir entendu cette légende, Atalante songeait sérieusement à reproduire la tradition de ces courageuses traqueuses. Pour le moment, bien sûr, elle était plate comme les falaises qu'elle escaladait. Mais elle devait admettre que la mutilation la terrifiait. Et puis Azariel avait affirmé qu'elle n'avait pas besoin de recourir à ce genre de pratique pour exceller au tir. Il avait même ajouté qu'elle battrait à plates coutures toutes les Amazones à la chasse ! Ce compliment l'avait fait rougir de plaisir jusqu'à la racine des cheveux.

Atalante savait qu'elle était douée : après tout, elle ne ratait jamais ses cibles, qu'elles soient mouvantes ou immobiles, contrairement à ses deux précepteurs. Mais de là à imaginer qu'elle puisse égaler les Amazones dont parlait le mythe... Une chose était sûre, elle rêvait de les rencontrer. Mieux : de faire partir de leur clan. Chevaucher dans la forêt aux côtés de la légendaire reine Hippolyte... Sans compter qu'Artémis elle-même s'était prise d'affection pour les chasseresses et se joignait à elles régulièrement. Chasser avec une déesse. Atalante osait à peine y croire.

Dans cette grotte isolée, elle se fit la promesse d'intégrer un jour les Amazones. Serrant le rouleau contre sa poitrine, elle se sentit à la fois survoltée et habitée d'un étrange sentiment de sérénité.

Alors qu'elle commençait à s'assoupir, des rires parvinrent jusqu'à elle. Atalante se redressa, tous les sens en alerte. Il était rare d'entendre autre chose que le chant des oiseaux et le bruissement des cascades, par ici. D'autant que cette tonalité rauque ne ressemblait en rien aux voix mélodieuses des dryades. Atalante s'empara de son arc et jeta son carquois sur ses épaules. Sa poitrine se serra comme chaque fois qu'elle pressentait un danger, qu'un prédateur approchait d'un pas feutré.

Elle trottina jusqu'à l'entrée de la grotte et écarta les pans de lierre. À travers l'ouverture, elle découvrit les deux centaures tant redoutés, Rhoecos et Hyléos, s'amusant à embraser des buissons à quelques pas de là et à décapiter des rongeurs. Ces deux-là ne chassaient pas pour se nourrir, mais pour le plaisir de tuer. C'était tout le contraire des valeurs transmises par ses pères adoptifs, et Atalante éprouva une répulsion dans tout son corps.

Les centaures étaient beaucoup plus imposants que dans son imagination : leurs jambes puissantes battaient la terre, leur corps de cheval n'était que tendons saillants et muscles affûtés. L'odeur âcre de la fumée s'infiltrait déjà dans son refuge. Elle ne pourrait pas les laisser réduire sa précieuse forêt en cendres sans intervenir, toutefois il fallait les observer avant de se décider à agir. Les avertissements d'Azariel et de Cléon retentissaient dans son esprit. Elle les ignora.

Elle descendit silencieusement la falaise en s'accrochant aux lianes puis bondit sur une branche, laissant une distance raisonnable entre elle et ses ennemis. Elle n'était pas imprudente au point de s'émanciper de toute précaution, d'autant plus qu'elle était seule. Une fois certaine d'être postée dans le bon axe et à portée de tir, elle plaça ses mains en porte-voix.

— Hé, vous deux !

La fumée qui ne cessait de croître lui déchira la gorge. Les deux centaures firent volte-face et mirent quelques secondes avant de la localiser.

— Qu'avons-nous là ? susurra Rhoecos, aisément identifiable à son œil manquant.

Il bomba le torse et tendit la torche enflammée en direction d'Atalante.

— Un oisillon perché sur sa branche…

— Un oisillon égaré ! compléta Hyléos, hilare.

Atalante serra la mâchoire. Elle n'avait pas encore armé son arc – elle privilégierait toujours la discussion, comme le lui avait enseigné Azariel –, mais elle doutait que la diplomatie suffise à calmer ces deux énergumènes.

Elle désigna le champ de carcasses à moitié carbonisées qui gisaient tout autour d'eux.

— Vous avez clairement de quoi vous remplir l'estomac ! clama-t-elle. Cessez de détruire la forêt et allez-vous-en !

Les centaures échangèrent un regard interloqué. Comment cette frêle gamine osait-elle s'adresser à eux sur ce ton ? Après un moment d'hébétude, ils éclatèrent de rire.

— Sinon, quoi ? rugit Rhoecos. Qu'est-ce que tu vas faire ? Nous chatouiller avec tes petites plumes ?

— Cette morveuse mérite une bonne leçon, enchaîna Hyléos.

Et, sans prévenir, il chargea droit sur le perchoir d'Atalante. Sa force prodigieuse fendit le tronc d'un seul coup, déchirant l'écorce dans un craquement horrible. Atalante bondit, évitant de justesse d'être écrasée par l'arbre. Elle se réceptionna avec grâce et souplesse sur le sol.

— Pas mal, pour une gamine..., siffla Hyléos, qui ne semblait pas le moins du monde essoufflé après sa démonstration de force.

— Je ne le répéterai pas, dit Atalante. Partez.

Pour ponctuer son propos, elle décocha une flèche qui se planta à quelques centimètres de son sabot, en guise d'avertissement. Son cœur s'emballa, mais son visage, masque de détermination, ne trahissait pas sa peur.

— Les armes ne sont pas pour les fillettes, grinça Rhoecos.

Une nouvelle flèche se ficha dans la terre, frôlant son jarret. Si vite que les centaures n'eurent pas le temps de bouger.

Hyléos grogna, et un nuage de vapeur jaillit de ses larges narines. Son sabot racla le sol avec rage.

— Tu vas apprendre à nous respecter, sale petite morveuse !

Les bandits se mirent en action et la prirent en tenaille. C'était compter sans l'agilité d'Atalante, qui se propulsa pour atteindre une branche au-dessus de sa tête alors que les centaures se précipitaient sur elle. Leurs crânes s'entrechoquèrent dans un grand fracas et ils s'effondrèrent, sonnés.

Atalante reprenait son souffle tandis que les centaures se redressaient avec difficulté, plus enragés que jamais. Rhoecos se dressa sur ses jambes arrière et frappa le tronc sur lequel Atalante s'était réfugiée. La secousse l'éjecta et ses fesses percutèrent le sol. De près, ses assaillants paraissaient encore plus imposants : la fillette eut l'impression d'être face à des géants.

Hyléos ouvrit ses grandes paumes et se jeta sur elle. Sans réfléchir, Atalante tira et transperça la main du centaure. D'une pirouette, elle creusa la distance entre elle et ses adversaires, mais Rhoecos la rattrapa par sa longue chevelure pour la tirer brusquement en arrière. Sa nuque craqua et elle s'écroula. Sa vision se troubla. Un éclair de douleur fusa tandis qu'elle recevait un coup de sabot dans l'estomac. Elle se plia en deux en gémissant.

Peut-être n'était-elle pas si douée que ça, finalement...

Rhoecos se pencha pour s'emparer de son arc et de son carquois. Grimaçant de douleur, Atalante rassembla ses forces pour viser...

... et tirer.

La flèche atteignit sa cible. Elle se ficha pile entre les yeux du centaure. Une gerbe de sang gicla et il s'écroula en arrière.

Atalante n'eut pas le temps de réfléchir à ce qu'elle venait de faire. Hyléos revenait déjà à la charge, irradiant de haine pure.

– Comment as-tu osé ?!

Ses réflexes ne lui permirent pas d'éviter totalement le coup. Elle fut frappée de côté et expulsée plusieurs mètres plus loin. Un goût de terre emplit sa bouche et la douleur irradia dans tout son corps. Ce n'était pourtant pas le moment de faiblir, car Hyléos cavalait de nouveau dans sa direction.

Faisant fi de la souffrance, Atalante leva les bras juste à temps pour tirer une ultime flèche, qui transperça le centaure en plein cœur. Il se figea un court instant avant de s'effondrer.

La fillette se redressa, le souffle court. Les jambes tremblantes, elle s'approcha pour vérifier l'état de ses ennemis. Elle comprenait à peine ce qui venait de se passer. Leur poitrine ne se soulevait plus. Elle s'attendait à ce qu'ils se redressent dans un sursaut, qu'ils foncent sur elle dans un nouvel assaut. Mais l'évidence la frappa avec horreur : ils ne se relèveraient plus. Elle n'eut pas le temps de digérer l'information qu'un bruit retentit derrière elle.

Atalante reconnut le son d'un sabot qui foule la terre. Elle se retourna et comprit que ses suppositions étaient justes.

Devant elle, un autre centaure et un garçon l'observaient.

CHAPITRE 4

Malgré la ressemblance frappante entre le nouvel arrivant et les deux centaures qu'elle venait d'affronter, Atalante n'eut pas peur. Il y avait dans les yeux sombres de la créature une lueur calme et bienveillante qui l'apaisa aussitôt. Non, ce centaure-là ne lui ferait aucun mal. Elle restait tout de même sur ses gardes, le corps raide, prête à décamper au moindre signe d'hostilité. Quant au garçon qui se tenait à côté de lui, un bouquet de fleurs sauvages à la main, il semblait à peine sorti de l'enfance. Atalante le détailla avec curiosité. Ses grands yeux bleus et ses boucles blondes lui conféraient un charme innocent, une pureté qui détonnait avec le corps encore chaud de ses deux victimes gisant entre eux.

Atalante ouvrit la bouche, puis la referma. Elle ne savait pas par où commencer pour justifier ses actes. Ses jambes tremblantes peinaient à soutenir son poids.

Morts. Elle les avait tués tous les deux.

Elle avait déjà ôté la vie à de nombreuses bêtes au cours de sa vie. Mais jamais encore elle n'avait dû s'attaquer à quelqu'un.

Elle n'eut pas besoin de trouver ses mots : Azariel et Cléon venaient de débouler dans la clairière partiellement enflammée, toutes dents dehors.

— Atalante ! s'étrangla Cléon lorsqu'il l'aperçut enfin.

Ils n'étaient pas seuls : une nuée de dryades les suivaient à la trace. Elles entreprirent d'étouffer l'incendie. Grâce à leur affinité avec la nature, elles pouvaient convoquer l'eau, tant qu'une source se trouvait à proximité.

— Tu es blessée ?

Ses pères se précipitèrent sur elle pour inspecter ses ecchymoses, sans prêter la moindre attention aux deux visiteurs postés un peu plus loin. Atalante ne réagit pas, trop sonnée pour répondre.

— C'est toi qui as fait ça ?

Cléon désigna les corps inanimés des centaures. Le sang coulait des blessures infligées par ses flèches. Un véritable carnage. La peur qu'Atalante décela dans la voix de Cléon la fit frémir. Qu'avait-elle fait ?

— Tu n'avais pas le choix, lâcha une voix grave.

Le centaure s'était approché, le jeune garçon blond sur ses talons.

— Pas un pas de plus ! s'exclama Cléon en bondissant devant Atalante.

Le chasseur encocha une flèche mais sa posture d'attaque n'intimida aucunement l'inconnu, qui continuait d'avancer avec la démarche tranquille de celui qui n'a rien à se reprocher.

— Tu as fait ce qu'il fallait.

Ses inflexions profondes l'apaisèrent. Comment savait-il que c'était exactement ce qu'elle avait besoin d'entendre à ce moment précis ?

— J'ai dit : ne t'approche pas ! s'époumona Cléon. Et comment peux-tu savoir ce qui s'est passé ?

— J'ai tout vu, répondit calmement le centaure.

Il portait une barbe fournie et sa longue chevelure était nouée en une multitude de tresses qu'il avait rassemblées en chignon au bas de sa nuque. Ses pattes puissantes s'enfonçaient dans la terre au fur et à mesure qu'il progressait vers Atalante.

— Et vous n'êtes pas intervenu ? s'étrangla Cléon.

— Cette jeune fille n'avait guère besoin d'aide. Jugez-en par le résultat.

Atalante retint sa respiration. Cette force, cet aplomb… Elle reconnaissait le centaure qui lui faisait face pour avoir entendu parler de lui à de nombreuses reprises dans les histoires d'Azariel.

— Ce n'est pas à vous de décider si elle peut se débrouiller seule ou non ! cria Cléon. Ce n'est encore qu'une enfant ! Et puis d'abord, qui êtes-vous pour prétendre…

— Chiron.

Toutes les têtes pivotèrent vers Azariel, qui venait de prendre la parole. Le visage de Cléon blêmit. Même s'il s'endormait toujours avant la fin des récits, il n'avait pas pu rater les exploits du plus célèbre centaure de Grèce.

— Chiron… le précepteur des héros ? glissa-t-il tout de même d'une petite voix.

Azariel hocha la tête. Atalante clignait des yeux, déboussolée. Elle sentait le regard intrigué du garçon sur son visage, mais elle était trop happée par l'aura magnétique de Chiron pour faire attention à lui.

— Quel est ton nom ?

Atalante déglutit. Son tempérament de feu se retrouvait complètement étouffé en présence du maître centaure, qui l'intimidait plus que de raison. Elle qui n'avait peur de rien se sentit soudain diminuée, malhabile. Elle parvint à articuler :

— Atalante.

Par miracle, sa voix n'avait pas tremblé. Galvanisée par cette infime réussite, elle se tint plus droite, redressa le menton.

— Ta maîtrise de l'arc est prodigieuse. On te croirait bénie par Artémis elle-même.

Atalante dut fournir un effort énorme pour ne pas se laisser gagner par l'excitation. Chiron venait de la complimenter !

— Quant à ta vitesse... Je n'ai jamais vu quiconque se mouvoir à une telle allure.

À côté d'elle, Cléon grimaçait. On aurait pu le croire prêt à se jeter sur le centaure pour le chasser à coups de pied. Azariel, quant à lui, conservait une mine grave. Qu'est-ce qui pouvait bien l'inquiéter autant ?

Chiron s'approcha encore, dominant Atalante de toute sa taille. Elle se fit la réflexion qu'il pouvait l'assommer d'une seule ruade. Le centaure se tourna vers ses pères.

— C'est vous qui lui avez appris à chasser, je présume ?

Azariel confirma.

— Vous avez fait du très bon travail.

Cléon croisa les bras contre son large torse.

— Évidemment ! La chasse, ça nous connaît !

Chiron l'ignora pour reporter son attention sur Atalante.

— En revanche, tes gestes sont maladroits, désordonnés. Tu ne réfléchis pas avant d'agir. Ces deux centaures t'ont infligé de multiples blessures que tu aurais facilement pu éviter. Ils n'étaient clairement pas à ton niveau.

L'orgueil d'Atalante en prit un coup.

— Je... Hyléos et Rhoecos terrorisent la population depuis des semaines ! Personne dans les villages environnants n'a jamais été capable de les arrêter...

Sa remarque sonnait désespérée, mais elle ne supportait pas que son premier véritable affrontement soit ainsi discrédité.

— Ce sont de simples villageois, et non des guerriers, répliqua Chiron. C'est pour cette raison que j'ai décidé de les prendre en chasse pour mettre un terme à leurs méfaits. Mais tu m'as devancé, brave Atalante.

Autour d'eux, le silence retomba. Les dryades avaient fini d'éteindre l'incendie et retournaient vaquer à leurs occupations. Atalante sentait une drôle d'énergie circuler dans l'air. Elle eut le sentiment que le moment qu'elle vivait était d'une importance capitale.

Chiron désigna le garçon à ses côtés.

— Voici Asclépios, mon disciple. Je lui enseigne l'art de la médecine.

L'intéressé sourit jusqu'aux oreilles, rayonnant de fierté. Sa blondeur lui conférait l'éclat d'un soleil miniature.

— Il n'est pas dans mes habitudes d'enseigner à plusieurs élèves à la fois... Mais ce dont j'ai été témoin m'incite à faire une exception. Atalante, accepterais-tu de devenir ma disciple ?

Atalante cessa de respirer. Cléon poussa un hoquet et Asclépios, une exclamation indignée. Seul Azariel demeurait impassible. La jeune fille n'eut même pas le temps de réfléchir à la question que Cléon bondit pour faire face au centaure.

— Quelle audace ! Vous êtes peut-être le maître des héros ou que sais-je, mais vous n'allez pas emmener ma petite fille d'un claquement de doigts ! Vous débarquez de nulle part, vous ne l'avez même pas aidée et...

Atalante était tellement choquée d'entendre Cléon la désigner comme sa « petite fille » qu'elle ne chercha même pas à l'interrompre.

— Cléon..., murmura Azariel.

Il posa une main sur son épaule mais le chasseur continua à déverser sur Chiron un flot de colère.

— Cléon !

Celui-ci tourna le visage vers son camarade pour le fusiller du regard.

— Quoi ? Tu es d'accord avec lui ? Tu es prêt à lui confier Atalante alors que nous ne le connaissons même pas ? Certes, ses exploits se racontent dans tout le pays, mais moi, je ne crois que ce que je vois !

Azariel prit une grande inspiration. Chaque mot lui coûtait. Et pourtant, il se força à les prononcer :

— Je n'ai pas d'avis sur la question.

— Comment ? s'étrangla Cléon.

— Ce n'est pas à moi de décider ! Seule Atalante est maîtresse de sa destinée.

Cléon baissa la tête, ses poings tremblaient de colère.

— Ce n'est plus une enfant, ajouta Azariel avec douceur.

La gorge d'Atalante se noua. Ses yeux picotaient. Elle se sentait déchirée à l'idée de se séparer de ses pères adoptifs. Pourtant, il lui était impossible de le nier : sa décision était prise. Voilà le signe qu'elle attendait ! Rassemblant son courage, elle se tourna vers Chiron et lui tendit la main.

— Ce serait un honneur, Chiron. J'accepte.

Le centaure observa le bras tendu de la jeune fille avec un sourire amusé. Ils échangèrent une poignée de main.

C'est alors qu'Asclépios intervint :

— Mais... maître ! Vous ne pouvez pas...

Le précepteur fronça les sourcils. Ce simple mouvement suffit à écraser son disciple sous l'autorité. Atalante croyait qu'il allait lui ordonner de se taire – c'était ce que faisait

Cléon lorsqu'il estimait qu'elle parlait trop. Ce fut tout le contraire.

— Et pourquoi ne le pourrais-je pas, Asclépios ?

Le jeune garçon désigna Atalante d'une main tremblante. Il ouvrit la bouche, hésita plusieurs fois, avant de balbutier :

— Enfin... c'est une fille !

Le sang d'Atalante ne fit qu'un tour. Elle laissa échapper un grognement bestial, héritage de son ourse nourricière, dont elle n'était jamais parvenue à se débarrasser.

— Elle n'est pas... *normale*, poursuivit Asclépios, de moins en moins assuré.

Quel culot !

— Et alors ? hurla Cléon. Tu te penses mieux qu'elle, peut-être ? Tu dois être incapable de soulever une simple bûche, donc je te conseille de...

Azariel plaqua sa grande paume contre sa bouche pour le faire taire.

— Asclépios, lâcha Chiron.

L'élève sentit qu'il n'aurait pas le dernier mot et baissa la tête.

— Atalante arrive à point nommé. Nous allions justement commencer à travailler sur une nouvelle leçon : l'humilité.

Le garçon se recroquevilla un peu plus, les lèvres pincées pour contenir toute la colère qui bouillonnait en lui. Atalante songea qu'il allait être difficile de gagner son amitié. Cela dit, elle n'avait jamais eu d'amis. Elle n'en avait pas besoin. Et puis, elle n'avait aucune envie de nouer une relation avec un gamin aussi imbu de lui-même.

— Bien, Atalante, je te laisse quelques instants pour faire tes adieux, dit Chiron. Nous t'attendons un peu plus loin.

— Mes affaires...

— Tu n'en auras pas besoin là où nous allons.

Elle pensa à sa grotte secrète, à son précieux papyrus sur les Amazones et à tous ses trésors qu'elle avait accumulés au fil des ans. Les battements de son cœur s'affolèrent. Tout allait si vite ! Pourtant, elle savait au plus profond de son être qu'elle faisait le bon choix. Elle se tourna vers Azariel et Cléon. La tristesse infinie qui se lisait sur leur visage lui brisa le cœur.

À sa grande surprise, Cléon la prit dans ses bras. Ou plutôt, il l'enserra au point de l'étouffer. Lui qui était si avare de contact physique...

— Fais attention à toi.

Il la lâcha brusquement et rendossa sa mine renfrognée.

— N'oublie pas que tu peux revenir à tout moment. Précepteur des héros ou non, si tu ne te sens pas bien, tu as le droit de faire marche arrière.

Il la couva de recommandations. Atalante écouta avec patience, faisant mine de hocher la tête. Elle ne rejoignait pas Chiron pour être prudente. Elle y allait pour devenir une héroïne. Et les héros prenaient des risques.

Puis ce fut au tour d'Azariel de lui faire ses adieux. Atalante voyait bien qu'il luttait pour ne pas laisser paraître ses émotions.

— Je suis fier de toi, Atalante.

Il fouilla dans une de ses nombreuses poches et en extirpa un pendentif constitué d'une fine liane, au bout duquel pendait un petit gland.

— Je voulais te l'offrir pour ton anniversaire mais étant donné les circonstances... Ainsi, nous serons toujours avec toi.

Atalante ravala ses larmes en accrochant le pendentif. Malgré ses matières naturelles, le bijou était d'une finesse et d'une délicatesse rares.

— Tu me demandes toujours quand tu seras assez grande pour partir à l'aventure. Eh bien, ce jour vient d'arriver.

Atalante serra une dernière fois les chasseurs dans ses bras puis rejoignit Chiron et Asclépios. Elle ne résista pas à l'envie de jeter un dernier coup d'œil derrière son épaule alors qu'ils s'enfonçaient dans la forêt.

Une nouvelle page se tournait. Et elle trépignait d'impatience à l'idée de savoir ce que le chapitre suivant lui réservait.

CHIRON

CHAPITRE

5

Chiron guidait ses deux disciples à travers la forêt. Atalante mourait d'envie de le harceler de demandes. Où allaient-ils ? Combien de temps la formation durerait-elle ? En quoi allait consister son apprentissage ? Car si les légendes dépeignaient Chiron comme un instructeur exceptionnel, elles ne mentionnaient rien quant au contenu des entraînements. L'attitude calme et renfermée du centaure n'invitait pas à la conversation, mais Atalante était bien trop curieuse pour garder sa langue dans sa poche. Elle choisit alors une seule interrogation, la plus importante à ses yeux :

— Où allons-nous ?

— Tu le sauras bien assez vite, répondit Chiron.

Elle pinça les lèvres, frustrée. Elle ignorait encore que Chiron ne faisait pas dans la simplicité. Il répondait aux questions par une autre question, ou par une énigme incompréhensible. Et surtout, il répétait qu'avec un peu de patience, on finissait par obtenir soi-même les réponses.

Ils marchèrent des heures durant dans la forêt sans que l'un d'eux se décide à briser le silence. Atalante scrutait le moindre geste du centaure, essayant de percer à jour ses pensées. Elle fut une nouvelle fois impressionnée par la façon dont il se tenait, puissant et inflexible, et par l'aura qui émanait de lui. En comparaison, elle se sentait bête et surtout maladroite, elle qui avait pourtant toujours vécu dans ces bois. Les doutes l'assaillirent. Et s'il regrettait de l'avoir prise sous son aile ? Pire : et s'il décidait de se rétracter ? Atalante se fit la promesse solennelle d'être une élève exemplaire.

— Merci d'avoir fait de moi votre disciple, dit-elle d'une voix forte.

— Ne me remercie pas trop vite.

Dans un élan d'enthousiasme, elle renchérit :

— Je vous jure que vous ne le regretterez pas. Je serai la meilleure disciple à qui vous aurez jamais enseigné, vous verrez !

Chiron la fixa, une expression indéchiffrable dans le regard.

— Un précepteur ne tire aucune gratification à enseigner aux meilleurs. Il s'épanouit bien davantage en accompagnant l'évolution et l'épanouissement d'un élève qui, d'apparence, semblait médiocre.

Atalante baissa la tête pour masquer ses joues qui avaient rougi. Pourquoi avait-elle toujours l'impression de ne pas dire ce qu'il fallait ? Elle jeta un coup d'œil à Asclépios. Ce dernier progressait, sans un mot, dans le sillage du centaure. Peut-être était-il plus judicieux que, comme lui, elle garde le silence.

Chiron s'arrêtait de temps à autre pour humer une plante ou déterrer des racines. Asclépios récoltait des graines dans la besace qu'il portait autour de la taille. Le centaure ne donnait aucune consigne au garçon, qui semblait savoir exactement ce qu'il avait à faire. Le disciple était jeune : Atalante ne lui donnait pas plus de onze ans. Depuis combien de temps travaillait-il avec Chiron ? Et pourquoi avait-il été choisi ? Elle s'attendait à être témoin de prodiges mais pour l'instant, Asclépios n'était qu'un garçon comme tous les autres, quoique ses connaissances en herboristerie semblent excellentes. Il marmonnait dans sa barbe en même temps qu'il collectait des feuilles dans sa besace.

— La griffe du diable contre les rhumatismes. La valériane pour prévenir les troubles du sommeil. L'aubépine fortifie le cœur. L'eucalyptus et le thym, pour renforcer les défenses immunitaires. Le tilleul, contre les raideurs musculaires et les faiblesses respiratoires.

Alors qu'il comptait des feuilles de sauge, Atalante s'approcha.

— Qu'est-ce qu'elle a de si intéressante, cette plante ?

Son ignorance offusqua Asclépios.

— La sauge est une plante indispensable dans tout *herbularius*, répliqua-t-il. Elle a des vertus digestives, antispasmodiques, anti-inflammatoires et...

— Je ne comprends rien à ce que tu dis.

Asclépios hoqueta de stupeur. Voilà qu'elle lui coupait la parole ! Il se demanda pour la dixième fois au moins pourquoi son maître avait décidé de s'encombrer d'une pauvre sauvageonne mal dégrossie.

— Je m'ennuie, compléta-t-elle en lançant un regard implorant à maître Chiron.

— Tu insinues que la médecine est un art ennuyeux ? s'enquit Asclépios, sans parvenir à masquer sa répulsion.

— Pas ennuyeux, non. Inutile.

– *Inutile* ? Mais... Elle sauve la vie de milliers de gens chaque jour !

– Peut-être, dit-elle en haussant les épaules. Je voulais dire, inutile pour *moi.* Je n'en ai jamais eu besoin. Il suffit d'une nuit de sommeil pour que toutes mes blessures se referment...

Cette fois, la curiosité prit le pas sur la colère. Asclépios scruta la nouvelle arrivante d'un regard mauvais, la disséqua pour tenter d'évaluer la crédibilité de ses propos. Cette gamine avait-elle un pouvoir de guérison accéléré ? Si oui, d'où le tenait-elle ? Maître Chiron était-il au courant ? Sans doute... Rien n'avait de secret pour lui. Cela expliquerait pourquoi il avait décidé de la prendre pour disciple sur un coup de tête. Asclépios serra les dents. Il avait toujours vécu seul avec maître Chiron, et voilà qu'il allait devoir supporter cette fille ! Et son arrivée était si brutale !

– Je parie que tu auras tout de même besoin d'un guérisseur un jour ou l'autre, finit-il par répliquer. Et ce jour-là, tu me supplieras de t'aider.

– Ça, ça m'étonnerait ! fanfaronna-t-elle. Je suis bien trop rapide. Personne ne peut m'atteindre.

Asclépios ravala les piques qui lui brûlaient la gorge. Et dire que maître Chiron prétendait que c'était à *lui* d'apprendre l'humilité ? Cette fille était d'une arrogance sans nom !

Après plusieurs heures de marche, ils quittèrent la forêt du Pholoï pour s'enfoncer dans une autre, encore plus dense. Atalante dévorait des yeux ce nouvel environnement, qui ressemblait toutefois beaucoup aux bois qu'elle connaissait. L'excitation de la nouveauté lui donnait des ailes. Ils finirent par rejoindre un sentier qui débouchait sur un grand temple au pied d'une montagne. Les torches accrochées aux arches de chaque entrée plongeaient l'édifice dans une douce lumière orangée. Les colonnes ouvragées rompaient avec la nature sauvage environnante, tout comme les façades, joliment décorées. Un comité d'accueil les attendait de pied ferme sous le porche. Ils s'agitèrent à la vue de leur petit groupe.

Atalante se crispa. Elle n'était pas habituée à côtoyer tant de monde.

— Je croyais que les apprentissages de Chiron se déroulaient toujours en pleine nature ? demanda-t-elle d'une voix blanche.

Asclépios leva les yeux au ciel.

— Quoi, tu crois que tu vas passer ta vie sans jamais mettre un pied en dehors de ta précieuse forêt ?

— Bien sûr que non ! Je veux découvrir le monde et...

— Parfait, coupa-t-il. Ce n'est pas un temple égaré dans la nature et une dizaine de personnes qui vont t'effrayer, alors.

Les badauds se précipitèrent vers maître Chiron. Ils s'inclinèrent, murmurèrent des paroles à voix basse, comme s'ils craignaient de faire fuir un gibier.

— Nous vous attendions, très honorable Chiron ! s'exclama une dame d'âge mûr.

Elle était richement vêtue, contrairement aux autres. Son buste et ses avant-bras étaient recouverts de bijoux clinquants, aussi brillants que des lucioles. Atalante se fit la réflexion qu'elle n'avait jamais rien vu d'aussi luxueux.

À sa grande surprise, plusieurs personnes vinrent saluer Asclépios avec la même déférence que pour Chiron. Quelqu'un lui baisa même les mains. Atalante se sentait de trop, d'autant plus qu'on ne faisait pas attention à elle. Avec ses pieds nus couverts de terre et sa tunique en peau de sanglier, elle détonnait franchement. Ses pères adoptifs la traitaient souvent de « sauvageonne », mais avec une telle tendresse qu'elle avait toujours considéré ça comme un compliment. Aujourd'hui, confrontée à des individus civilisés, Atalante comprit le véritable sens de ce mot. Et elle n'était plus sûre de l'apprécier. Une vague brûlante et douloureuse la submergea. Elle mit un instant avant de comprendre que cette chaleur était causée par une émotion jusqu'alors inconnue : la honte. Elle fut prise d'une irrépressible envie de se terrer dans un coin, de disparaître. Heureusement, la voix de Chiron la tira de ses sombres pensées.

— Asclépios, explique à Atalante pourquoi nous sommes ici et guide-la à l'intérieur. Je vous retrouve plus tard.

Asclépios poussa un long soupir mais obéit tout de même. Il la conduisit vers l'entrée principale, tout en lui précisant qu'il s'agissait d'un temple médicinal, le *chironium*.

— Il a été construit par maître Chiron lui-même pour accueillir des blessés. Certains font des jours de marche pour y être soignés.

Atalante ne comprenait pas tout, mais ne posa pas de questions par crainte de déclencher la moquerie de son camarade. Pourquoi faire des jours de marche pour agoniser ici plutôt qu'ailleurs ? Ce n'était qu'une bâtisse comme toutes les autres, quoique plus spacieuse et mieux décorée.

Ils passèrent sous le porche et pénétrèrent dans une vaste cour intérieure encadrée par un péristyle raffiné. Asclépios retira ses chaussures et les déposa sur un petit meuble en bois dédié, avant de plisser le nez en détaillant les pieds d'Atalante. Il tira vers elle une bassine en bronze remplie d'eau.

— Lave-toi.

Ces deux mots avaient clairement été prononcés avec mépris. Malgré sa colère de voir Asclépios mettre le doigt sur son embarras, elle garda le silence et frotta la crasse avec une petite brosse. Une fois propre, son comparse la conduisit au pied d'un autel couvert d'offrandes et de fleurs.

— Tu ignores de qui il s'agit, je suppose ?

Atalante détailla les indices qui s'offraient à elle : des cygnes miniatures, une lyre, une harpe... et la statue qui représentait un beau jeune homme portant une couronne de laurier.

— Apollon, répondit-elle sans hésitation. Le dieu des arts, de la poésie et de la médecine.

Asclépios lui jeta un regard surpris, et Atalante dut une fois de plus fournir un gros effort pour ne pas se vexer. Comme il était agaçant ! Elle n'avait peut-être jamais vécu dans un village, mais elle n'était pas ignare pour autant ! Même si, il fallait bien l'admettre, elle ne s'intéressait que très peu à cette divinité. L'art lui paraissait bien secondaire à côté des talents de chasseresse d'Artémis ou de la sagesse légendaire d'Athéna.

— C'est exact, reprit Asclépios. Un des plus vénérables dieux, aussi appelé « Phœbus », le Brillant. À ce propos...

— Il n'est pas très impressionnant.

— Comment ? s'étrangla Asclépios.

— Je l'ai toujours trouvé très... superficiel. La poésie, la musique, l'amour... Il pourchasse des jeunes filles pour obtenir leurs faveurs. Et, la plupart du temps, elles ne sont même pas d'accord !

Atalante se remémora les histoires d'Azariel à ce propos. On disait qu'Apollon avait pourchassé la nymphe Daphné et que cette dernière s'était transformée en laurier pour lui échapper. Le dieu avait alors choisi le laurier comme attribut pour la garder toujours auprès de lui. Il y avait aussi Déiphobe, une amante qui lui avait demandé de vivre aussi longtemps que le nombre de grains de sable qu'elle tenait dans ses mains. Apollon le lui avait accordé, tout en sachant qu'elle ne conserverait pas sa jeunesse, et l'avait laissée souffrir pendant plus de sept cents ans.

Asclépios poussa un soupir dédaigneux, mais ne chercha pas à la contredire. Il fixa la statue pendant un long moment. Un air mélancolique se peignait sur son visage. Atalante se demanda ce qui pouvait bien provoquer une telle réaction chez lui. Lorsque Asclépios se rendit compte qu'elle l'observait, il se racla la gorge.

— Je vais te montrer les dortoirs.

Il l'entraîna vers une autre section du temple, dans une pièce à haut plafond où se succédaient des dizaines de couchettes à même le sol. La plupart étaient occupées par des patients. Certains dormaient, d'autres poussaient des gémissements à fendre le cœur. L'odeur du sang imprégnait la pièce. Les fresques sur les murs retraçaient les différents exploits d'Apollon et on retrouvait plusieurs lyres et harpes, bien qu'Atalante ne saisisse pas l'utilité d'un instrument de musique dans une salle de soins.

Asclépios se dirigea vers un meuble où reposaient plusieurs bocaux d'herbes et de plantes, des bols et des mortiers, des onguents et des baumes. Le garçon extirpa de sa besace sa récolte de la journée et les classa dans différents pots. Aucun ne portait d'étiquette. Atalante fut impressionnée par la mémoire et la méticulosité dont il faisait preuve. Immobile, les bras ballants, son sentiment d'inutilité enflait de minute en minute. Chose qu'elle n'avait jamais éprouvée dans sa chère forêt.

Asclépios s'empara de plusieurs potions, de tissus humides, de bandages et d'herbes.

— Tiens ça.

Il lui glissa le tout dans les bras. Décidément, il la prenait pour son assistante ! Il n'avait qu'à les porter tout seul, ses affaires ! Mais elle changea d'avis lorsqu'elle comprit qu'il avait besoin de ses deux mains libres pour saisir une harpe et la transporter au pied d'une couchette.

— Dépose ça ici.

Atalante s'exécuta en grommelant. La vue du blessé lui ôta toute animosité : il s'agissait d'un garçon de six ans à peine qui grimaçait de douleur. Sa jambe gauche était enserrée dans un épais bandage. Son front luisait de sueur et sa peau diaphane laissait entrevoir un réseau de veines violacées.

Des bruits de conversations parvinrent jusqu'à eux. C'était Chiron, qui pénétrait dans la pièce. Il les rejoignit rapidement, tandis qu'Asclépios accordait son instrument. Atalante avait envie de le secouer. Ne voyait-il pas que l'enfant souffrait ? N'aurait-il pas dû appliquer un de ses baumes au lieu de pousser la chansonnette ?

Asclépios finit par étaler plusieurs crèmes sur les jambes du patient, vérifia le bandage, déposa un chiffon humide sur son front, tout ça sous l'œil attentif de Chiron. Toutes ces attentions ne semblaient pas avoir d'effet sur l'enfant. Puis il alla s'asseoir sur un tabouret, derrière sa harpe. Il pinça une des cordes et une note mélodieuse s'éleva. Atalante sut à ce moment qu'elle s'était trompée sur toute la ligne. Il ne s'agissait pas d'un simple instrument de musique.

Le jeune garçon se mit à jouer, les yeux mi-clos. Ses doigts voltigeaient sur les cordes et enchaînaient les accords avec fluidité et précision. Sans savoir pourquoi, Atalante se sentit submergée par un tas d'émotions contradictoires. Le souvenir glaçant des corps ensanglantés de Rhoecos et Hyléos. La tristesse de quitter ses pères. L'excitation de commencer une nouvelle aventure, l'aventure de sa vie. Les larmes lui montèrent aux yeux et son être tout entier fut subjugué par la beauté de ce moment.

Le changement fut instantané. L'enfant battit des paupières. Ses joues retrouvèrent des couleurs. Il put se redresser sur les coudes, et même remuer les orteils.

À la fin de la composition, Asclépios rouvrit les yeux. Il sourit en découvrant que l'état de son patient s'était considérablement amélioré.

— Reste allongé, lui conseilla-t-il. Je vais t'apporter un peu de bouillon.

Il quitta son tabouret sous le regard médusé d'Atalante.

Dès que les premières notes étaient venues caresser ses oreilles, elle avait tout compris. Asclépios n'était pas un guerrier. Ni même un chasseur. Encore moins un simple musicien.

Il possédait des dons, tout comme elle. C'était un guérisseur. Et il utilisait la musique pour soigner ses patients.

CHAPITRE
6

Encore estomaquée, Atalante observa le petit garçon reprendre des forces. Bientôt, un immense sourire illumina son visage enfantin. Les notes l'avaient guéri, plus vite que n'importe quelle potion. La prestation d'Asclépios agissait sur toutes les personnes à proximité, Atalante comprise : elle se sentait soudain plus lucide, plus énergique.

Elle l'avait peut-être mal jugé. Certes, son ego surdimensionné restait irritant, mais avec de tels pouvoirs, comment ne pas être fier ? À bien y réfléchir, c'était plutôt logique : Chiron choisissait ses élèves avec soin. Il n'aurait jamais accepté de former un gamin banal.

Toute l'animosité qu'elle avait ressentie lors de sa première interaction avec le guérisseur s'évanouit. Elle ne voulait plus qu'une chose : être son amie. Puisqu'ils allaient devoir cohabiter pendant les prochains mois, elle ne serait pas un boulet que l'on traîne. Il fallait se montrer à la hauteur. Rendre Chiron fier. Ne pas lui faire regretter son choix. Et, bien sûr, prouver à Asclépios qu'elle aussi était destinée à un brillant avenir.

Asclépios déplaça son tabouret et recommença à jouer. Heure après heure, il enchaîna les mélodies auprès de plusieurs malades. Les effets n'étaient pas toujours aussi spectaculaires qu'avec le premier patient. Mais à chaque fois, les blessés reprenaient un peu de vigueur, cessaient de gémir ou plongeaient dans un sommeil réparateur. Asclépios s'activait alors à poser des bandages, nettoyer une plaie ou confectionner des cataplasmes de plantes.

Lasse de son inactivité, Atalante prit les choses en main.

Elle décida donc de se rendre utile comme elle le pouvait. À force d'observer, elle mémorisa les gestes d'Asclépios. Elle se chargea des tâches répétitives comme récupérer les linges souillés pour les placer dans une corbeille, jeter les bandages imbibés de pus et de sang, remonter les couvertures de ceux qui grelottaient ou encore débarbouiller les plus sales. C'était une activité étonnante que d'approcher pour la première fois d'autres personnes que ses pères dans un tel contexte, de façon si intime !

Au début, elle sentit bien que ses initiatives agaçaient Asclépios. Elle choisit de ne pas y prêter attention et continua de prêter main-forte comme elle le pouvait. Lorsqu'il se rendit compte que la chasseresse s'activait en silence, sans chercher à l'interrompre, il se détendit. Il finit même par lui proposer de l'assister dans la confection d'un bandage. Il s'agissait simplement de poser son index sur la bande pour la tenir en place le temps qu'il noue les extrémités, mais elle eut le sentiment d'être utile. Et un peu acceptée.

Après quelques heures, Chiron leur fit signe qu'il était temps de rentrer. Les patients n'étaient pas abandonnés à leur sort : d'autres guérisseurs veillaient et circulaient dans les rangs, même si aucun n'utilisait d'instrument de musique.

Une lune pleine et lumineuse les accueillit à l'extérieur. Atalante prit une profonde inspiration et se laissa envahir par les senteurs de pin. Ses muscles étaient courbaturés, comme après une longue journée de chasse. Elle ne s'était pas rendu compte à quel point veiller sur les malades pouvait être épuisant, aussi bien physiquement que psychologiquement. Les grands yeux éplorés de l'enfant agonisant s'imposèrent à elle, et elle savait qu'ils la hanteraient encore longtemps.

Chiron s'enfonça dans la forêt, sans donner d'indication sur leur destination. Décidément, le centaure n'était pas bavard...

Atalante le suivit sans difficulté sous les frondaisons. Elle avait appris à s'orienter dans l'obscurité, et sa vision s'était adaptée, à la manière d'un chat. Pour Asclépios, la progression fut plus ardue. Il ne cessait de trébucher sur des racines et le petit bois craquait sous ses bottes. Il faisait un tel tapage que tous les animaux à la ronde avaient déjà dû déguerpir. Si Cléon avait été là, il l'aurait sermonné jusqu'au lever du jour. Cette image réchauffa le cœur d'Atalante, qui laissa échapper un gloussement. Asclépios buta à nouveau sur un rocher, ce qui ne fit que redoubler son hilarité.

Et voilà que la sauvageonne se moque de moi, pensa le guérisseur, rouge de colère.

Après une longue marche, ils arrivèrent à proximité d'une grotte enclavée entre deux pans de montagne.

– C'est ici que nous dormons, expliqua Chiron. Enfin, de temps à autre...

L'intérieur de la grotte était sommaire. Il n'y avait qu'une couchette, quelques armes – dont un arc et un carquois –, des fourrures suspendues à des crochets, une épaisse couverture et quelques vivres disposés dans un panier tressé.

« Laisse tes affaires. Tu n'en auras pas besoin. »

Chiron imposait donc à ses élèves un mode de vie rudimentaire, mais elle y était habituée. Elle eut un pincement au cœur en songeant à *La Légende des Amazones*, son bien le plus précieux ; à cet instant, elle aurait donné beaucoup pour relire leur histoire avant de s'endormir.

Asclépios s'allongea sur l'unique couchette, sans un mot, et s'enroula dans la couverture, dos à elle. Atalante s'installa le plus loin possible et glissa ses mains sous sa joue en guise d'oreiller. La longue journée l'avait épuisée. Et elle pressentait que les suivantes seraient tout aussi harassantes. Qu'importe ! Elle était prête à tous les sacrifices pour réaliser son rêve. Et qu'elle s'entende avec Asclépios ou non n'y changerait rien.

Elle adressa une pensée émue à ses pères. Puis s'endormit comme une masse.

Chiron la réveilla aux aurores. Asclépios dormait encore à poings fermés, comme en témoignait le filet de bave qui coulait sur son menton et ses respirations profondes et régulières. Atalante suivit le centaure en silence dans la forêt rendue humide par la rosée du matin. Ses pieds s'enfoncèrent dans la terre froide, déclenchant des frissons le long de sa colonne vertébrale. Loin d'être désagréable, cette sensation la ravit. Son ventre s'éveilla à son tour et émit un grognement de contestation. Atalante n'avait pas l'habitude de sauter des repas et ils s'étaient couchés le ventre vide. Heureusement, elle comprit très vite que Chiron l'emmenait chasser.

– Je n'ai pas pris mon arc, remarqua-t-elle. Je reviens tout de suite.

Son maître l'arrêta d'une main.

— Tu n'en auras pas besoin.

Elle lui emboîta le pas, de plus en plus intriguée. Chiron la conduisit dans une clairière isolée et lui demanda de chasser la proie de son choix.

— À mains nues ? s'étonna-t-elle. Mais je...

— La première règle, c'est de ne pas contester mes directives. Ton esprit va toujours tenter de te faire croire que tu n'es pas capable. Que c'est trop difficile. Tu dois apprendre à l'ignorer.

Sa voix s'adoucit.

— Je ne te demande pas de réussir. Je te demande d'essayer.

Atalante hocha la tête, résolue. Enfin un peu de challenge ! Elle avait hâte de montrer à Chiron ses talents de chasseresse. Ce dernier l'observa avec attention tandis qu'elle s'accroupissait derrière un buisson. Elle s'immobilisa, silencieuse comme une pierre. Le précepteur dut admettre que la jeune fille était déjà douée pour se fondre dans son environnement.

Atalante bondissait de sa cachette chaque fois qu'un rongeur passait par là. Sa vitesse exceptionnelle rendait la course facile. Pour les attraper, en revanche... Ils glissaient entre ses doigts comme des anguilles, filaient dans leur terrier ou empruntaient des passages inaccessibles pour sa grande taille. Si seulement Chiron l'autorisait à utiliser son arc ! Elle était capable de toucher un écureuil entre les yeux à deux cents mètres de distance. Au lieu de quoi, elle attrapa sa première prise après des heures d'effort. Elle serrait le lapin par les oreilles et le brandit devant Chiron, à la fois fière et épuisée.

— Tu peux le relâcher.

Le réflexe premier d'Atalante fut de protester, mais elle se ravisa en se rappelant les paroles de son maître. À contrecœur, elle libéra sa proie. Le lapin prit ses pattes à son cou et disparut dans la nature.

— Recommence.

Elle traqua les rongeurs, encore et encore. En une matinée, elle parvint à en attraper quatre.

— Assomme celui-là, dit Chiron. Ce sera ton déjeuner.

Atalante s'exécuta avec soulagement. Courir sans arrêt l'avait épuisée. Le pas lourd, elle suivit le centaure jusqu'au chemin de la grotte.

— Qui sont tes parents ? la questionna-t-il.

Atalante haussa les épaules. Ses souvenirs les plus lointains remontaient à l'époque où elle s'endormait, blottie contre une ourse. À ses yeux, Azariel et Cléon *étaient* ses parents. Mais ce n'était évidemment pas ce que voulait entendre Chiron.

— Je ne sais pas.

Le centaure semblait plongé dans une intense réflexion. Atalante connaissait mieux son histoire que la sienne : c'était un immortel, fils de Cronos et d'une nymphe des eaux. Tout son être respirait la sagesse et le savoir. Comme s'il connaissait tout sur tout, et que le mystère de sa naissance n'en était pas un pour lui.

— Vous savez qui sont mes vrais parents ?

Chiron laissa planer un silence avant de répondre. C'était vraisemblablement une habitude chez lui que de chercher la plus juste formulation avant de s'exprimer.

— Je n'en suis pas certain.

Atalante perçut qu'il ne disait pas toute la vérité.

— J'ai l'intuition qu'un dieu te protège, Atalante. Au fond, peu importe ta naissance. Ce qui compte, c'est ce que tu accompliras dans ta vie.

— Un dieu ? répéta-t-elle, abasourdie.

Il était impensable qu'un dieu de l'Olympe ait pu s'intéresser à elle. Ce n'était qu'une sauvageonne. Une enfant abandonnée.

— Personne ne peut courir aussi vite.

Elle brûlait d'en savoir plus, mais Chiron s'arrêta là.

— Et Asclépios ? Quelle est son histoire ?

Peut-être que son passé pouvait expliquer son mauvais caractère ? Le centaure lui adressa un regard grave.

— Ce n'est pas à moi de te la révéler. Il le fera de lui-même quand il sera prêt.

— Il n'a pas l'air de m'apprécier..., marmonna-t-elle.

Ils arrivèrent devant l'entrée de la grotte. Asclépios était en train d'allumer un feu. Comme pour souligner les propos de la jeune fille, il agita la main en direction de Chiron, mais l'ignora avec superbe.

— Laisse-lui le temps.

CHAPITRE

7

Et c'est ce qu'Atalante fit. Son entraînement se poursuivit. Elle chassait le jour avec Chiron et l'accompagnait toutes les nuits au temple médicinal. Parfois, lorsqu'ils étaient trop éreintés pour reprendre la route, ils dormaient sur place. Chiron apprit à Atalante à développer ses capacités. Elle passait ses journées à bondir, courir, escalader et chasser à mains nues. Le centaure avait conscience que la jeune fille connaissait déjà tout de la vie en pleine nature : elle baignait dedans depuis sa tendre enfance. Rien ne l'effrayait. Il s'efforça de lui enseigner la tempérance. L'observation. La réflexion. Atalante aima chaque moment de sa formation. Même celui où Chiron les força à dormir dehors sous la pluie en plein orage. Celui où il la priva de nourriture pendant deux jours pour lui enseigner la mesure. Ou encore celui où elle dut remonter une rivière à contre-courant en plein hiver. Durant ces longs entraînements, elle ne perdit jamais de vue son objectif d'intégrer le clan des Amazones. Elle osa un jour interroger son maître à ce propos.

— Que savez-vous sur les Amazones ?

— C'est un peuple très discret. On dit qu'elles vivent près des rives du fleuve Thermodon, et qu'elles sont gouvernées par une puissante reine, Hippolyte.

— Est-ce vrai qu'elles se sont coupé un sein pour faciliter leur pratique du tir à l'arc ?

Cette remarque fit sourire le vieux centaure.

— Elles n'ont aucun besoin de se mutiler pour exceller dans le domaine. À ma connaissance, il n'existe pas meilleures chasseresses dans toute la Grèce et au-delà. Courage, liberté, sororité : telle est leur devise !

— J'ignorais qu'il existait une devise !

— Ces guerrières sont éprises de liberté mais partagent des valeurs communes et suivent un code d'honneur très strict.

— Lequel ?

— Quiconque a déjà tué de sang-froid ne peut prétendre rejoindre leurs rangs.

— Mais les Amazones sont des conquérantes ! Pourquoi apprendre à se battre dans ce cas ?

— Elles ne tuent que lorsqu'elles y sont contraintes. Pour protéger leur peuple.

Atalante blêmit. Évidemment, elle songea à Rhoecos et Hyléos, à qui elle avait ôté la vie. Chiron capta son trouble et s'empressa de la rassurer :

— Ils t'avaient attaquée, Atalante. Tu n'as fait que te défendre.

Rassurée par son maître, elle enchaîna sur une nouvelle question :

— Comment intégrer leur clan ?

— Je l'ignore.

— Vous mentez ! Vous êtes Chiron, l'immortel ! Il n'y a rien que vous ignoriez.

— Même les immortels continuent d'apprendre, répliqua-t-il avec sévérité.

— Pourquoi refusez-vous de me le dire ?

— Pourquoi tiens-tu tant à rejoindre les Amazones ?

Ne pas répondre trop vite. C'est vrai, d'où venait cette obsession ? Était-ce le fruit de sa passion pour la vie en pleine nature amorcée par ses pères ? Ou ce souffle de liberté qui la poussait à découvrir le monde et à vivre de formidables aventures ? Ou peut-être avait-elle simplement besoin d'appartenir à un groupe, elle qui avait été abandonnée à la naissance ?

— C'est là qu'est ma place, dit-elle enfin. Je le sens au plus profond de moi. Je ne serai pleinement heureuse que lorsque j'aurai intégré leur clan.

Chiron s'adoucit.

— Pendant que l'on attend de vivre, la vie passe, Atalante. C'est une bonne chose d'avoir des objectifs. Mais n'oublie pas d'apprécier ce que tu as déjà.

La jeune fille se rembrunit.

— Tu prendras le temps de méditer sur la question cette nuit.

Le soir même, il l'emmena sur la plus haute montagne d'Arcadie. Atalante y passa la nuit assise en tailleur, immobile, silencieuse, à subir les assauts du froid et du vent, jusqu'au lever du jour. Chiron testait sa détermination. Il comprit très vite que le désir de sa protégée de rejoindre les Amazones n'avait rien d'un caprice d'enfant, et que rien ni personne ne pourrait l'en empêcher.

Asclépios, quant à lui, ne manquait pas une occasion de se moquer des rêves d'Atalante. Bien sûr, il veillait à ce que Chiron ne soit pas dans les parages lorsqu'il balançait ses petites piques.

– Personne ne sait exactement où vivent les Amazones. Alors, comment comptes-tu le découvrir ?

– Je ne sais pas encore.

– Et comment traverseras-tu la mer Noire ? Tu ne sais pas non plus ?

– Je trouverai un navire.

– Personne n'acceptera d'embarquer une femme. Ça porte malheur, glissa le guérisseur avec un sourire mauvais.

– Je trouverai un moyen.

– Moi, je pense que tu n'y arriveras pas. Ce n'est qu'un rêve de petite fille. Un rêve complètement stupide et inatteignable.

C'était la remarque de trop pour Atalante.

– La ferme ! Tais-toi, sale gougnafier !

Elle ne savait pas exactement ce que signifiait cette insulte, mais avait entendu Cléon la cracher plus d'une fois lorsqu'il râlait contre d'autres chasseurs, suivi d'Azariel, qui le reprenait aussitôt avec un « pas devant la petite ! ».

Asclépios (qui ignorait également la signification de ce mot) se jeta sur elle dans un hurlement rageur. Ils roulèrent dans la terre, la boue barbouilla leurs visages, encrassa leurs vêtements. Atalante grognait et griffait comme un animal sauvage. Asclépios, qui pourtant n'était pas un grand bagarreur, encaissait les coups et ripostait comme il le pouvait. Il lui tira les cheveux avec tant de vigueur qu'il en arracha une bonne touffe. En réponse, Atalante enfonça ses dents dans la chair de son avant-bras, si profondément qu'il poussa un hurlement de douleur.

Chiron accourut, alerté par les gémissements d'Asclépios. Lorsqu'il les découvrit tous les deux maculés de crasse, blessés et ensanglantés, il s'immobilisa. Les deux disciples prirent conscience de leur bêtise et se redressèrent gauchement. Chiron n'eut même pas besoin de prononcer un mot : son visage fermé et ses lèvres pincées témoignaient de son mécontentement. Atalante baissa la tête. Son cœur tambourinait dans sa poitrine. Elle ne s'était jamais sentie aussi embarrassée de sa vie, même lors de sa première visite au temple. À côté d'elle, Asclépios reniflait, pressant contre son torse la morsure qui brûlait son avant-bras.

— Et vous prétendez vouloir devenir des héros ? siffla Chiron.

— C'est lui qui a commencé ! rugit Atalante, oubliant tous les préceptes pour maîtriser son impulsivité.

— Menteuse !

— SILENCE !

Les deux élèves se turent dans un sursaut. Ni l'un ni l'autre n'avaient jamais vu leur maître dans une telle colère.

— Vous me faites honte.

Les yeux d'Atalante brûlaient. Elle plissa les paupières pour chasser les larmes qui menaçaient de s'échapper. Elle ne voulait pas pleurer devant Asclépios, mais le reproche de maître Chiron l'avait marquée au fer rouge.

— Je vous prie de m'excuser, maître, murmura Asclépios.

— Je n'ai que faire de tes excuses.

Et il s'en alla sans un mot, les abandonnant là. Les disciples regagnèrent la grotte, le cœur lourd et le corps endolori.

— Tout ça, c'est ta faute, lâcha le guérisseur entre ses dents.

Il pressait toujours son avant-bras ensanglanté. La morsure lui laisserait une belle cicatrice.

— Je te déteste, répliqua Atalante, les poings serrés.

Ce furent les derniers mots qu'ils échangèrent de toute la soirée. Asclépios appliqua un onguent sur sa blessure et gagna sa couchette. Atalante veilla longtemps, assise en tailleur, guettant le retour de maître Chiron. Son crâne l'élançait toujours. Elle finit par s'endormir aux aurores, exténuée. Lorsqu'elle se réveilla de son sommeil agité, la douleur avait disparu. Mais la honte, elle, persistait. Il n'y avait toujours aucune trace de Chiron. Elle inspecta les alentours de la grotte, puis dut se rendre à l'évidence : le centaure était parti. À contrecœur, elle secoua Asclépios.

— Debout ! Maître Chiron n'est plus là.

Le guérisseur se réveilla dans un sursaut. En découvrant ses yeux enflés et son teint livide, Atalante devina que son sommeil avait été aussi mouvementé que le sien. Elle en tira une satisfaction sadique. Les deux élèves rassemblèrent leurs affaires et partirent à la recherche de leur maître. Ils marchaient à distance respectable, les épaules voûtées. Asclépios piétinait, et le bruit des branches qui se brisaient sous ses bottes se répercutait dans la forêt.

— Tu ne pourrais pas faire un peu moins de bruit ? lança-t-elle, acerbe.

Atalante scrutait la terre à la recherche d'une trace de sabots qui lui permettrait de retrouver la piste de Chiron, même si, au fond d'elle, elle savait que ses efforts étaient vains : le centaure ne laissait *jamais* de trace. Asclépios leva les yeux au ciel.

— Pourquoi ? Nous ne sommes pas en train de chasser le gibier, à ce que je sache.

— J'ai besoin de me concentrer, cingla Atalante.

Le guérisseur s'arrêta net pour lui faire face.

— À quoi bon ? De toute évidence, maître Chiron ne veut pas être retrouvé.

— Il ne peut pas nous abandonner comme ça ! s'offusqua Atalante, tout en sachant que c'était ce qu'il venait de faire.

Elle s'accroupit pour inspecter une marque laissée dans la terre. *Étrange.* À cet endroit, le sol avait l'air… différent.

— Il veut nous punir, reprit Asclépios en ajustant la besace sur son épaule. Ou alors, il a changé d'avis et a décrété que nous ne sommes pas dignes d'être ses élèves. Et tout ça, c'est uniquement ta…

— Ne bouge plus, coupa Atalante.

— Quoi, encore ? Tu as vu une patte d'écureuil dans la boue et tu crois que…

Le sol se déchira sous ses pieds. Son hurlement s'éteignit tandis qu'il disparaissait sous la terre. Atalante bondit en arrière, mais même ses réflexes surhumains ne purent l'empêcher de sombrer : la brèche était trop grande. La chute ne dura qu'une fraction de seconde et l'atterrissage lui arracha un cri de douleur. Des monticules de terre et de feuilles plurent sur eux. Atalante se plia en deux pour recracher la poussière qu'elle avait ingérée. Lorsqu'elle reprit ses esprits, elle comprit qu'ils venaient de tomber dans un piège. Le tour était d'une simplicité enfantine : un simple fossé, camouflé par des feuilles et des branches entrelacées. Atalante avait appris à en confectionner avec ses pères. De son œil affûté, elle aurait dû être capable de le repérer à cent mètres de distance ! Mais le trompe-l'œil était presque parfait. Celui qui l'avait élaboré était doué. Et sa rage l'avait rendue moins vigilante.

— Par Hadès ! jura Asclépios. Qu'est-ce qui s'est passé ?

— Tu n'as pas regardé où tu mettais les pieds, voilà ce qui s'est passé ! explosa Atalante.

Ils se jaugèrent en chiens de faïence. Leurs visages étaient noirs de poussière et leurs cheveux, couverts de terre. La situation aurait pu être comique si seulement les deux élèves n'étaient pas aussi excédés.

— C'est toi, la grande chasseresse, grogna Asclépios. Tu aurais dû éviter ça.

En réalité, Asclépios avait également appris à repérer et à éviter les pièges, mais il préférait reporter l'entière responsabilité sur elle, comme toujours.

Les doigts d'Atalante picotaient. Elle mourait d'envie de lui faire ravaler son arrogance, une bonne fois pour toutes. Elle prit une grande inspiration pour calmer les pulsations affolées de son cœur, tout en se remémorant les sermons de maître Chiron sur la tempérance et le sang-froid. Quand soudain, une douleur aiguë lui transperça le pied. Elle s'effondra.

— Aïe !

Elle le repéra en un rien de temps : là, dans la terre, un petit serpent s'agitait, terrorisé.

— Qu'est-ce qui t'arrive, encore ? grogna Asclépios.

— Un serpent...

Atalante s'éloigna le plus possible, jusqu'à être collée contre la paroi du trou. Le serpent, paniqué, rampa le long du fossé et regagna la surface en un rien de temps.

Elle se recroquevilla en grimaçant. La douleur se diffusait rapidement, jusqu'à la naissance de sa hanche.

— Laisse-moi voir, ordonna Asclépios.

Le premier réflexe d'Atalante fut de refuser, mais la douleur était tellement intense qu'elle se résolut à tendre la jambe dans sa direction. Asclépios chassa la terre sur sa peau, dévoilant les deux trous qu'avait laissés le reptile. Autour de la plaie, la peau enflait déjà.

— Tu as vu à quoi il ressemblait ? Le serpent ?

Atalante retint le chapelet d'injures qui lui chatouillait la gorge.

— Il était recouvert de terre !

Asclépios fronça les sourcils en détaillant la blessure.

— Quelle taille faisait-il ?

— Je n'en sais rien ! s'écria Atalante, excédée. Pas très grand !

Le guérisseur poussa un long soupir et reposa la jambe d'Atalante sur le sol avec précaution.

— En même temps, si tu acceptais de porter des bottes, comme tout le monde...

Elle lui décocha une œillade mortelle entre deux halètements.

— En tout cas, c'est pas beau à voir. Heureusement pour toi, j'ai quelques plantes dans ma besace. Je devrais pouvoir confectionner un cataplasme qui...

— Ne te fatigue pas. Je n'ai pas besoin de toi.

— Très bien ! Alors tu n'as qu'à te laisser mourir !

Il lui tourna ostensiblement le dos, offusqué. La chasseresse se dévissa le cou pour apercevoir la surface. La cavité était profonde. Bien plus profonde que tous les pièges à fosse qu'elle avait eu l'occasion de voir au cours de sa vie. Même en se faisant la courte échelle, ils seraient loin de pouvoir se hisser jusqu'en haut.

— Super. On est coincés, se lamenta Asclépios.

— Ne dis pas n'importe quoi. On peut s'en tirer.

Le guérisseur lui lança un regard sceptique.

– Il nous suffit de nous placer dos à dos, les bras entrecroisés, pieds contre les parois, et d'avancer en rythme, un pas après l'autre, expliqua Atalante.

Asclépios étudia l'orifice, avant de déclarer :

– Oui, ça peut marcher. Dépêchons-nous. Je n'ai pas envie de rester une seconde de plus enfermé ici en ta charmante compagnie.

Pour toute réponse, Atalante lui tira la langue. Ils se positionnèrent comme elle l'avait indiqué mais, au moment de faire pression contre la paroi avec son pied gauche, l'élancement redoubla d'intensité. Atalante tomba sur les fesses et Asclépios s'étala de tout son long sur elle.

– Quelle coordination, marmonna-t-il en se relevant.

Il fit craquer ses articulations endolories. Il s'apprêtait à renchérir avec une autre pique, mais s'arrêta en voyant le visage grimaçant d'Atalante.

– Le venin va se répandre dans ton sang. La douleur se fera de plus en plus intense, jusqu'à devenir insupportable.

– Je n'ai pas besoin de ton aide, *compris* ? Je dois juste me reposer un moment. Faire une petite sieste. À mon réveil, la plaie aura entièrement cicatrisé, comme toujours.

Le guérisseur haussa un sourcil circonspect.

– On ne parle pas d'une plaie ouverte, Atalante. Ton sang est empoisonné.

– Tu verras.

Atalante s'allongea et ferma les yeux. Elle n'avait aucune envie de dormir, mais essaya tout de même d'apaiser sa respiration. Chiron lui avait appris à endurer la souffrance pendant de longues périodes sans broncher. Elle se remémora le jour où elle avait dû rester debout, les bras tendus à l'horizontale, une grosse bûche dans chaque main.

À la fin, elle avait eu l'impression que ses muscles enflammés se déchiraient. Son corps entier lui avait fait souffrir le martyre. Et pourtant, elle n'avait pas cédé. Elle avait lutté, le visage dégoulinant de sueur, jusqu'à ce que Chiron l'autorise à relâcher son effort. Elle avait survécu à cette épreuve : ce n'était certainement pas une petite morsure de rien du tout qui allait l'ébranler ! Ce souvenir lui insuffla un peu de force, et l'élancement sembla s'atténuer. Elle passa les heures qui suivirent à méditer et à bouger le moins possible pour laisser le temps à son corps d'évacuer le venin. Cependant... plus les minutes s'égrenaient, plus la douleur s'intensifiait. Bientôt, elle ne put plus l'ignorer. Quand elle ouvrit les yeux pour inspecter la blessure, elle constata avec horreur que sa cheville avait doublé de volume.

— Alors, tu penses toujours que tu es immortelle ? railla Asclépios.

Il était assis en tailleur, l'herbier dont il ne se séparait jamais ouvert sur ses genoux.

— Je t'avais bien dit que tu aurais besoin d'un guérisseur un jour ou l'autre.

Il fit mine de s'approcher, mais Atalante n'était pas prête à abdiquer.

— Laisse-moi tranquille, souffla-t-elle.

Asclépios secoua la tête, dépité.

— Quelle tête de mule !

Les enfants restèrent pris au piège. La nuit tomba, et les températures chutèrent. L'état d'Atalante se dégrada rapidement. La fièvre faisait trembler ses os. Un écoulement jaunâtre s'échappait de la plaie rouge et enflée. Il lui était maintenant impossible de tendre la jambe sans hurler de douleur. Au petit matin, Asclépios prit les choses en main.

– Cette fois, ça suffit ! Tu ne vas pas te laisser mourir juste pour avoir raison !

La chasseresse peinait à garder les yeux ouverts. Et pourtant, elle refusa à nouveau l'aide d'Asclépios dans un murmure.

Je vais guérir. Je guéris toujours.

Elle répéta les mêmes mots inlassablement. Asclépios ne comptait pas rester les bras croisés. Atalante n'avait peut-être pas conscience de la gravité de la situation, mais lui, si. Il n'avait jamais vu sa camarade dans un tel état. Pour n'importe quel être humain normalement constitué, le poison aurait déjà été fatal. Le guérisseur en herbe reconnaissait les signes d'empoisonnement : à ce rythme-là, Atalante dépérirait avant le coucher du soleil. Il extirpa de sa besace les plantes dont il avait besoin et se mit à l'œuvre. Il regrettait de ne pas avoir sa lyre à portée de main : le pouvoir de la musique aurait pu la soulager plus vite que n'importe quel cataplasme. Il mâchouilla les plantes puis appliqua le remède sur sa cheville tuméfiée. Malgré sa délicatesse, Atalante poussa des gémissements à fendre le cœur. De près, sa peau diaphane laissait apercevoir ses veines enflées. Sa jambe gauche était totalement paralysée. Tout en appliquant sa préparation, Asclépios se maudit pour son inaction. Il n'aurait pas dû attendre si longtemps. L'état d'Atalante était préoccupant. Quel genre de guérisseur regardait ses patients souffrir sans agir ? Et si Atalante succombait au poison ? Pourrait-il un jour se le pardonner ?

– S'il te plaît, ne meurs pas, souffla Asclépios.

Atalante ne répondit pas. Ses dents claquaient par intermittence. Asclépios passa une main sur son front brûlant. La déshydratation n'aidait pas. Son cœur s'emballa dans sa poitrine. Il bondit sur ses pieds et plaça ses mains en porte-voix :

– MAÎTRE CHIRON ! REVENEZ ! NOUS SOMMES LÀ !

Il hurla à s'en briser les cordes vocales.

– ATALANTE EST BLESSÉE ! NOUS AVONS BESOIN D'AIDE !

Il supplia son maître de les secourir jusqu'à ce que sa voix brisée ne puisse plus émettre le moindre son. Il ne reçut aucune réponse. Dans un élan de désespoir, il entreprit d'escalader le fossé à mains nues. Ses paumes s'ébréchèrent sur les cailloux. Ses pieds dérapèrent. Après plusieurs minutes d'efforts acharnés, il ne parvint qu'à se blesser davantage.

Il tomba à genoux, exténué et bouleversé.

– J'ai... j'ai compris la leçon, articula-t-il dans un filet de voix. Je vous le jure. J'ai tellement honte de mon comportement. À... à partir de maintenant, tout sera différent. Je ne chercherai plus à nuire à Atalante. Sur Zeus, je le jure.

Il se recroquevilla, la tête entre les genoux, et éclata en sanglots. Une fois calmé, il s'allongea contre le corps frissonnant d'Atalante. Celle-ci se blottit contre lui et s'agrippa à sa tunique.

– Je suis désolé, murmura Asclépios. Je suis vraiment désolé.

Il veilla toute la nuit, changeant régulièrement le cataplasme. Ses ressources s'épuisèrent toutefois et, très vite, il n'eut plus assez de plantes pour en confectionner un nouveau. Il ne lui restait plus qu'à prier.

Par miracle, aux premières lueurs du jour, la fièvre d'Atalante tomba. Elle battit des paupières avec l'impression d'émerger d'un très long rêve.

— Que… Que s'est-il passé ? dit-elle dans un croassement.

Lorsqu'elle croisa le regard d'Asclépios, elle comprit qu'elle venait d'échapper au pire. Le guérisseur poussa un profond soupir et tout son corps se détendit. Il prit la parole, des trémolos dans la voix :

— J'ai cru que… à un moment…

Atalante se redressa avec difficulté. Asclépios lui offrit son bras, sur lequel elle prit appui. Elle détailla la plaie. Sa cheville était encore gonflée, mais la douleur avait presque entièrement disparu. Alors, elle se tourna vers Asclépios et lui offrit son sourire le plus éblouissant.

— Merci.

Asclépios ne put que hocher la tête, tant l'émotion lui étreignait la gorge. Les disciples se relevèrent. Atalante parvint à s'appuyer sur sa cheville blessée.

— Asclépios, c'est incroyable ! Je ne ressens plus aucune douleur !

Son enthousiasme réchauffa le cœur du guérisseur.

— Prêt à remonter à la surface ? demanda Atalante.

Son camarade hocha la tête. Atalante était encore faible, mais ils n'avaient plus une minute à perdre : plus le temps passait, plus la déshydratation atrophierait leurs muscles et rendrait l'ascension difficile. Les deux camarades se placèrent dos à dos et commencèrent à monter. Un pas après l'autre. Atalante donnait la cadence et Asclépios suivait dans une parfaite synchronisation. Dos à dos, ils ne faisaient plus qu'un. Au prix d'un ultime effort, ils atteignirent la surface et s'écroulèrent, haletants. Ils restèrent là un long moment, immobiles, à scruter le ciel et à savourer la caresse du vent sur leur visage.

— On a réussi, dit Atalante.

Toute la tension des derniers jours se dissipa lorsqu'elle éclata de rire. Les gloussements d'Asclépios se mêlèrent aux siens.

— Allons-y, lança le guérisseur, une fois qu'ils eurent retrouvé leur calme.

Le trajet jusqu'à la grotte leur parut interminable. Pourtant, il ne devait pas y avoir plus de deux kilomètres. Atalante traînait des pieds et s'appuyait sur Asclépios pour avancer. Lui non plus n'en menait pas large, tiraillé par la nausée et les vertiges. Lorsqu'ils arrivèrent à proximité de la grotte, la silhouette de Chiron se découpa dans l'entrée. Atalante eut envie de bondir dans ses bras.

Le centaure les vit approcher, sales, éreintés et blessés. Pourtant, il n'eut aucune réaction. Son indifférence glaça les deux élèves. Ils comprirent très vite que les retrouvailles chaleureuses qu'ils attendaient n'auraient pas lieu.

— Je vous attendais, lâcha Chiron d'une voix égale.

Les enfants échangèrent un regard confus. Atalante s'appuyait toujours sur Asclépios, qui avait glissé un bras sous son aisselle pour la soutenir.

— Allez vous débarbouiller immédiatement. Je ne veux plus voir une trace de terre sur les haillons qui vous servent de vêtements.

Il croisa les bras, avant de conclure :

— Dépêchez-vous. Le dîner va refroidir.

La simple évocation d'un repas déclencha des gargouillements terribles chez les deux jeunes disciples. Galvanisés par la perspective d'un bon repas, ils trouvèrent la force de se décrasser à la perfection, comme l'avait exigé leur maître. Lorsqu'ils revinrent, deux lapins rôtis les attendaient.

Chiron observa ses protégés, un petit sourire attendri aux lèvres, tandis qu'ils se remplissaient la panse.

Le lendemain, tout rentra dans l'ordre et l'entraînement reprit comme si de rien n'était.

Pas une fois leur précepteur n'évoqua cet épisode. Atalante et Asclépios, de leur côté, ne racontèrent jamais ce qui s'était passé dans le piège.

Et pourtant, depuis ce jour-là, tout avait changé.

CHAPITRE

8

Après cette épreuve, la relation entre Atalante et Asclépios s'améliora petit à petit.

« Vous n'êtes pas en compétition, répétait Chiron. Vous êtes deux êtres différents mais complémentaires. Nourrissez-vous des qualités de l'autre et vous deviendrez plus forts. Jalousez-vous et vous ne grandirez jamais. »

La cohabitation ne fut pas aisée. Les disputes étaient fréquentes, comme le jour où Chiron les emmena près d'une cascade pour un brin de toilette. Atalante, qui n'avait pas appris la pudeur, se déshabilla entièrement sous l'œil de son précepteur et de son camarade avant de plonger dans les eaux fraîches. Lorsqu'elle émergea, elle se retrouva face au visage outré d'Asclépios, dont la peau avait viré au cramoisi. Il se mit dans une colère noire, reprochant à Atalante un manque total de convenances, avant de tourner les talons. Les jours qui suivirent, il refusa même de croiser son regard.

Depuis cet épisode, Atalante veillait toujours à faire sa toilette seule, mais jamais elle ne comprit la vive réaction de son camarade. Il ne s'était jamais offusqué des dryades qui se baladaient à moitié nues ! Chiron tenta de lui expliquer qu'il existait une différence entre les créatures de la forêt et les mortels, sans succès. Atalante n'avait jamais couvert son corps, et la présence d'Asclépios n'y changeait rien. S'il n'était pas content, il n'avait qu'à regarder ailleurs !

Atalante continuait à seconder Asclépios pendant leurs longues nuits au temple. Elle apprit les rudiments de la médecine, même si elle comprit très rapidement qu'elle n'avait aucune affinité avec ce domaine. Cela ne l'empêchait pas d'apprécier le soupir de soulagement des patients lorsqu'elle les aidait à se redresser, à se dégourdir les jambes ou à se laver. Ni à tirer fierté du sourire des plus jeunes, à qui elle racontait les histoires transmises par Azariel.

Avant, jamais personne n'avait eu besoin d'elle. Elle aimait se sentir utile.

Un après-midi où Asclépios avait été particulièrement efficace au temple, Atalante l'interrogea sur son passé. Elle ne s'était jamais risquée à aborder le sujet alors qu'elle en mourait d'envie. « La curiosité est un vilain défaut, répétait son père adoptif Cléon. Les choses sont comme elles sont. Il ne faut pas chercher à voir plus loin. »

Atalante n'avait jamais accepté ça. Elle voulait tout connaître, tout savoir, tout expérimenter.

Au lieu de se défiler, le musicien la prit par le bras pour l'entraîner devant l'autel du dieu Apollon. Il prit une grande inspiration avant de lâcher :

— Voici mon père.

Atalante n'en revint pas. Quoi ? Asclépios était... un demi-dieu ? Voilà d'où venaient ses dons musicaux... Car qui d'autre que la divinité des arts et de la poésie aurait pu lui transmettre un tel doigté ? À bien y regarder, Atalante remarqua de nombreuses similitudes entre eux. Certes,

Asclépios avait encore le corps frêle d'un enfant tandis qu'Apollon n'était que muscles et grâce. Mais les vraies ressemblances résidaient dans la forme de leur visage, d'un ovale parfait, dans l'angle droit de leur nez, jusqu'à la pulpe de leurs lèvres. Il était communément admis qu'Apollon était le plus beau des dieux et, plus Atalante observait Asclépios, plus elle comprenait qu'il avait bel et bien hérité de cette apparence avantageuse.

Toutes les remarques qu'elle avait proférées sur la superficialité d'Apollon lui revinrent en mémoire. Quelle gourde ! Pas étonnant qu'Asclépios ne l'apprécie pas.

– Écoute, concernant ce que j'ai dit sur Apollon le premier jour, je...

– Ce n'est pas grave. Tu ne savais pas. Et puis, nous avons tous nos préférences...

Il laissa planer un instant de silence.

– C'est incroyable, souffla-t-elle après un moment d'hébétude. Comment est-il ?

– Je ne l'ai jamais vu.

À son ton sec, Atalante perçut que le sujet était douloureux, aussi tenta-t-elle une autre approche.

– Et ta mère ?

La tristesse sur son visage s'accentua, et Atalante se maudit pour son indélicatesse. Chiron avait raison lorsqu'il affirmait qu'elle n'avait aucun tact. Mais, à sa grande surprise, le guérisseur lui répondit :

– C'était une mortelle du nom de Coronis. Apollon est tombé follement amoureux d'elle alors qu'elle se baignait dans un lac. Il pensait que son amour était réciproque, mais... Elle l'a trompé avec un autre mortel, alors qu'elle était enceinte de moi.

Atalante craignait d'entendre la suite du récit. Les divinités n'étaient jamais magnanimes envers ceux qui les blessaient.

— Pour se venger, il l'a fait mettre au bûcher.

La jeune fille eut un mouvement de recul, horrifiée.

— Apollon s'est rendu compte qu'elle était enceinte et m'a sauvé *in extremis*, pour me confier à Chiron alors que je n'étais qu'un bébé. À mes yeux, il n'est pas qu'un simple précepteur. C'est... beaucoup plus que ça.

Atalante demeura silencieuse un moment. Voilà qui expliquait beaucoup de choses... notamment la jalousie excessive d'Asclépios et sa méfiance à l'idée que Chiron prenne sous son aile une nouvelle élève.

— Tu as raison, lâcha-t-elle de but en blanc. La vraie famille, c'est celle qu'on choisit.

La peau d'Asclépios, d'ordinaire d'un blanc laiteux, se colora vivement.

— Non... ce n'est pas ce que je voulais dire... C'est un immense honneur d'avoir Apollon comme père !

— Moi, j'ignore tout de mes géniteurs, enchaîna-t-elle. Je ne saurai jamais quel effet cela fait d'avoir une mère, mais j'ai eu la chance d'avoir deux formidables parents qui m'ont épaulée et éduquée comme leur propre enfant.

Sa voix se serra alors qu'elle se remémorait les visages de ses pères adoptifs. Oui, Asclépios et elle se ressemblaient beaucoup, malgré leurs caractères opposés.

— Je veux le rendre fier, murmura le guérisseur.

Il contempla la statue de son géniteur avec un air rêveur.

— Je ne l'ai jamais vu. Depuis ma naissance, il n'est pas descendu une seule fois sur terre pour me rencontrer. Mais j'espère qu'un jour, il entendra parler de mes exploits jusque sur l'Olympe. Et qu'il viendra me féliciter en personne.

Ses yeux clairs brillaient avec intensité. Atalante se pinça les lèvres, peinée. Asclépios travaillait si dur ! Exigeant et rigoureux, il redoublait toujours d'efforts pour atteindre la perfection. Lorsqu'il commettait un impair – un bandage mal serré ou un air de harpe pas aussi efficace qu'il l'aurait voulu –, il mettait des jours à s'en remettre. Il était injuste qu'il ait à accomplir des miracles pour que son père daigne le rencontrer. Mais Atalante respectait les rêves. Elle savait qu'ils étaient propres à chacun, et qu'elle n'était pas en position de le juger. Après tout, elle aspirait bien à devenir membre d'un clan qu'elle n'avait jamais vu !

— Je t'aiderai, lança-t-elle.

Asclépios leva le menton. La surprise se lisait sur ses traits.

— C'est gentil, mais... je dois le faire seul. C'est *ma* quête.

— Je n'interviendrai pas, s'empressa-t-elle de le rassurer. Simplement, je veillerai à ce que le monde entende parler de chacun de tes exploits. Quitte à hurler à la lune !

Asclépios sourit. Encore.

CHAPITRE 9

Un jour d'automne, Atalante découvrit des taches de sang sur ses cuisses alors qu'elle était sûre de ne pas s'être blessée. Elle interrogea Chiron à ce sujet. Le centaure demeura étrangement silencieux ; pour toute réponse, il la conduisit au plus profond des bois. Sous un immense saule pleureur vivait une nymphe. Atalante était déjà passée par là des dizaines de fois, mais elle était certaine que l'arbre et la femme ne s'y trouvaient pas. Cette dernière était si vieille qu'elle avait commencé à fusionner avec la nature et que des branches perforaient son épiderme, que l'écorce rongeait la chair de son visage et que des feuilles piquaient sa chevelure éparse. Sa peau fripée lui fit penser à une pomme pourrie. Quand la nymphe lui saisit les mains, elle eut envie de prendre ses jambes à son cou. Pourtant, dès l'instant où sa voix chaude l'enveloppa, toute sa peur s'évanouit.

— Ne t'inquiète pas, fille de la forêt. Ce sont les gouttes de vie qui s'échappent de toi. Le rituel se reproduira à chaque lune. N'oublie pas : la lune est l'amie des femmes. Elle veille sur nous.

Atalante n'avait pas tout compris. C'était la première fois qu'elle s'apercevait qu'elle était différente d'Asclépios.

Elle ne le vécut pas comme une punition, bien au contraire : elle avait l'impression d'avoir été dotée de pouvoirs magiques.

À partir de ce moment, Chiron entreprit des recherches sur les parents d'Atalante, car le vieux centaure avait l'intuition qu'elle serait amenée à les rencontrer un jour ou l'autre. À force d'interroger les oracles, il comprit qu'elle était la fille de Iasos, le roi d'Arcadie, et de Clymène. Ce qui faisait d'elle… une *princesse*. Alors qu'il interrogeait les riverains pour en apprendre davantage sur le roi, il découvrit que le couple n'avait jamais réussi à enfanter à nouveau. Le roi demeurait donc sans héritier.

Cette révélation le plongea dans une profonde perplexité. Iasos n'était pas le genre d'homme à laisser sa lignée s'éteindre derrière lui. Tôt ou tard, il comprendrait son erreur et chercherait à retrouver Atalante pour perpétuer sa descendance. Alors, Chiron ne pourrait s'y opposer. Pourtant, il savait que la place de sa protégée n'était pas dans un palace à élever des enfants. Sa force et sa vitesse lui avaient été conférées par une divinité – mais laquelle ? Et pour quelle raison ? Comment pouvait-il la guider correctement avec tout le mystère qui l'entourait ?

Chiron prit une résolution radicale. Il envoya une corneille chercher sa fille unique, Ocyrhoé. La centauresse était capable de chanter les destins. C'était un don extraordinaire, mais aussi très dangereux. Ceux qui quémandaient ses visions n'étaient jamais satisfaits. Car si Ocyrhoé chantait l'avenir, il lui arrivait également de révéler à certaines personnes les circonstances futures de leur mort.

Ocyrhoé fit son apparition deux lunes plus tard. Elle galopait en direction de la grotte, ses cheveux roux flottant derrière ses épaules, tandis qu'Atalante et Asclépios étaient occupés à filtrer l'eau de pluie pour préparer du bouillon. La ressemblance frappante entre la fille et le père ne passa évidemment pas inaperçue.

— Ocyrhoé ! s'exclama Asclépios.

Il lâcha ce qu'il était en train de faire pour bondir sur le dos de la centauresse. Atalante détailla la nouvelle arrivée, intimidée. Elle n'avait pas l'habitude de voir quelqu'un d'autre s'immiscer dans leur cercle. Alors qu'un nœud compressait ses poumons, elle comprit ce qu'avait ressenti Asclépios la première fois qu'il l'avait vue.

— Nom d'un cyclope, comme tu as grandi !

En effet, le corps d'Asclépios s'étirait de semaine en semaine. Il n'avait toujours pas dépassé Atalante, mais ce n'était qu'une question de temps. La jeune fille s'avança pour se présenter, mais elle n'en eut pas besoin.

— Atalante. Je suis ravie de te rencontrer.

La chasseresse en resta coite. Soudain, l'atmosphère s'alourdit, comme si un orage allait éclater.

— Allons dans la grotte, suggéra Chiron. Nous pourrons y discuter au calme.

La gravité qui perçait dans sa voix n'échappa pas à ses élèves. Atalante comprit que la présence d'Ocyrhoé en Arcadie n'avait rien d'une visite de courtoisie.

— Elle a des visions, lui murmura Asclépios en se dirigeant vers la grotte. Elle est capable de lire l'avenir dans les lignes de ta main.

Atalante n'avait jamais entendu parler d'un tel don. Elle ne connaissait qu'un seul oracle : la Pythie, mentionnée dans de nombreux récits d'Azariel. La prophétesse résidait dans le palais de Delphes et rendait ses prédictions une fois par an.

— Est-ce qu'elle t'a déjà prédit quelque chose ? s'enquit Atalante.

— Jamais. Elle disait que j'étais trop jeune pour supporter ses prophéties.

À voir la mine lugubre de la prophétesse, elle ne considérait plus Asclépios comme un enfant.

Les deux disciples s'activèrent pour mettre à l'aise leur invitée, sous l'œil attentif de Chiron. Ils allumèrent un feu et lui offrirent une collation – un reste de cuisse de chevreuil aux herbes. Tous deux trépignaient d'une impatience contenue.

— Je commencerai par Asclépios.

Le garçon bomba le torse. Il se tint plus droit, comme s'il essayait par cette posture de se prouver à lui-même et aux autres qu'il était prêt. Pourtant, son estomac se contractait sous l'effet de la peur.

Ocyrhoé plia ses pattes et prit la main droite d'Asclépios dans les siennes. Elle jeta un regard en biais à Atalante :

— Ce que je m'apprête à dire est très personnel et peut être difficile à supporter. Peut-être préfères-tu t'isoler ?

Atalante se recroquevilla. Elle s'apprêtait à regagner l'extérieur quand Asclépios répondit :

— Non. Tout va bien.

— Tu es sûr ? insista Atalante.

La solennité du moment la mettait mal à l'aise.

— S'il te plaît. J'ai besoin de ton soutien.

C'était la première fois qu'il demandait de l'aide. Atalante l'interpréta comme une grande marque de confiance et cette honnêteté la bouleversa plus que de raison. Sans rien laisser paraître de son trouble, elle s'installa à côté de lui, suffisamment près pour qu'il sente sa présence, mais pas assez pour le gêner. Chiron assista à cette scène sans émettre le moindre commentaire. Intérieurement, pourtant, il se réjouissait de constater que le lien d'amitié des jeunes disciples se renforçait de jour en jour, même si les disputes étaient aussi fréquentes que les éclats de rire. Asclépios ne supportait pas la désinvolture d'Atalante et cette dernière le jugeait trop sérieux.

— Ferme les yeux, fils d'Apollon, dit-elle en lui prenant la main.

Celui-ci s'exécuta. Ocyrhoé se mit à fredonner dans une langue inconnue. Sa voix cristalline emplit la grotte, vibra à l'intérieur des os d'Atalante. Elle fut saisie de tremblements incontrôlables. La dernière fois que son corps avait réagi de la sorte, c'était pendant qu'Asclépios jouait de la harpe. Elle percevait... la *magie*.

Ocyrhoé commença à chanter :

Enfant, grandis, pour le salut de l'univers entier :
Car tu seras le plus grand guérisseur que la terre ait jamais porté
Plus grand que le dieu de la médecine Apollon lui-même,
Et on chantera tes louanges pendant des millénaires.
Tu auras le pouvoir de ramener les âmes,
Mais c'est ce même pouvoir
Qui t'ôtera la tienne.

Elle se tut. Asclépios avait blêmi. Il rouvrit les yeux, tremblant de tous ses membres.

« Le plus grand guérisseur que la terre ait jamais porté. » Atalante avait tout de suite perçu le potentiel de son ami.

Mais de là à ramener les morts à la vie... Jamais aucun mortel n'avait accompli une telle prouesse ! Il existait bien des légendes sur des humains qui s'étaient aventurés jusque dans le Tartare pour récupérer un être cher, mais l'histoire ne finissait jamais bien pour eux.

Alors que la centauresse se tournait vers elle, Atalante eut un mouvement de recul. Elle n'était pas certaine de vouloir connaître son avenir. Et si le sort qui lui était réservé n'avait rien d'enviable ? Et si elle passait sa vie à essayer d'y échapper, tout en le provoquant ? Et si la médium ne voyait rien ? Qu'elle était condamnée à une vie insignifiante ? Elle ne savait pas quelle option était la pire.

Chiron l'encouragea d'un signe de tête. Asclépios et elle intervertirent leur place. Ce faisant, il pressa délicatement sa main, comme pour lui insuffler une dose de courage. Il ne s'était jamais montré aussi tactile avec elle. Elle ne savait pas si ce comportement la rassurait ou l'effrayait davantage.

Elle ferma les yeux. La peau de la centauresse était glacée au contact de la sienne.

La plus grande héroïne que la Grèce ait jamais vue,
Voilà comment on parlera de toi à travers les âges,
Tu accompliras des exploits et sauveras des vies,
Aideras des demi-dieux dans leur quête.
Favorite d'Artémis, tu la serviras avec honneur
Mais à l'amour jamais tu ne devras céder
Car tes sentiments
Signeront ta perte.

Ocyrhoé rompit le contact. La prédiction plongea Atalante dans un sentiment d'euphorie totale. Elle, petite sauvageonne, avait été bénie par la déesse Artémis en personne ! Voilà d'où elle tenait ses capacités. Le simple fait de savoir qu'elle était liée à une divinité – et pas n'importe laquelle : sa préférée ! – la laissait pantelante. Quant à la seconde partie de la prédiction... rien de bien important ! Tomber amoureuse n'était pas au programme. Jamais elle ne pourrait être responsable d'une autre personne, et rien que le fait d'imaginer devoir rendre des comptes à quelqu'un lui donnait la nausée. Elle n'aimait rien de plus que l'indépendance. Non, Atalante était bien plus préoccupée par le fait que les Amazones n'avaient pas été évoquées... Mais, après tout, les prémonitions étaient toujours floues. Cela ne voulait pas dire qu'elle ne les rencontrerait jamais.

Asclépios lui offrit son plus beau sourire. Tous deux se sentaient ragaillardis par une énergie vibrante. Le plus grand guérisseur et la plus grande héroïne... Il y avait de quoi être fier ! Atalante sautillait sur place, incapable de contenir sa joie, transgressant tous les principes de pudeur et de modestie inculqués par Chiron. Asclépios l'imita très vite, tout en multipliant les remerciements à Ocyrhoé.

— Allez chercher du bois pour le feu, ordonna le centaure. Je dois m'entretenir avec ma fille.

— Mais..., commencèrent de concert Asclépios et Atalante.

Après ce qu'ils venaient d'entendre, ils n'avaient aucune envie de s'abaisser à une tâche aussi barbante que la recherche de petit bois.

— Et vous jeûnerez ce soir, enchaîna-t-il, impitoyable. Peut-être que votre ventre vide et douloureux vous rappellera que vous n'êtes que des mortels, et rétablira le peu d'humilité que vous possédez chacun. Maintenant, hors de ma vue !

Les deux adolescents s'exécutèrent, têtes basses. Ils avaient rarement vu Chiron autant en colère ! Pourtant, ni l'un ni l'autre ne descendirent de leur petit nuage. Sitôt hors de vue de leur maître, ils se mirent à se trémousser et à rire comme les enfants qu'ils étaient encore.

– Tu imagines, le plus grand guérisseur que la terre ait jamais porté ? Plus grand qu'Apollon encore ? s'écria Asclépios, ivre de bonheur.

Ses yeux brillaient d'un nouvel éclat. Il était si rare de le voir abandonner sa carapace de sévérité !

– Ramener les âmes à la vie..., reprit-il cependant, soucieux. Voilà qui semble périlleux. Avec un peu de chance, je découvrirai ce secret à un âge très avancé. Alors, peu importe s'il cause ma mort. Je serai vieux et j'aurai déjà accompli suffisamment d'exploits pour qu'on se souvienne de moi.

Il n'était pas dans ses habitudes de faire preuve d'autant d'optimisme, mais ce n'était pas Atalante qui allait le contredire.

– Et toi..., poursuivit-il en se tournant vers elle. Tu n'es pas trop triste de savoir que tu n'as pas le droit de tomber amoureuse ?

Atalante esquissa une grimace.

– Moi ? *Triste* ? Au contraire ! Je n'ai pas le temps pour ces bêtises. Tu as entendu ? Je serai la plus grande héroïne de Grèce ! Je dois me consacrer corps et âme à l'entraînement.

Et elle s'élança dans la forêt, plantant là Asclépios. Elle ne le vit pas perdre tout son éclat d'un seul coup, ni son visage se fermer et ses épaules se voûter.

Parce que, en fin de compte, le plus affecté par la prémonition d'Ocyrhoé, c'était bien lui.

CHAPITRE 10

Atalante grandit et devint une jeune femme. Elle n'avait aucune conscience de sa beauté ni de l'aura sauvage et magnétique qu'elle dégageait. Elle n'avait besoin que de jambes ciselées pour courir toujours plus vite. D'un corps souple et agile pour se mouvoir à la manière des panthères. D'ailleurs, il lui arrivait fréquemment de se déplacer à quatre pattes, souvenir de sa petite enfance auprès de l'ourse qui l'avait maintenue en vie. À son apparence gracile s'ajoutait une personnalité joviale et aimable. Après avoir gagné le cœur des badauds du temple médicinal grâce à de petites attentions qui réchauffaient les cœurs, il lui arrivait de quitter la forêt pour rendre visite aux habitants des villages environnants : en plongeant dans un puits pour secourir un enfant qui y était tombé, en aidant des hommes à reconstruire le toit d'une grange qui s'était effondré, en repoussant une meute de loups qui s'approchait trop près des villageois et qui dévorait les troupeaux de moutons. Ces missions lui valurent une petite réputation. Nul ne savait vraiment d'où elle venait ni qui elle était. Ils l'appelaient « la Chasseresse » et parlaient d'elle comme d'une mystérieuse jeune femme à la force inégalée et à la beauté enchanteresse qui venait en aide aux démunis.

Asclépios, du haut de ses dix-sept ans, avait beaucoup grandi, dépassant Atalante de quelques centimètres. Ses talents de guérisseur n'étaient plus à prouver, et le temple était maintenant pris d'assaut par des familles qui faisaient parfois des semaines de voyage pour rencontrer celui dont les doigts accomplissaient des miracles. Son lien de parenté avec Apollon ne pouvait plus passer inaperçu : en vieillissant, la ressemblance entre le guérisseur et le dieu s'accentua davantage. Il émanait également de lui un charisme qui n'avait rien d'humain. Il était tout simplement éblouissant, et personne ne pouvait passer à côté de sa lumière.

Les deux élèves travaillèrent dur et leurs efforts furent récompensés. Chiron n'aurait pu être plus fier de ses protégés. Il sentait que le moment de la séparation approchait. Atalante et Asclépios, dans toute la fougue de leur jeunesse, n'aspiraient qu'à découvrir le monde, et Chiron n'avait plus rien à leur apprendre. Bientôt, d'autres aspirants héros prendraient leur place, et il continuerait à transmettre ses connaissances.

Telle était sa voie.

— Le premier à la rivière a gagné !

Atalante s'élança à toute allure. Asclépios la regarda s'éloigner, sans même essayer de la rattraper. Personne ne pouvait l'atteindre, elle le savait. Et pourtant, elle continuait à le défier à la course, ce qui l'agaçait presque autant que ça l'amusait. Chiron marchait derrière lui, plus silencieux qu'à son habitude. Pourtant, l'arrivée des beaux jours avait tendance à détendre le centaure, qui devenait plus affable. Asclépios eut envie de lui demander ce qui le préoccupait, mais il savait que son maître ne répondrait pas. Il ne partageait jamais ses états d'âme.

Les deux hommes rejoignirent Atalante quelques minutes plus tard. Elle avait déjà grimpé sur la balançoire qu'elle avait accrochée à une haute branche, près de la cascade. Elle se balançait encore et encore, jusqu'à atteindre un point culminant. Son rire si familier s'éleva dans la forêt alors qu'elle lâchait les cordes et effectuait une impressionnante pirouette, fendant l'eau sans provoquer la moindre éclaboussure. Pendant un instant, Asclépios fut frappé par sa beauté sauvage, à tel point qu'il fut contraint de détourner les yeux. Cela lui arrivait de plus en plus fréquemment. Il avait l'impression que ses sentiments se lisaient sur son visage. Heureusement, Atalante ne se rendait compte de rien : elle n'était pas très douée pour deviner les pensées d'autrui, pour son plus grand bonheur. Tout le contraire de Chiron, à qui rien n'échappait. Il lui lançait parfois des regards d'avertissement : quand il s'attardait un peu trop sur le visage d'Atalante, quand il lui effleurait le bras pour lui montrer quelque chose alors que rien ne l'y obligeait, quand il rougissait au moment où elle se découvrait pendant les saisons chaudes. Bien sûr, il n'avait jamais abordé le sujet de vive voix avec lui. Asclépios savait, mieux que personne, que cette histoire était vouée à l'échec. Il avait entendu la prophétie. Et puis, même si cela lui faisait mal de l'admettre, la prédiction n'était pas le seul problème. Atalante semblait totalement indifférente à son charme, qui pourtant éveillait les convoitises chez les jeunes femmes et hommes du temple médicinal.

Il s'assit sur la berge, déplia le baluchon de linges et les immergea dans l'eau froide – principalement des tissus utilisés pour panser des plaies ou essuyer des fronts moites de sueur. Tout en nageant, Atalante se lança dans un long monologue.

Elle s'extasia en décrivant la portée de renardeaux qu'elle avait croisée près d'une cascade, plus à l'est.

Asclépios l'écoutait d'une oreille distraite – le comportement taciturne de Chiron l'inquiétait de plus en plus – lorsque le bruit d'une monture lancée au galop les interrompit. Dans un sursaut, Atalante bondit hors de l'eau et se plaça devant Asclépios, en position d'attaque. Tout s'était déroulé le temps d'un battement de cils. Chiron se redressa, les sens à l'affût.

La silhouette d'un homme sur son cheval se découpa derrière les arbres. Plus âgé que les disciples, il devait frôler la trentaine. Grand, le bas du visage dévoré par une épaisse barbe, la mâchoire carrée et le torse épais et musclé, le nouvel arrivant ne passait pas inaperçu. Il ralentit lorsqu'il arriva à la hauteur de leur petit groupe, mais Atalante ne relâcha pas son attention pour autant. Quelques années auparavant, Asclépios aurait été vexé qu'Atalante prenne sa défense. Mais il s'était fait une raison : elle était beaucoup plus forte que lui. Les années d'entraînement lui avaient certes bâti un beau physique, mais il utilisait ses muscles pour aider les autres : soutenir des blessés, porter des jarres d'eau souillée... Dans un affrontement direct, il ne faisait pas le poids. Cela ne le dérangeait plus. Maître Chiron lui avait appris à s'accepter comme il était.

D'un geste souple et naturel, l'homme descendit de sa monture et s'inclina devant le centaure.

— Salutations, maître Chiron. C'est un honneur de vous rencontrer.

Le précepteur hocha la tête avec solennité. Il ne semblait pas le moins du monde surpris de le voir là. Une boule d'angoisse se nicha au creux de l'estomac d'Asclépios.

Malgré l'affabilité dont le nouveau venu faisait preuve, certains signes l'alarmèrent : son menton droit redressé, comme s'il voulait dominer l'assemblée, ou son petit sourire en coin, qu'il jugea arrogant.

– Méléagre. Le plaisir est partagé, répondit Chiron d'un ton égal.

Atalante observait l'étranger avec intérêt. Son maître le connaissait : il ne représentait donc pas une menace. De plus, son prénom lui était étrangement familier. Et tout, dans son attitude, respirait l'autorité. Pas de doute, cet homme avait l'habitude de commander.

Méléagre se tourna vers Atalante. À la surprise générale, il s'inclina une nouvelle fois, plus bas encore qu'il ne l'avait fait pour Chiron. Il dévorait la chasseresse du regard, ce qui irrita aussitôt Asclépios.

– Je ne crois pas me tromper en affirmant que je me trouve en présence de la célèbre chasseresse Atalante.

L'intéressée hocha la tête sans laisser transparaître la moindre émotion. Elle n'était guère sensible à la flatterie, encore moins lorsqu'elle émanait d'un parfait inconnu. Même si le qualificatif « célèbre » avait piqué sa curiosité. L'homme se tourna ensuite vers Asclépios et ses traits s'affaissèrent.

– Et toi, tu dois être… Non, désolé. Ça ne me revient pas.

Asclépios aurait pu s'étrangler sous l'indignation. Il était prêt à parier que l'étranger savait pertinemment qui il était, mais qu'il cherchait à le rabaisser.

– Asclépios. Mon nom est Asclépios.

– Bien sûr ! Quelle mauvaise mémoire. On dit que ta maîtrise de la lyre est exceptionnelle. Même si un musicien ne me sera d'aucune utilité dans ma quête…

– Et quelle est cette quête ? l'interrompit Chiron.

Méléagre prit un air grave.

– Pardonnez mon impolitesse. Permettez-moi de me présenter officiellement : je suis Méléagre, fils d'Œnée et prince de Calydon. Voilà des jours qu'une terrible bête terrorise la population, dévore nos citoyens et décime le bétail. Nos soldats et moi-même avons besoin de renforts. Je sillonne le pays à la recherche de vénérables guerriers qui puissent m'aider à exterminer cette créature une bonne fois pour toutes. L'avenir de mon royaume en dépend.

Atalante glissa un regard en direction de son maître, plongé dans une intense réflexion. Avait-il déjà entendu parler de ce mystérieux animal qui semait la terreur ? Évidemment. Rien ne lui échappait.

– Qu'a donc cette bête de si spécial pour que vous n'arriviez pas à vous en débarrasser ? intervint Asclépios, qui peinait à masquer son scepticisme.

Méléagre se rembrunit.

– Ce n'est pas un vulgaire gibier. Il s'agit d'un sanglier envoyé par Artémis elle-même pour se venger de l'affront que lui a fait subir mon père.

Le prince eut le mérite de paraître gêné.

– Pendant les Thalysies, fêtes durant lesquelles nous célébrons les divinités pour les remercier de nos récoltes fructueuses, mon père a commis l'erreur... d'oublier Artémis. Aucune célébration ne lui a été faite.

Atalante hoqueta. Comment était-il possible d'*oublier* Artémis ? Elle comprenait mieux la situation délicate dans laquelle était piégé le prince. La déesse de la chasse n'était pas réputée pour sa gentillesse. Et il n'était plus à prouver que les divinités faisaient parfois preuve de... susceptibilité.

— L'expédition devrait partir dans quelques jours. J'ai déjà reçu le soutien de nombreux guerriers, mais j'estime que ta présence est indispensable. Ta réputation de chasseresse est parvenue jusqu'à mes oreilles. On m'a vanté tes talents au tir à l'arc...

Il s'arrêta pour esquisser un sourire qui se voulait charmeur.

— ... tout en omettant ton incroyable beauté.

Asclépios grimaça. C'était officiel : il le détestait. Voyant que sa tentative n'aboutissait qu'à un froncement de sourcils de la part d'Atalante, le prince se racla la gorge et poursuivit :

— J'ai aussi appris que tu avais exterminé deux centaures de tes propres mains il y a quelques années, alors que tu n'étais qu'une enfant.

— Ce n'est pas un souvenir dont je suis fière, rétorqua-t-elle.

La proposition de Méléagre était tout de même flatteuse. Il avait fait tout ce chemin pour la trouver, *elle*, et personne d'autre.

— Tes talents à l'arc nous seront d'une grande aide. Si tu acceptes, je saurai te récompenser généreusement.

Mais Atalante ne voulait rien. Ni l'or ni les trophées ne l'intéressaient. Elle ne désirait qu'une seule chose : faire ses preuves, enfin. Car cette quête n'avait rien à voir avec les petits services qu'elle rendait aux villageois des environs.

Elle prit le temps de peser le pour et le contre. Atalante avait, contrairement à Méléagre, toujours veillé à respecter les rituels et sacrifices des différentes fêtes religieuses, d'autant plus depuis qu'elle avait appris qu'Artémis gardait un œil sur elle depuis qu'elle était toute petite. Mais les divinités étaient connues pour leur versatilité. D'un claquement de doigts, Artémis pouvait changer d'opinion sur elle. Comment la déesse réagirait-elle en apprenant son implication dans la chasse au sanglier ? Après tout, le père de Méléagre l'avait offensée. Et si la déesse décidait de punir tous ceux qui lui venaient en aide ?

Peu importait. Elle ne pouvait pas rester les bras croisés. Une population entière n'avait pas à payer pour l'erreur d'un seul homme, elle en avait la certitude.

Atalante se tourna vers Chiron. Ce dernier serra les dents, avant de lâcher :

— C'est à toi de décider de ta voie, Atalante.

Une vague d'émotions la submergea. Les paroles du centaure faisaient écho à celles prononcées par Azariel juste avant qu'elle ne le quitte. L'histoire se répétait. Et, là encore, Atalante sut d'instinct ce qu'elle avait à faire.

LE SANGLIER DE CALYDON

CHAPITRE

11

— C'est d'accord...

Méléagre sourit jusqu'aux oreilles.

— ... à une seule condition.

Le prince se figea de stupeur. Atalante devina qu'il n'avait pas l'habitude que ses guerriers imposent leurs exigences.

— Asclépios nous accompagne.

— Le musicien ? répéta Méléagre avec un dégoût palpable.

— Le *guérisseur*, rectifia-t-elle. Nous avons besoin d'un médecin sur le champ de bataille capable de remettre sur pied les blessés en un rien de temps. Si le sanglier d'Artémis est aussi redoutable que ce que vous laissez entendre, Asclépios pourrait sauver de nombreuses vies. Je ne connais pas de guérisseur plus compétent que lui.

En fait, elle ne connaissait qu'un seul guérisseur, outre Chiron, mais Méléagre n'avait pas besoin de le savoir. Cette condition était non négociable. Atalante ne partirait pas sans son ami. D'abord parce qu'elle jugeait effectivement que sa présence était indispensable, mais aussi parce qu'ils s'étaient promis de vivre leur première quête ensemble. Voilà des années qu'ils en rêvaient !

Méléagre se gratta le menton, l'air contrarié.

— Je n'avais pas pensé à ça..., marmonna-t-il.

Asclépios leva les yeux au ciel. Visiblement, l'intelligence du guerrier n'était pas proportionnelle à l'épaisseur de ses muscles. Puis une bouffée de reconnaissance enfla dans sa poitrine. Atalante n'avait pas oublié leur promesse. Il n'était pas surpris, mais tout de même flatté du tableau que son amie dressait de lui.

— Après tout, je suppose que le fils d'Apollon saura nous démontrer son utilité... à défaut, il pourra toujours s'occuper des chevaux. Notre palefrenier s'est brisé la cheville hier.

Asclépios le fusilla du regard. Il avait réussi à rappeler son statut de demi-dieu tout en l'insultant dans la même phrase. Un exploit.

— Je vous laisse prendre ce qui vous semble nécessaire pour le voyage. Rejoignez-moi dès que possible à l'auberge de *La Chouette muette*. Vous y rencontrerez les autres membres de l'expédition. Nous partirons dès demain à l'aube.

Et il disparut au triple galop, non sans une dernière œillade appuyée à l'intention d'Atalante. Après son départ, un silence plana sur le trio. La jeune femme était encore sous le choc. Sa vie s'apprêtait à basculer une seconde fois.

— Dépêchez-vous, les tanna Chiron. Vous avez entendu Méléagre : vous devez rejoindre le point de rendez-vous au plus vite.

Atalante s'activa, récupéra les linges mouillés et les fourra dans le panier. Elle commença à dresser la liste de tout ce dont elle avait besoin pour le voyage. Son arc, bien évidemment, son carquois, ses flèches, la dague offerte par Chiron pour son seizième anniversaire...

Elle effleura avec délicatesse le pendentif de ses pères adoptifs. *Enfin*. Sa première quête. Comme elle aurait aimé qu'ils soient présents pour fêter ça avec elle !

Bien sûr, elle était triste à l'idée de tourner cette nouvelle page. Mais elle savait aussi que cette quête constituait une première marche qui la rapprochait un peu plus de son rêve d'intégrer le clan des Amazones. Si elle avait apprécié chaque minute de cette formation avec Chiron, elle n'avait jamais perdu de vue que tout cela n'était que temporaire. De toute évidence, elle se sentait différente. Elle aspirait à trouver des personnes qui lui ressemblent. Qui soient dotées de capacités exceptionnelles, tout comme elle. Des personnes avec qui elle se sentirait enfin comprise, soutenue, intégrée.

À ses côtés, Asclépios demeurait immobile. Elle le prit par les épaules pour le secouer sans ménagement.

– Asclépios ?

Le guérisseur battit des cils, comme s'il émergeait d'un rêve.

– Merci… pour ça. Je ne pensais pas que tu… que nous…

– Une promesse est une promesse. Alors, dépêche-toi de rassembler tes affaires !

Il récupéra son linge sale avec empressement, un léger sourire aux lèvres.

Conformément au mode de vie minimaliste que leur imposait Chiron, les deux disciples n'avaient que très peu d'effets personnels. Ils quittèrent la grotte dans laquelle ils avaient vécu tous ensemble pendant les huit dernières années avec une émotion palpable. Ils firent halte au temple médicinal afin qu'Asclépios récupère les onguents dont il avait besoin, ainsi qu'une harpe. Il en choisit une de petite taille, légère et facile à transporter. Patients et familles souhaitèrent bon voyage aux aventuriers. La poitrine d'Atalante se serra en voyant tous ces visages familiers se presser autour d'elle, la couvrir de recommandations et d'encouragements chaleureux.

Lorsqu'ils quittèrent le temple, le soleil était presque au crépuscule, teintant le ciel d'un délicieux voile orangé. Les bois étaient si calmes, si paisibles... Pendant un court instant, Atalante fut submergée par la peur. Une peur primitive si intense qu'elle la cloua sur place. Cette fois, le départ était définitif. Elle ignorait si elle reviendrait un jour dans cette forêt qu'elle connaissait sur le bout des doigts. Quant à Chiron... À présent que leur séparation était imminente, elle ressentait le besoin pressant, presque impérieux, de le remercier pour tout ce qu'il avait fait pour elle. Mais comment? Aucun mot n'était assez fort pour exprimer toute sa gratitude. Le centaure l'avait transformée. Il lui avait accordé son temps, son énergie, sa confiance, sans jamais rien attendre en retour. Si ses pères avaient fait d'elle une grande chasseresse, Chiron avait forgé une héroïne en devenir.

C'était une dette dont elle ne pourrait jamais s'acquitter.

Le maître les accompagna jusqu'à l'auberge indiquée par Méléagre, à l'orée de la forêt. Il s'arrêta lorsqu'elle apparut à l'horizon, entre les frondaisons. La lune pleine nimbait les bois d'un halo laiteux.

Les deux disciples firent face à Chiron.

— C'est ici que nos chemins se séparent, dit-il. Ou plutôt, que vous prenez votre envol.

Asclépios pleurait, et les larmes coulaient abondamment sur ses joues. Il aurait aimé laisser une autre image à Chiron, celle d'un jeune homme fort et sûr de lui, prêt à conquérir le monde. Mais la tristesse qui l'étreignait était trop forte. C'était d'ailleurs l'une des nombreuses leçons qu'il avait reçues : celle de ne jamais refouler ses émotions, ni d'en avoir honte.

Asclépios ne disait pas seulement au revoir à un mentor. Chiron représentait bien davantage à ses yeux. Il l'avait vu grandir. Apollon était peut-être son père de sang, mais c'était le centaure qui l'avait éduqué. Le guérisseur avait l'impression qu'on lui arrachait une partie de lui-même.

Atalante s'approcha pour enlacer son maître. Elle avait refoulé cet élan d'innombrables fois au cours des dernières années. Elle murmura dans sa fourrure :

— Merci, Chiron.

Les mots paraissaient bien fades face aux sentiments qui l'envahissaient, mais elle mit tout son cœur dans cet adieu. Chiron hocha la tête avec solennité.

Asclépios, dont la gorge était nouée, ne parvint pas à prononcer un seul son. Il se contenta de rejoindre leur étreinte. Ils demeurèrent ainsi tous les trois un long moment, jusqu'à ce que le centaure finisse par rompre le contact et recule de deux pas.

— Que la force vous soit donnée de supporter ce qui ne peut être changé, le courage de changer ce qui peut l'être et la sagesse de distinguer l'un de l'autre.

Chiron détailla une dernière fois ses disciples. Si différents. Atalante, fougueuse et impertinente. Asclépios, appliqué et orgueilleux. Il songea au privilège qu'il avait eu de les voir grandir, de les accompagner dans leur évolution. Il avait hâte d'entendre leurs prénoms dans la bouche de citoyens inconnus au fur et à mesure que leurs exploits se répandraient de cité en cité.

Cela faisait des siècles que le fils de Cronos accompagnait les aspirants héros. Pourtant, la séparation était toujours aussi douloureuse.

— N'oubliez pas de veiller l'un sur l'autre.

Ils hochèrent la tête de concert.

— Il est temps.

Les deux élèves tournèrent le dos au centaure et prirent la direction de l'auberge, le pas lourd et le cœur à l'agonie. Atalante ne résista pas à l'envie de jeter un dernier coup d'œil derrière son épaule.

Mais Chiron n'était déjà plus là.

CHAPITRE 12

Atalante et Asclépios avaient atteint le porche de *La Chouette muette* depuis cinq bonnes minutes. Un joyeux vacarme retentissait, et Atalante avait la sensation de s'apprêter à foncer tête baissée dans une fosse aux serpents. Et, depuis sa vilaine morsure, elle avait une peur *bleue* des serpents. Autant dire qu'elle aurait donné n'importe quoi pour repousser le moment de franchir cette porte. À choisir, elle aurait préféré affronter le Minotaure à mains nues. Ou un autre centaure enragé. Elle aurait aimé faire bonne impression, mais elle avait compris depuis longtemps qu'elle n'était pas douée pour se faire des amis. Ni pour les relations humaines en général. Ses manières brusques intriguaient, voire dérangeaient. Sans compter qu'elle avait encore tout à prouver. Son habileté à la chasse était maintenant bien établie, mais elle n'avait jamais participé à une vraie quête. Elle serait probablement, avec Asclépios, la plus jeune de l'expédition. La différence d'âge rendrait sans doute l'intégration plus difficile.

De son côté, Asclépios n'en menait pas large, mais cachait sa timidité derrière un masque d'irritabilité.

— Tu l'ouvres, cette porte ? Ou tu préfères continuer à la fixer comme si elle était l'incarnation de la reine des Amazones ?

— Pour ta gouverne, la reine des Amazones s'appelle Hippolyte.

Elle s'effaça en s'inclinant.

— Mais je t'en prie. Après toi, *guérisseur*.

Asclépios serra la mâchoire.

— Pourquoi moi ?

— Tu sembles pressé de rencontrer nos nouveaux camarades.

— Les femmes d'abord, insista-t-il en se penchant à son tour.

Atalante haussa un sourcil.

— Ne me fais pas rire. Tu n'as pas fait preuve de galanterie une seule fois depuis que je te connais.

— D'après Chiron, il n'est jamais trop tard pour commencer.

L'évocation de leur maître mit un terme à leur joute verbale.

— Très bien, soupira Atalante entre ses dents serrées. Je passe devant, tête de mule.

Asclépios poussa un soupir de soulagement. La jeune femme approcha sa main de la poignée...

... et la porte s'ouvrit dans un grand fracas. Un homme bascula en avant et tomba à quatre pattes sur le porche. Atalante eut le réflexe de bondir en arrière, mais Asclépios réagit trop tard, et le nouveau venu vomit sur ses sandales.

Lorsqu'il eut fini de vider son estomac, il leva la tête et les scruta de ses yeux injectés de sang.

— Z'êtes qui, vous ?

Atalante demeura interdite tandis qu'Asclépios agitait les pieds pour se débarrasser de l'immondice. Elle ouvrit la bouche pour balbutier une phrase de présentation, mais une seconde silhouette passa l'embrasure de la porte.

— Pollux, déjà ? La nuit vient à peine de tomber !

— Pitié. J'ai pas de conseils à recevoir d'une éponge à vin, marmonna l'homme, toujours à terre.

— Éponge à vin ? C'est toi qui as un système de filtrage aussi sophistiqué qu'une passoire ! Ça ne m'étonnerait pas qu'il y ait plus de retsina que de sang qui coule dans tes veines.

Atalante reconnaissait cette voix. Lorsque Méléagre la vit, il lui offrit un sourire charmeur qui la crispa instantanément. Elle avait imaginé un tas de scénarios pour sa première quête, mais dans aucun d'entre eux elle n'avait à subir les avances du chef d'expédition.

— Atalante ! Quel plaisir de te voir. Nous t'attendions. Entre, je t'en prie.

Elle s'exécuta, non sans appréhension. Asclépios leur emboîta le pas, la mine maussade.

— Bonsoir à toi aussi, Méléagre, marmonna-t-il.

— Oh ! Voilà notre guérisseur !

Il le détailla de la tête aux pieds et grimaça de dégoût en découvrant ses pieds souillés.

— Je vois que Pollux ne t'a pas épargné. Difficile de s'attendre à autre chose de la part d'un fils de Dionysos, j'en ai peur…

— Je t'entends, enflure de prince ! Viens me le dire en face si tu l'oses ! brailla Pollux, sans parvenir toutefois à se relever.

Méléagre l'ignora et asséna une violente bourrade sur l'épaule d'Asclépios, comme s'ils étaient les meilleurs amis du monde.

– Sans rancune, pas vrai ?

Asclépios n'eut pas le temps de répondre que le prince s'était déjà détourné pour rattraper Atalante. Le guérisseur n'avait pas imaginé que l'opinion qu'il avait de Méléagre puisse se détériorer davantage après la scène de l'après-midi, mais il s'était trompé. Il n'était pas de nature violente, pourtant, son poing le démangeait. Il mourait d'envie de lui faire ravaler son arrogance. Il dut se remémorer les interminables laïus de Chiron sur les bienfaits de la tempérance pour parvenir à se contenir.

Méléagre les guida à travers la taverne animée. Le décor austère et l'absence de musique n'incitaient pas à la détente et, contre toute attente, les nombreux clients semblaient aux anges, pressés sur des banquettes étroites. Méléagre avança vers une alcôve isolée au fond de la salle et fit face à une vingtaine d'hommes avachis autour d'une longue tablée, à moitié éméchés. Ils étaient tous vêtus sobrement, à l'exception d'un garçon blond en bout de table qui se distinguait par une veste, élégante et raffinée, qui présentait des armoiries royales. S'il n'y avait pas tout un arsenal d'armes à leurs pieds, Atalante aurait pu les confondre avec un banal groupe de compagnons venus faire la fête et s'abreuver jusqu'à plus soif.

– Les amis, un peu de silence ! Laissez-moi vous présenter les deux dernières recrues qui participeront à l'expédition du sanglier de Calydon : Asclépios, un guérisseur en herbe, fils d'Apollon...

L'intéressé se mordit la langue pour se retenir d'intervenir.

— ... et Atalante, la grande chasseresse !

Il ponctua sa tirade en levant bien haut sa chope de bière, en renversant la moitié sur le parquet ciré. La tenancière, une femme âgée qui se tenait derrière le comptoir, poussa un long soupir de lassitude.

Le brouhaha cessa. Tous les regards convergèrent vers Atalante. Asclépios restait en retrait, mais il se sentait disséqué comme s'il était lui-même la cible de ces visages inquisiteurs. Il savait très bien à quoi ces hommes pensaient. Il avait réagi exactement de la même façon en la voyant pour la première fois. Malgré toute la haine qu'il éprouvait à l'égard de Méléagre, Asclépios devait bien admettre qu'il n'était pas misogyne.

— Une fille ? finit par lâcher quelqu'un.

Voilà.

Atalante croisa les mains dans son dos pour cacher leur tremblement. Elle savait qu'elle serait confrontée à la méfiance des hommes, tôt ou tard. « Tu devras travailler deux fois plus qu'eux pour te faire accepter », l'avait prévenue Chiron. Et pourtant... Par naïveté ou par optimisme, quoique les deux se confondent parfois, elle aurait aimé qu'il en soit autrement. Qu'elle trouve en chacun de ces hommes des partenaires, des amis ou, à défaut, des alliés. À la place de quoi, tous l'observaient comme une vicieuse sorcière qu'il fallait garder à l'œil. Elle avait été jugée avant même d'avoir pu prononcer un mot. L'injustice de la situation la saisit aux tripes, mais elle prit une grande inspiration pour calmer les battements de son cœur.

Pendant un bref instant, elle se mit à haïr ce qu'elle était. Et à haïr les divinités qui avaient fait d'elle une femme. C'était la première fois de son existence qu'elle se sentait diminuée. Moquée. Suspecte. Quand elle était petite et qu'elle parcourait la forêt avec ses pères, elle n'avait même pas conscience de son genre.

Elle était Atalante.

Enfant de la forêt.

Enfant d'Azariel et de Cléon.

C'était tout ce qui comptait.

Mais Atalante se ressaisit très vite. Elle n'avait rien à leur envier. Et surtout, elle refusait de s'excuser. De s'effacer.

« Seul l'arbre qui a subi les assauts du vent est vraiment vigoureux car c'est dans cette lutte que ses racines, mises à l'épreuve, se sont fortifiées. » Voilà ce que lui répétait Chiron. Elle se fit la promesse de gagner sa place au sein du groupe, coûte que coûte.

— Méléagre, as-tu perdu l'esprit ? intervint un autre.

Le chef de l'expédition émit un petit gloussement, sans doute pour détendre l'atmosphère. Asclépios remarqua, non sans une sorte de satisfaction mesquine, que son rire avait la grâce d'un crapaud enrhumé.

— Je ne comprends toujours pas tes traits d'humour, alors je dirais que non, répliqua Méléagre.

— Arrête de te payer notre tête. Pourquoi as-tu ramené une fille ici ? Une *gamine*, qui plus est !

Les contestations fusèrent de toute part. Atalante remarqua que quelques-uns gardaient le silence, mais ne faisaient pas un geste pour calmer les autres. Au mieux, elle récoltait de la haine, et sinon, de l'indifférence. Elle n'aurait pas pu imaginer pire scénario.

— Je refuse de participer si elle vient avec nous ! lança un grand gaillard barbu au fond de la salle.

— Moi aussi ! renchérit un autre en découvrant des chicots noirs et irréguliers.

— Céphée, Ancée... je ne vous savais pas si lâches, répliqua Méléagre. De quoi avez-vous peur ? Qu'elle vous vole la vedette ?

Atalante fut impressionnée par la repartie du prince de Calydon. Il était loin de se laisser entraîner par la masse et son autorité écrasait ses interlocuteurs. Il avait l'âme d'un leader.

— Tu divagues ! s'exclama Céphée en tapant du poing contre la table. Jamais une petite crevette comme elle pourrait faire quoi que ce soit...

C'en était trop pour Atalante. Elle avait gardé patience, mais elle ne pouvait pas se laisser insulter sans réagir. Vive comme l'éclair, elle tira une flèche de son carquois, fit pivoter son arc en direction de Céphée et tira. Le projectile fusa en ligne droite avant de transpercer la chope d'alcool devant lui. Elle éclaboussa tous ceux qui se trouvaient à proximité. Céphée se leva dans un sursaut, le visage couvert de mousse de bière. Il récupéra sa chope trouée. La flèche y était toujours fichée.

— Espèce de...

Atalante prit la parole d'une voix claire et forte :

— N'oublie pas de me la rendre après l'avoir nettoyée. Elle me sera utile pour embrocher le sanglier, tout comme je l'ai fait avec ta chope.

Céphée eut un hoquet de surprise. Il ne s'attendait visiblement pas à ce qu'Atalante réplique. Méléagre l'observait, accoudé au comptoir, les yeux pétillants de malice. Quant à

Asclépios, il gardait la bouche grande ouverte à la manière d'un poisson hors de l'eau, estomaqué par son aplomb.

— Et si tu crains tellement d'avoir une femme dans ton équipe, tu n'as qu'à fermer les yeux et oublier que j'existe. Avec une telle stratégie, tu risques de te faire dévorer, mais au moins, ta virilité ne sera pas compromise.

Elle ponctua sa tirade d'un regard meurtrier. Des moqueries et des éclats de rire s'élevèrent, cette fois dirigés contre Céphée. Atalante tira un tabouret libre et s'y laissa choir avant de clamer :

— Où est-ce qu'on peut commander à boire, ici ?

CHAPITRE 13

La tenancière déversait un liquide fumant non identifié dans une chope qui aurait pu contenir sans mal une tête de sanglier. Atalante la remercia, mais le brouhaha était tel qu'il était impossible qu'elle l'ait entendue. D'ailleurs, il n'aurait pas été surprenant que la pauvre femme soit devenue complètement sourde à force de vivre ici. Au moins, elle n'aurait plus eu à écouter toute la journée les réflexions graveleuses de ces messieurs.

Atalante jeta un coup d'œil derrière son épaule. Comme elle s'y attendait, Asclépios était resté en retrait, planté tel un piquet. Pour un peu, il aurait pu passer pour le nouvel apprenti de l'aubergiste. Atalante se décala pour lui laisser l'espace d'inclure une chaise supplémentaire, et lui fit signe de les rejoindre. Il s'exécuta avec la souplesse d'un manche à balai.

— Ça alors ! s'exclama un homme à la carrure intimidante. Qui aurait pu croire que derrière cette apparence de petite fille se cachait une démone à la langue plus acérée qu'Héra elle-même ?

Atalante décida de le prendre comme un compliment. Et, parce qu'elle ne savait pas quoi faire de ses mains, elle s'empara de la chope et y trempa les lèvres, qui s'embrasèrent aussitôt. Elle faillit s'étouffer mais lutta pour garder un visage impassible. Elle venait de faire bonne impression, pas question de tout gâcher en suffoquant ! En réalité, elle n'avait jamais goûté à une seule boisson alcoolisée. Le goût lui paraissait horrible. Comment pouvaient-ils engloutir des litres de cette mixture ?

— Elle a été élevée par Chiron, glissa Méléagre.

— Tout comme Asclépios, précisa Atalante.

Il ne restait plus de place autour de la table. Ce n'était pas un problème pour le prince de Calydon, qui hissa un homme sur les pieds par le col de sa tunique et le jeta - littéralement - deux mètres plus loin. Personne ne sembla s'en émouvoir, pas même le principal intéressé qui migra en direction du bar commander un autre verre. Toute cette animation plongea Atalante dans une profonde perplexité. N'étaient-ils pas censés être en état de se battre dès le lendemain ? C'était dur à croire en se rappelant la prodigieuse chute de Pollux (qui ne les avait pas encore retrouvés, soit dit en passant. Était-il toujours à quatre pattes sur le porche ? Avait-il fini par s'endormir dans son propre vomi ? Le mystère restait entier).

— Incroyable ! reprit l'homme à sa gauche. Il t'a fait le coup du réveil nocturne pour câliner un arbre ?

Il faisait référence à un exercice très prisé de Chiron pour faire corps avec la nature et apprendre à ressentir les énergies qui y circulaient.

— Euh... oui. Comment... ?

— Je m'appelle Castor. Enchanté !

Il lui tendit la main, qu'elle saisit. Son avant-bras découvert laissait apparaître de vilaines cicatrices en relief. Loin de s'en émouvoir, Atalante les détailla avec admiration. Les cicatrices racontaient une histoire. Elles étaient la preuve d'une grande aventure. Et, à en croire toutes ses marques, Castor avait déjà un bon nombre de quêtes derrière lui.

– Tu as beaucoup de cran. C'est une très belle qualité.

Son sourire semblait sincère. Il ne faisait pas partie de ceux qui l'avaient sifflée à son arrivée. Atalante décréta qu'elle l'appréciait. En plus, son visage lui était étrangement familier...

– Je crois que vous avez déjà rencontré mon frère jumeau, Pollux.

Asclépios grimaça. Il avait lavé ses sandales mais l'odeur le suivait encore.

– Je suis confus, poursuivit Castor. Il considère qu'être le descendant de Dionysos l'autorise à boire son poids en alcool tous les soirs. À côté de ça, c'est un excellent pugiliste. Le meilleur, sans doute.

– En tout cas, Dionysos ne lui a pas enseigné la modération, c'est certain, marmonna Atalante.

Castor gloussa.

– Il n'en a pas eu l'occasion. Nous avons été élevés par le vénérable Chiron, comme toi. Mais il faut croire que certaines valeurs se perdent au fil des années...

Elle avait du mal à croire que l'ivrogne qu'elle avait croisé avait reçu l'enseignement de Chiron. Quelle déchéance !

– L'idiot qui a peur de toi est l'oncle de Méléagre. Je n'ai jamais pu l'encadrer. Je suis content que tu lui aies cloué le bec.

Il se tourna vers Asclépios.

– J'ai cru entendre Méléagre dire que tu étais le fils d'Apollon ?

Le guérisseur sursauta.

– C'est... exact.

– Je connais bien Apollon, renchérit un vieil homme adossé en face d'eux.

Le doyen, sans aucun doute. Il fumait une grosse pipe qui dégageait une épaisse fumée. La peau de son visage était parcourue de profonds sillons irréguliers. Malgré sa vieillesse, ses yeux gris pétillaient de malice.

– C'est vrai ! s'exclama Méléagre, qui visiblement ne pouvait pas s'empêcher d'intervenir dans toutes les conversations. Il t'a même offert le cadeau de vivre pendant trois générations. Comme quoi, Apollon est capable de faire don d'autre chose qu'un joli minois...

Asclépios encaissa la pique, les dents serrées. Atalante eut un sursaut. Elle avait déjà entendu cette histoire, narrée par Azariel au coin du feu.

– Vous êtes Nestor, roi de Pylos ? s'exclama-t-elle en se redressant.

– Lui-même, confirma le vieillard avec un sourire flatté.

La légende disait qu'Apollon lui avait accordé un supplément de vie, mais personne ne savait pourquoi. Atalante ne résista pas à l'envie de lui poser la question.

– Alors... qu'avez-vous fait pour qu'un dieu vous soit redevable ?

– Tu gaspilles ta salive, gloussa Méléagre. Ce vieux fou raconte chaque fois une histoire différente. C'est à croire qu'il a perdu l'esprit et qu'il ne se souvient pas lui-même de ce qu'il a fait.

– Ou alors, il continue d'entretenir le mystère pour le plaisir de vous voir chercher.

Nestor ponctua son intervention d'un clin d'œil.

– Attendez..., intervint Asclépios. Ça veut dire que vous avez déjà rencontré Apollon ?

Nestor expira longuement, et un nuage de fumée les engloutit. Asclépios se doutait déjà de la réponse, mais il avait besoin d'être fixé. C'était la première fois qu'il faisait la connaissance de quelqu'un qui affirmait avoir été en contact avec son père. Parfois, il avait l'impression que celui-ci n'existait pas vraiment. Chiron prétendait qu'il veillait sur lui depuis les cieux, qu'il était témoin de ses réussites et de son évolution, mais le guérisseur en doutait de plus en plus. Apollon ne lui avait pas envoyé le moindre signe pendant toutes ces années, et entendre Nestor parler de lui comme d'un vieux copain rendait son absence encore plus douloureuse. Non, Apollon n'était pas trop occupé pour descendre sur terre. Il n'avait simplement jamais daigné faire le déplacement *pour lui*. Il le savait, mais le comprendre de nouveau lui fit l'effet d'un coup de poing dans les entrailles.

— Bien sûr... À deux reprises.

Atalante grimaça. Elle pouvait sentir la douleur d'Asclépios comme si elle était sienne, et savait tout ce que cette révélation impliquait. Elle aurait aimé le prendre dans ses bras, le rassurer, mais elle n'osa pas. Pas devant leurs nouveaux coéquipiers.

— Une minute..., siffla Castor. Tu es en train de dire que tu n'as jamais vu ton père ?

Tous les regards étaient rivés sur lui. Sa peau diaphane s'empourpra, et son silence sonna comme un aveu. L'atmosphère se chargea en électricité.

— Ça alors ! s'écria Méléagre. Il doit avoir sacrément honte de toi pour ne jamais t'avoir adressé la parole...

Quelque chose se brisa. Asclépios bondit, heurtant la chope d'Atalante dans son élan. Tout son contenu dégoulina sur le plancher. Une exclamation désespérée s'éleva – émanant de la tenancière, une nouvelle fois.

— La ferme ! Tu ne sais pas de quoi tu parles !

Atalante ne l'avait jamais vu aussi énervé. Elle aurait aimé prendre sa défense, mais elle savait qu'elle ne ferait qu'envenimer la situation. Elle craignait qu'Asclépios n'interprète son intervention comme une humiliation de plus. Pour gagner sa place dans l'équipe, il devait agir seul. Comme elle l'avait fait tout à l'heure.

— Attention, le chaton sort les griffes ! gloussa Méléagre. Qu'est-ce que tu vas faire ? Me cogner ?

Il ouvrit grand les bras, et ce simple geste accentua la largeur de ses épaules. Asclépios serra les poings. À côté du prince, il ressemblait à une brindille. Ce n'était pas un guerrier. Atalante ne l'avait jamais vu lever la main sur quiconque, même si ses piques verbales pouvaient faire beaucoup de dégâts. Pourtant, il se tenait face à l'héritier de Calydon, prêt à l'affrontement. Des sifflements s'élevèrent, mêlés à des gloussements gras.

— Gardez vos forces pour notre ennemi commun, intervint calmement Nestor.

— Il a raison, renchérit Castor. Et puis, je ne voudrais pas que le seul médecin de l'expédition finisse inconscient...

Méléagre se rassit, l'air satisfait. Entendre son camarade affirmer qu'il serait le grand gagnant semblait suffire à endiguer sa soif de bagarre. Après un moment de flottement, Asclépios regagna également sa place.

La porte de l'auberge s'ouvrit bruyamment. C'était Pollux qui clopinait vers eux avec la consistance d'un ver de terre en fin de vie.

— Qu'est-ce qu'on avait dit ? hurla la tenancière derrière son comptoir. Tu restes dehors jusqu'à ce que tu aies dessaoulé !

Il marmonna sans doute des protestations, mais il avait du mal à articuler autre chose que d'horribles borborygmes.

— Dehors !

Elle balança un chiffon avec une remarquable adresse, comme si elle avait déjà répété ce geste un millier de fois – ce qui devait être le cas. Le projectile gifla le visage du soûlard qui s'écroula, face contre terre. Une seconde après, un ronflement sonore émanait de sa carcasse immobile.

— Quelle plaie…, soupira Castor.

Il se leva en chancelant, se stabilisa sur l'épaule de Nestor puis partit à la rescousse de son jumeau. Avec une aisance remarquable étant donné la corpulence de son frère, Castor le hissa sur son épaule et gravit les marches étroites qui menaient à l'étage.

— J'en connais un qui va pioncer comme un môme, siffla Méléagre.

Sa déclaration fut accueillie par un concert de gloussements. Sa confrontation avec Asclépios semblait déjà oubliée, mais Atalante ne parvenait pas à se détendre. Le reste de la soirée fut noyé dans une profusion de charcuterie et d'anecdotes. Les hommes continuèrent à se saouler sans prêter attention à elle : les présentations faites, l'attrait de la nouveauté s'étiolait déjà. Elle profita de l'arrivée d'une énième tournée générale pour s'éclipser à l'étage. Tandis qu'elle grimpait les marches, Atalante perçut une présence dans son dos. Elle n'eut pas besoin de se retourner pour deviner qui l'avait suivie.

— Que penses-tu de nos nouveaux amis ? demanda-t-elle alors qu'elle entrouvrait les différentes portes à la recherche d'une chambre libre.

— Pour l'instant, je ne vois que des soûlards à l'humour douteux.

Atalante était d'accord avec Asclépios. Elle avait du mal à discerner les grands combattants derrière ces hommes ralentis par la boisson. Décidément, elle n'imaginait pas que sa première quête commencerait de cette façon. La frustration l'étreignait. Elle avait hâte de se battre, de montrer de quoi elle était capable. Son impatience l'empêcherait de fermer l'œil cette nuit, à coup sûr.

— Méléagre est un idiot, reprit-elle. Ne crois pas une seule des bêtises qui sortent de sa bouche. Il...

— Je sais, la coupa-t-il. Bientôt, il s'en mordra les doigts.

Atalante savait qu'il songeait à la prémonition. *« Le plus grand guérisseur du monde. »*

Elle finit par tomber sur une chambre libre, qui s'apparentait plus à un cagibi. Elle s'y engouffra néanmoins, regrettant sa vaste forêt et la présence rassurante de Chiron.

— Bonne nuit, murmura Asclépios, avant de disparaître dans la pièce adjacente.

Comme prévu, Atalante ne parvint pas à trouver le sommeil. Les ronflements de Pollux qui transperçaient les murs et faisaient trembler le sol n'aidaient pas. Quant aux discussions animées des membres de l'équipe au rez-de-chaussée, elles se poursuivirent jusqu'au petit matin. Mais rien n'aurait pu entacher sa détermination.

Bientôt, elle brillerait.

CHAPITRE 14

Atalante attendit que les premiers rayons du soleil traversent la minuscule lucarne encastrée au plafond pour se lever. Elle s'aspergea d'eau glacée et répéta ses séries d'étirements journaliers. Une fois son corps parfaitement éveillé, elle gagna le couloir à toute allure.

Étrange. Les ronflements de Pollux n'avaient pas cessé. N'aurait-il pas dû être levé et prêt à partir, comme le reste de l'équipe ? Du reste, l'auberge était totalement silencieuse.

Elle descendit les marches grinçantes quatre à quatre et tomba sur une salle complètement vide, à l'exception d'Asclépios. Installé sur la banquette la plus éloignée, il triait ses bandages et préparait son sac. Quelqu'un avait monté les chaises sur les tables, sans doute pour nettoyer les traces des frasques de la veille.

Un raclement de gorge derrière le comptoir la fit sursauter. La tenancière était en train d'essorer des chiffons au-dessus d'une bassine pleine d'eau croupie.

— Vous êtes bien matinale, ma p'tite dame. C'est c'que j'ai dit au guérisseur, mais l'a pas voulu m'écouter. Vous pouvez r'tourner pioncer sans problème.

Elle parlait beaucoup trop fort, et Atalante en déduisit que sa théorie sur sa surdité était avérée. Elle offrit un sourire gêné à la femme puis descendit une chaise pour s'installer à côté d'Asclépios. Elle l'observa trier ses fioles et les classer par taille avec une méticulosité qui frôlait l'obsession ; en plus, elle était certaine qu'il avait déjà tout rangé avant de partir.

Ils attendirent dans un silence de plomb. Atalante, qui ne supportait pas de rester inactive, proposa à la tenancière de lui donner un coup de main pour le ménage : cette dernière accepta, quoique choquée. En trente-cinq ans de travail, jamais un client ne l'avait aidée à faire quoi que ce soit.

Le grincement de l'escalier finit par s'élever. Méléagre apparut, les cheveux en pagaille et des cernes sous les yeux, étouffant un bâillement de sa main. Il se figea en découvrant Atalante, parée à partir. Elle avait eu le temps de récurer les latrines, recharger le stock de feuilles de vigne, ranger les couverts, vider les braseros, remplacer les mèches usées des lampes à huile, trier toutes les amphores... Pendant ce temps, monsieur le prince de Calydon roupillait profondément.

— Ne devions-nous pas partir aux aurores ? lança-t-elle.

Le guerrier cligna des yeux.

— Ah oui ? Je ne me souviens pas avoir donné une telle directive...

Asclépios cacha son sourire moqueur dans sa manche. Atalante ne lâchait pas Méléagre du regard. Quand elle était en colère, ses yeux lançaient des éclairs qui, d'après Chiron, rivalisaient avec ceux de Zeus en personne. Et, en colère, elle l'était ! Une bête féroce terrorisait la population en ce moment même, et Méléagre avait le culot de s'accorder une grasse matinée !

Il eut la décence de paraître gêné.

— Mais tu as raison, Atalante, il est plus que temps de passer à l'action ! Si je ne prends pas les choses en main, ces bougres vont dormir jusqu'au soir... Ma cité a besoin de moi, et je compte bien lui faire honneur !

Il remonta les marches, le menton levé, d'une démarche théâtrale un peu ridicule.

— Je crois qu'on a trouvé un concurrent à Narcisse, souffla Asclépios en se penchant sur Atalante, lui arrachant un petit rire.

Ils entendirent le prince tambouriner à chaque porte en s'égosillant.

— Debout, bande de larves ! Réveillez-vous, plus vite que ça !

La réactivité des membres de l'équipe ne manqua pas de surprendre Atalante. Tous furent en bas, habillés et harnachés en moins de cinq minutes. Méléagre, désormais bien éveillé, ne s'arrêtait plus et balançait des ordres sans discontinuer. Ils prirent la direction des écuries pour préparer les montures au voyage. Le vieux Nestor était déjà sur place et s'affairait à équiper une belle jument à la robe brune. Depuis quand était-il là ?

Le doyen de l'expédition s'inclina devant eux. Atalante répondit par un grand sourire, mais Asclépios ne parvint qu'à hocher la tête. Malgré la gentillesse dont Nestor faisait preuve, le guérisseur ne pouvait pas s'empêcher d'être tenaillé par la jalousie. Qu'avait-il bien pu faire pour qu'Apollon lui accorde de vivre sur trois générations ?

— Nous avons une jument pour toi, lança Méléagre à Atalante.

Puis il reporta son attention sur Asclépios.

— Tu devras monter avec elle. Je n'avais pas anticipé la présence d'une personne supplémentaire, tu comprends...

Asclépios serra les dents. Une humiliation de plus. Son ressentiment fut cependant vite balayé lorsqu'il croisa le regard illuminé d'Atalante, qui semblait ravie de chevaucher à ses côtés.

Méléagre prit la tête de leur troupe et lança sa monture au galop. Tandis qu'ils fusaient à travers les champs et les villages, Atalante se détendit. La présence de son ami derrière elle la rassurait. Et puis, l'équitation était une activité familière. C'était Chiron en personne qui lui avait appris à se faire accepter des chevaux. Il l'avait même autorisée, à de rares occasions, à grimper sur son dos.

Plusieurs journées de voyage séparaient l'Arcadie de Calydon, capitale de l'Étolie. Atalante traversa en une journée plus de cités que durant sa vie entière. Ils passèrent par Tripoli et ses champs d'orge qui s'étalaient à perte de vue, puis firent halte à Corinthe. Atalante fut subjuguée par l'architecture exceptionnelle de la cité : ici, toutes les colonnes étaient ornées de feuilles d'acanthe, d'arabesques et de volutes qui lui rappelaient les nuages. Les Corinthiens étaient aussi bien différents des villageois qu'elle avait côtoyés auparavant : avec leurs toges colorées et leurs bijoux en or, ils ressemblaient tous à des princes ou à de riches mécènes.

En fin d'après-midi, ils arrivèrent à Patras, au nord de la péninsule. Ils furent contraints de s'arrêter pour nourrir les chevaux. Nestor profita de cette halte pour se recueillir dans un temple dédié à Héra. Atalante se joignit à lui : elle préférait se dégourdir les jambes plutôt que de regarder les bêtes avaler des kilos de foin.

— Tu viens, Asclépios ?

Le guérisseur secoua la tête, prétextant que la visite ne l'intéressait pas. En réalité, la longue chevauchée l'avait épuisé. Il arrivait à peine à tenir sur ses jambes. Il se demanda, avec une pointe de jalousie, d'où Atalante tirait son énergie.

Nestor guida Atalante jusqu'au temple situé près du port. Ils traversèrent les ruelles en pierre pavée, toujours bondées. Les passants se pressaient les uns contre les autres, les commerçants s'apostrophaient et les hérauts hurlaient les nouvelles. Personne ne faisait attention à eux. Par réflexe, Atalante leva le nez pour localiser un endroit où grimper afin de se mettre en sécurité, avant de se rétracter. Ses paumes devinrent moites, son souffle s'accéléra.

Il n'y a aucun danger, se morigéna-t-elle. *Tout va bien.*

Nestor avait remarqué le trouble de la jeune chasseresse et s'efforçait de lui changer les idées en lui racontant des histoires sur la cité, qu'il semblait bien connaître. Sa voix rauque et posée lui rappela celle d'Azariel.

— C'est ici que sont nés les Jeux isthmiques. Depuis des décennies, tous les deux ans, les meilleurs sportifs s'affrontent dans cette arène.

Il pointa du doigt le stade, situé dans les hauteurs de la ville. Nestor se pencha vers elle tout en marchant, comme pour lui confier un secret.

— Il y a quelques années, une participante du nom de Cynisca a remporté l'épreuve hippique, déguisée en homme. Je te laisse imaginer le scandale lorsque les arbitres ont découvert sa véritable identité !

Atalante écarquilla les yeux, estomaquée.

— Je ne comprendrai jamais pourquoi les compétitions sportives sont interdites aux femmes. La preuve :

cette Cynisca s'est montrée meilleure que tous les autres concurrents !

– Je ne peux qu'être d'accord avec toi, répondit-il avec un sourire de connivence.

– Comment s'est terminée l'histoire ?

– Il s'avère que Cynisca est la fille du roi de Sparte. Là-bas, les filles s'entraînent aussi dur que les garçons, et ce dès le plus jeune âge. Les mœurs y sont différentes, et les femmes peuvent participer à toutes les compétitions. Cynisca a plaidé l'ignorance, et le roi de Corinthe a laissé tomber l'affaire. Entre nous, je pense qu'il craignait surtout de déclencher une guerre avec Sparte...

Tout en parlant, ils s'étaient approchés du port, où une immense étendue d'eau s'étirait à perte de vue. Atalante s'immobilisa, bouche bée. Elle laissa échapper une exclamation admirative.

– C'est magnifique !

Puis, sur un ton un peu plus timoré, presque honteux :

– Je n'avais jamais vu la mer avant aujourd'hui.

Sa remarque tira un sourire à Nestor.

– Ce n'est que le golfe de Patras, répondit le doyen. La mer est mille fois plus vaste : aucun point de terre à l'horizon.

Atalante essaya de l'imaginer, en vain.

– Tu auras l'occasion de contempler bien des mers, la rassura Nestor. Tu sembles faite pour voyager.

Le compliment la toucha en plein cœur. Elle ferma les yeux et prit une grande inspiration, savourant les embruns marins iodés qui s'infiltraient dans ses narines.

– Alors, on admire la vue ?

La voix haut perchée de Méléagre l'exaspéra. Le prince les avait suivis à la trace. Cette constatation la hérissa, et elle regrettait qu'il vienne briser ce moment de sérénité. S'il n'avait pas été le leader de leur quête, elle l'aurait déjà envoyé paître. Il avait visiblement profité de leur halte pour mettre la main sur un chiton flambant neuf et une paire de bottes hautes en cuir noir. Atalante dut admettre qu'il avait fière allure. Nestor inclina la tête avec solennité.

— Nous allions nous recueillir dans le temple d'Héra.

— Je viens avec vous. On a toujours besoin de garder les dieux de notre côté, pas vrai ?

Atalante pensait qu'il faisait référence à la chasse imminente, mais son ton était inhabituellement grave. Le prince semblait presque… préoccupé.

Après une brève ascension, ils parvinrent au sommet d'une falaise qui surplombait la ville, livrant une vue imprenable sur le golfe et les navires qui y mouillaient. Au bord du précipice, le temple d'Héra dominait, et ses frontons gravés s'élançaient vers le ciel. Nestor et Méléagre s'y engouffrèrent, tandis qu'Atalante demeurait figée sur les marches, à la fois impressionnée et admirative. L'édifice était si grand qu'il en devenait intimidant, avec ses hautes colonnes ciselées, décorées de feuilles d'acanthe. Elle passa sous l'arche ornementée, non sans crainte. Comment une structure si imposante pouvait-elle tenir en place ?

Elle fit taire son appréhension et rejoignit ses camarades. Dès qu'elle eut passé l'arche, un souffle de fraîcheur l'enveloppa et des frissons picotèrent sa peau, le long de sa colonne vertébrale. Le profond silence qui régnait renforça son sentiment de malaise. Elle n'avait pas l'habitude des lieux aussi calmes, et pour cause : la forêt ne dormait jamais. On pouvait entendre ses habitants à quatre pattes chaque heure du jour et de la nuit. Sans parler du bruissement des feuilles sous la brise, des battements d'ailes des volatiles et du doux clapotis de l'eau qui s'écoulait des cascades.

Tout au bout d'une longue allée bordée de bancs, dans la partie centrale du temple, le *naos*, la statue d'Héra trônait. Elle avait été placée sur une estrade, sans doute pour la rendre encore plus imposante. Enveloppée dans une toge aux finitions délicates, l'expression sibylline et le port de tête altier, elle ressemblait à ce qu'elle était : une déesse. Et pas n'importe laquelle : la mère de divinités de l'Olympe, épouse de Zeus. À ses pieds, un homme et une femme de marbre gisaient, grimaçants, tendant des mains implorantes en direction de la déesse qui les ignorait.

— Intrigant, n'est-ce pas ?

Le souffle de Méléagre caressa son épaule. Atalante lui lança un regard interrogateur, auquel il répondit par un sourire équivoque. Nestor s'agenouilla aux pieds de la statue et déposa un bouquet de fleurs sauvages qu'il avait confectionné sur le chemin.

— Patras est une ville maudite.

Le vieil homme avait murmuré, mais sa voix résonnait sous la voûte.

— Il y a des siècles, une prêtresse du nom de Comaetho est tombée amoureuse d'un beau jeune homme. Ses parents se sont opposés à cette union, jugeant que l'élu de son cœur n'était pas d'une assez bonne lignée pour elle. Les amants se sont donné rendez-vous en secret et se sont unis dans ce même temple.

Atalante retint son souffle. Nestor avait des dons de conteur qui auraient presque égalé ceux d'Azariel.

— Lorsqu'elle l'a appris, Héra s'est mise dans une colère noire. Elle a envoyé la peste et la famine sur la ville. Les habitants ont consulté l'oracle de Delphes pour trouver un moyen de mettre un terme à cette malédiction et d'apaiser la déesse. La médium a préconisé de tuer chaque année le plus beau garçon et la plus belle fille de la ville pour expier l'outrage commis par Comaetho et son amant, Mélanippe.

Atlante observait les statues des deux sacrifiés, terrifiantes de réalisme.

— C'est ce qu'ils ont fait. Les habitants ont retrouvé la santé et les récoltes sont redevenues fructueuses.

La jeune chasseresse déglutit, mal à l'aise. Décidément, les dieux étaient sans pitié. On disait que leur immortalité leur avait fait perdre la notion du temps. Punir les habitants de Patras sur des générations ne posait aucun problème à Héra : pour elle, ce temps ne représentait qu'un clignement d'œil.

— On dirait presque que tu es effrayée, *chasseresse*, ricana Méléagre.

Atalante fut tentée de nier. Avant, dans son esprit, la peur était synonyme de lâcheté. Elle courait au-devant du danger sans hésitation. Mais Chiron lui avait appris à se méfier. À réfléchir avant d'agir. Il disait que la peur était un signe d'intelligence. Atalante préférait largement cette définition.

— Je le suis, avoua-t-elle.

— Nous devrions vite nous enfuir d'ici, ajouta-t-il dans un souffle. Si nous nous attardons, nous risquons d'être immolés ! Car il ne fait aucun doute qu'il n'existe pas d'homme et de femme plus agréables à regarder que nous à des kilomètres à la ronde...

Atalante leva les yeux au ciel. L'estime que le prince se portait à lui-même dépassait l'entendement. Elle ne résista pas à lui envoyer une petite pique :

— Ce n'est pas l'humilité qui t'étouffe, toi.

Loin de s'offusquer, Méléagre éclata de rire.

— Quelle fougue ! Poséidon lui-même aurait du mal à naviguer dans tes eaux.

— Il pourrait peut-être m'apprendre à créer des vagues suffisamment hautes pour te noyer dans tes propres paroles, répliqua-t-elle.

Ils continuèrent sur ce ton un long moment, jusqu'à ce qu'Atalante laisse échapper un juron fleuri.

— Pas à l'intérieur du temple, bande de mal élevés ! siffla Nestor.

Ils s'exécutèrent et regagnèrent l'extérieur, têtes basses, comme deux gamins pris la main dans le sac.

CHAPITRE 15

Un peu plus tard, ils embarquèrent sur un navire, direction l'Étolie. Si les marins furent surpris en constatant la présence d'une femme à bord, ils ne firent aucun commentaire, sans doute par crainte de contrarier Méléagre. Deux heures à peine séparaient les deux terres, mais cette courte traversée suffit à Asclépios pour rendre l'intégralité du contenu de son estomac par-dessus bord. Évidemment, Méléagre profita de cet incident pour le tourner un peu plus en dérision, entraînant les membres de l'équipage avec lui. Atalante, quant à elle, n'était pas sensible aux remous du flotteur. Cela ne l'empêchait pas de frissonner en entendant les vagues se fracasser contre la coque du navire. Elle avait appris à nager avec ses amies les dryades alors qu'elle était toute petite, mais toujours dans de l'eau douce, calme et tempérée. Elle aurait aimé traverser le golfe seule, dans l'eau, pour se confronter à la puissance de la houle.

— Le monde est tellement vaste, lâcha-t-elle en admirant l'horizon et le bout de terre qui se rapprochait. Je suis si heureuse d'avoir quitté l'Arcadie !

Asclépios, dont le teint cireux virait au vert, ne parvint qu'à marmonner un vague assentiment.

– Tu n'as pas l'air dans ton assiette, constata Atalante avec une subtilité toute relative. Tu devrais boire un peu d'eau.

– Bonne idée, grimaça Asclépios en essuyant ses lèvres d'un revers de manche. Peut-être une infusion à la menthe. Ou au gingembre. Je crois qu'il me reste de quoi faire une décoction dans mon sac...

Atalante sentit un regard sur sa nuque. Elle se retourna et fit face à un jeune homme qui l'observait avec attention, accoudé au bastingage. Il semblait plus âgé de quelques années. La chasseresse fut frappée par ses yeux clairs, son regard vif et acéré qui témoignait d'une grande intelligence. Elle l'avait déjà remarqué dans la taverne grâce à ses vêtements sophistiqués et à sa posture impeccable. Ses cheveux étaient du même blond solaire que ceux d'Asclépios, mais, à la différence du guérisseur qui les portait mi-longs, ils étaient très courts. Il n'avait pas décroché un mot de tout le voyage.

– Un problème ? demanda Atalante.

Elle détestait être épiée de la sorte. S'il avait quelque chose à lui dire, qu'il le fasse sans détour ! Le jeune homme s'approcha. Il ne souriait pas, mais sa voix était douce lorsqu'il la questionna :

– Tu as été élevée par Chiron, n'est-ce pas ?

Atalante hocha la tête avec prudence.

– Je m'appelle Jason.

Il lui tendit la main, qu'elle serra.

– Encore un prince, je suppose ? lança Atalante, pince-sans-rire.

C'était à croire que l'équipage n'était composé que de demi-dieux, de rois et de princes. Pourtant, Jason ne semblait pas assez arrogant pour avoir une divinité pour parent, et trop jeune pour être à la tête d'un royaume. « Héritier » restait l'hypothèse la plus probable.

Il acquiesça, la mâchoire serrée.

— Mon père était le roi d'Iolcos, mais il a été dépossédé de son trône par mon traître d'oncle, Pélias. Il a essayé de me tuer alors que je n'étais qu'un nourrisson.

Atalante regretta immédiatement sa boutade. Son air peiné n'échappa pas à Jason.

— Tu n'as pas à avoir pitié de moi. Bientôt, je récupérerai mon trône. La Pythie me l'a promis.

Encore une prédiction. La vie des mortels était-elle déjà toute tracée ?

— Alors pourquoi participer à cette chasse ? Tu n'as pas envie de récupérer ce qui te revient de droit ?

Jason secoua la tête, l'expression impénétrable.

— Il n'est pas encore temps.

Il s'inclina avec respect et tourna les talons, rejoignant Castor et Pollux en train de se chamailler de l'autre côté du pont. Décidément, ce Jason était étrange. Comment pouvait-il savoir quand il était temps de passer à l'action ? Atalante détestait attendre – Chiron n'avait eu de cesse de déplorer son impatience. Si elle avait été à sa place, elle serait partie sur-le-champ.

Un gargouillement terrible la tira de ses pensées. Asclépios venait de vomir à nouveau. Il se redressa avec maladresse et s'accrocha à un cordage en titubant.

— Je crois que je vais m'allonger un moment, lâcha-t-il d'une voix blanche.

Une fois sur la terre ferme, Méléagre les guida à travers le port. Depuis qu'ils avaient débarqué en Étolie, il se tenait plus droit, le menton plus haut et ses exigences se multipliaient. Les badauds s'inclinaient sur son passage, les enfants murmuraient et lui lançaient des regards admiratifs. *Pas de doute, nous sommes bien à Calydon.* Atalante s'imprégnait de ce nouvel environnement, de cette moiteur étouffante dont elle n'avait pas l'habitude, s'attardant près des étals garnis de poissons et de fruits de mer tenus par des pêcheurs. La mode était à l'*himation*, et tous arboraient ce long drapé enroulé autour d'un bras, laissant l'autre à l'air libre.

Des soldats les attendaient à l'écurie. Un homme d'âge mûr engoncé dans une armure se plia en deux lorsqu'il aperçut Méléagre.

— Mon prince ! Vous êtes de retour. On ne vous attendait pas de sitôt.

— Je suis efficace, comme toujours, répliqua le prince avec un naturel désarmant. J'attends votre compte rendu, polémarque.

Le soldat se redressa, blanc comme un linge.

— La... la bête continue à faire des ravages. Nous avons évacué une partie de la région, mais beaucoup craignent de sortir de chez eux par peur d'être attaqués. Le monstre n'épargne personne.

Méléagre prit une grande inspiration. Pendant un court moment, il perdit un peu de sa superbe. Il se ressaisit toutefois très vite et posa une main sur l'épaule du gradé avec un air impénétrable avant de déclarer :

— Merci, polémarque. J'ai la situation en main. Avec ces valeureux guerriers, nous ne pouvons échouer.

Au même moment, Castor fit craquer ses phalanges. Asclépios, qui avait repris des couleurs, serra les poings. Jason, un peu en retrait, affichait une expression résolue. Même Nestor semblait pressé à l'idée d'en découdre. Une énergie vibrante parcourait le groupe. Atalante, qui n'avait jamais ressenti une telle émulation collective, frissonnait d'impatience. Elle n'avait pas l'habitude d'agir en équipe. Avec de tels compagnons d'armes à ses côtés, elle se sentait presque invincible.

— Ne perdons pas une minute.

Méléagre bondit sur sa monture et tous l'imitèrent. Ils galopèrent longtemps, traversèrent des villages décimés et déserts. Chasser à la nuit tombée après une longue journée de chevauchée n'était peut-être pas la meilleure idée, mais le chef de l'expédition prétendait que l'obscurité les aiderait à passer inaperçus. Atalante savait qu'il n'en était rien : le sanglier discernait mal les couleurs mais possédait une excellente vision nocturne, notamment pour les cibles mouvantes. Lorsqu'elle partagea ses connaissances avec l'ensemble du groupe, elle ne reçut que méfiance et moqueries. Si elle avait gagné le droit de risquer sa vie pour une chasse, elle n'avait pas encore celui d'exprimer son opinion. Céphée, l'oncle de Méléagre, gloussa.

— Dis tout de suite que le noir te file les chocottes, fillette !

La pique fit rire Castor et Pollux. Leur réaction peina Atalante ; hier encore, il lui semblait que les jumeaux étaient prompts à l'écouter.

— Quel imbécile, glissa Asclépios en approchant sa monture de la sienne. Il changera vite de discours en voyant de quoi tu es capable.

Atalante se contenta d'un haussement d'épaules fataliste. Elle commençait à s'habituer à ce qu'on cherche à la discréditer. Asclépios en avait fait autant lors de leur première rencontre. Évidemment, elle se garda bien d'évoquer cet épisode. Son ami lui avait confié à maintes reprises à quel point il avait eu honte de son comportement.

– Elle a raison, lâcha une voix rauque. Les sangliers chassent essentiellement la nuit, ce n'est pas pour rien.

Tous se tournèrent vers Jason, qui venait de prendre la parole. Céphée cessa enfin de rire. Quant à Méléagre, il semblait plongé dans une intense réflexion.

– Ce sanglier-là n'est pas une bête ordinaire, mais un monstre envoyé par une déesse pour nous punir, moi et mon peuple. De nuit comme de jour, il est redoutable. Pendant que nous tergiversons, des innocents sont en train de se faire décimer.

Sa tirade eut le mérite de mettre tout le monde d'accord. Sauf Asclépios, même s'il n'aurait jamais partagé ses doutes de vive voix. Les longues années passées dans la forêt l'avaient endurci, cependant seule Atalante avait assimilé le maniement d'armes. Il aurait pu devenir un bon combattant s'il s'était entraîné jour et nuit, mais cela aurait été du temps gâché pour son apprentissage de la médecine.

– Assez parlé, conclut Méléagre d'un ton qui n'admettait aucune réplique. Préparez vos armes.

CHAPITRE 16

Ils entendirent la bête avant même de la voir. Un terrible grondement fit trembler la terre, très vite suivi de hurlements déchirants. Et puis, le silence.

Épais. Oppressant.

Plus terrifiant encore que les appels au secours.

Sur leur route, ils avaient croisé des villages dévastés, des familles en pleurs, des dépouilles empilées prêtes à être incinérées. Un cimetière à ciel ouvert, où les rares survivants tentaient tant bien que mal de soulever les décombres à la recherche d'un corps, d'une âme qui vive encore.

Ils délaissèrent leurs chevaux pour pénétrer au cœur d'un nouveau village. Ils progressaient à pas lents, efficaces et organisés, aussi discrets que des ombres. Seule la faible lueur de la lune permettait à Atalante de discerner les ravages causés par la bête. Ils passèrent à côté de toits éventrés, contournèrent des édifices de plusieurs étages piétinés, gravirent des amas de roches et de briques qui bloquaient des ruelles entières. À plusieurs reprises, ils tombèrent sur un cadavre à moitié enseveli sous les gravats. L'odeur du sang planait autour d'eux.

Atalante avait déjà été confrontée à la mort. Au temple médicinal, malgré les soins dispensés par Asclépios et les autres guérisseurs, il arrivait tout de même que des patients succombent. Atalante avait même été chargée à plusieurs occasions de couvrir les corps, de les inhumer ou de les renvoyer à leur famille. Elle avait croisé les yeux vides et blancs des trépassés, avait touché leur peau froide et dure et manipulé leurs membres raides. Mais jamais elle n'avait été témoin d'un tel carnage. Comment un sanglier avait-il pu faire autant de dégâts à lui tout seul ?

Atalante plissa les yeux pour distinguer les derniers bâtiments encore debout. Les petites chaumières en bois et en boue, aussi fines que du papyrus, allaient s'effondrer à la prochaine secousse. Combien de familles y étaient barricadées dans le noir en ce moment même, tremblant de terreur ? Il lui semblait qu'il ne restait plus un seul être à des kilomètres à la ronde. Étaient-ils arrivés trop tard pour ce village ?

En tête de peloton, Méléagre donnait la cadence. Personne ne décrochait un mot. Plus de chamailleries. Plus de plaisanteries. La tension était palpable. Atalante pouvait sentir les muscles de ses coéquipiers tendus à l'extrême, prêts à passer à l'action.

Une odeur de fumée agressa ses narines. Ses doigts se resserrèrent sur son arc. Au loin, on distinguait des feux épars. Et soudain, la silhouette massive du sanglier se découpa dans l'obscurité.

La chasseresse eut un mouvement de recul.

Un monstre.

Méléagre n'avait pas exagéré.

Quatre fois plus massif que ses congénères, le sanglier d'Artémis arborait d'immenses défenses recourbées qui le rendaient encore plus impressionnant. Un seul coup de crochet aurait suffi à empaler trois hommes. Son dos, difforme, s'apparentait à une colline. Ses puissants sabots grattaient la terre avec frénésie tandis que son groin se dilatait au rythme de ses profondes respirations. La bête ne les avait pas encore flairés.

— En position, murmura Méléagre.

Le groupe s'anima dans une parfaite synchronicité. Chacun savait ce qu'il avait à faire. La première étape du plan consistait à encercler le monstre sans qu'il les repère. Castor et Pollux foncèrent droit devant, le dos courbé et les genoux fléchis. Les jumeaux n'avaient pas caché leur joie lorsqu'ils avaient appris qu'ils seraient positionnés en première ligne. Ce n'était pas la première fois qu'ils faisaient équipe avec Méléagre, mais cette responsabilité était une grande marque de confiance. Le prince, quant à lui, fila vers la droite, encadré par ses oncles armés jusqu'aux dents. Il avait été convenu que Jason et Nestor se chargeraient du flanc gauche. Les autres guerriers se répartirent équitablement.

Lyncée, un grand homme rachitique, dirigerait les opérations : il donnerait le signal de l'attaque. Avec sa vue surhumaine, il percevait son environnement aussi bien de nuit que de jour. On disait que son acuité pouvait transpercer les murailles et apercevoir l'Olympe ou les Enfers. Atalante n'avait pas osé demander si les rumeurs qui couraient sur lui étaient fondées, mais elle l'espérait. Il serait un allié de poids pour vaincre le sanglier de Calydon.

Elle fit un signe à Asclépios puis désigna un des rares toits encore intacts qui offrait une bonne fenêtre de tir sur le monstre. Son camarade hocha la tête et lui emboîta le pas tandis qu'elle commençait l'ascension.

En tant que guérisseur, il avait été convenu qu'il resterait en retrait. Mort, il ne serait d'aucune utilité pour soigner ses semblables.

Méléagre avait également demandé à Atalante de rester à distance, du moins temporairement.

« Tes flèches nous seront utiles pour achever l'animal, avait-il argumenté. Suis les affrontements de loin et trouve le point de vue idéal pour le tenir en joue. »

Cette décision ne l'avait pas ravie. Elle frémissait d'impatience à l'idée de faire ses preuves, et voilà qu'on lui demandait de rester sagement en arrière ! La chasseresse avait consenti, non sans mal, à respecter ce qu'on exigeait d'elle. Elle savait aussi que leur réussite dépendrait de leur bonne coopération.

Une fois postée sur le toit, à plusieurs mètres de hauteur, Atalante put observer le sanglier et définir sa position exacte. Pour l'instant, la bête était plantée au milieu de l'agora et s'amusait à piétiner les habitations. Chaque fois qu'un citoyen terrorisé s'en échappait, elle l'embrochait avec ses énormes défenses et le jetait plus loin. Le brasier qui se propageait autour d'elle la nimbait d'un éclat rougeoyant. Et à chaque grognement, une écume brûlante coulait de sa gueule entrouverte et son souffle enflammait tout sur son passage. Ce qui expliquait les multiples incendies.

Le cœur d'Atalante s'emballa. Elle n'avait jamais vu pareille monstruosité. Pendant un instant, elle se mit à douter. Comment elle, simple mortelle, pourrait-elle vaincre une telle créature, l'œuvre d'une déesse toute-puissante ?

Un mouvement sur le toit d'en face attira son attention. C'était Jason, qui s'était accroupi derrière un muret, sa longue lance à la main. Elle aperçut également Castor et Pollux, qui s'avançaient progressivement.

Je ne suis pas seule, se rappela la chasseresse.

Atalante s'accroupit à son tour pour attendre. Pendant un temps qui lui parut infini, elle fut condamnée à regarder le sanglier commettre un massacre sans lever le petit doigt.

Puis un hululement de chouette retentit. *Le signal.*

Atalante se mit en mouvement. Son instinct de chasseresse prit le dessus. Sans réfléchir, elle bondit de toit en toit, droit sur la bête.

Pas trop près, se rappela-t-elle. *Ce n'est pas à moi d'engager le combat.*

Elle discernait dans son champ de vision périphérique que ses camarades se rapprochaient également. Elle s'immobilisa sur un tas de briques et découvrit que la créature peinait à s'extirper des décombres d'un bâtiment tout juste détruit. Lyncée avait eu raison de lancer l'alerte. C'était le moment idéal pour agir !

Castor fut le premier à lancer son javelot sur le monstre. Atalante observa, bouche bée, l'arme dessiner une courbe parfaite… et manquer sa cible.

Le sanglier fit volte-face avec une vitesse surprenante compte tenu de sa masse. Son sabot s'enfonça dans le sol et il baissa la gueule pour charger. Il poussa un grognement et des jets d'acide se répandirent autour de lui. Castor eut la présence d'esprit de se protéger derrière une barricade improvisée. Les flèches et javelots continuèrent de pleuvoir sur le sanglier… mais tous passaient bien à côté.

Comment est-ce possible ? Ce sont des guerriers émérites… Impossible qu'ils n'arrivent pas à viser correctement, d'autant plus que notre cible est énorme.

Elle n'eut pas le temps de s'interroger davantage : le sanglier venait de percuter le bâtiment où était perché Méléagre. Il effectua un magnifique vol plané et atterrit avec souplesse sur la terre ferme. Derrière lui, les murs de l'édifice s'effondrèrent dans un grand fracas. Un nuage de poussière se diffusa, obligeant Atalante à quitter son perchoir pour trouver un meilleur poste d'observation.

Elle décida de suivre les mouvements de la bête, franchissant d'un bond le vide qui séparait les toitures en veillant à ne pas se faire repérer. Rester dans l'ombre, telle était sa mission. Toutefois, en voyant ses camarades rater chacun de leurs lancers, elle se mit à douter.

Artémis a envoyé ce monstre réduire en cendres la ville de Méléagre pour le punir... Serait-il possible qu'une sorte de maléfice le protège ?

Les pièces du puzzle s'assemblèrent. La déesse de la chasse était rusée et rancunière. Nul doute qu'elle avait pris ses précautions pour qu'aucun homme ne puisse abattre la bête. Elle voulait sa vengeance.

Une idée insensée se dessina dans l'esprit d'Atalante.

Artémis ignorait peut-être qu'elle se joindrait à l'équipe. Or, elle avait fait d'Atalante sa protégée... Se pourrait-il que l'enchantement ne s'applique pas à elle ?

Il n'y a qu'un seul moyen de le savoir.

Elle prit sa décision au moment même où le sanglier fonçait dans un autre bâtiment. Cette fois-ci, les guerriers qui étaient postés n'eurent pas le temps de déserter. Ils furent expulsés comme des poupées de chiffon. Elle assista à la chute de Nestor, qui disparut sous les gravats. Le sanglier, fou de rage, entreprit de piétiner les décombres.

C'est le moment.

Atalante s'accroupit tout au bord du toit. Elle était maintenant totalement à découvert. Elle crut entendre quelqu'un crier son nom. Le sanglier pivota son énorme gueule dans sa direction.

— Artémis, guide ma flèche, murmura-t-elle.

Le projectile fusa, droit sur la créature. La pointe s'enfonça profondément dans son œil gauche. Le sanglier poussa un long gémissement, crachant une gerbe de feu dans sa direction. Atalante plongea sur le côté, mais les flammes lui léchèrent le flanc. Dans sa chute, elle lâcha son arc, qui glissa sur plusieurs mètres.

— Maintenant ! hurla Méléagre.

Atalante se redressa avec difficulté, les muscles brûlants. Elle aperçut un guerrier répondant au nom d'Amphiaraos tirer une flèche qui transperça le cou du sanglier. Nouveau hurlement, qui déclencha un énième brasier. Atalante se tenait en hauteur et pourtant, la chaleur était insupportable. La vision brouillée par la fumée, elle tâtonnait pour essayer de récupérer son arc. Méléagre n'hésita pas. Il bondit, brandit son épée et la plongea dans le flanc du monstre, lui portant le coup fatal.

CHAPITRE
17

Le bruit des chopes qui s'entrechoquent retentit dans l'humble demeure où ils s'étaient réfugiés après le combat. Un couple tenant une mercerie à l'angle d'une rue épargnée par le monstre leur avait proposé de les héberger le temps qu'ils reprennent des forces, ce que Méléagre avait accepté. Tous s'étaient rassemblés autour d'une table vétuste, entassés dans le petit espace commun. Une impressionnante pile d'armes ensanglantées reposait à côté de la salle d'eau, entre deux bobines de fil et une caisse à épingles.

Atalante exultait. Malgré la douleur qui irradiait entre ses côtes, elle joignit sa voix à celles des autres membres de l'expédition pour célébrer la victoire.

— On l'a fait ! Notre toute première quête !

— Arrête un peu de bouger, grogna Asclépios. Comment veux-tu que je te soigne si tu n'arrêtes pas de gigoter ?

Le guérisseur avait insisté pour panser ses plaies, mais Atalante faisait une bien mauvaise patiente : incapable de rester plus d'une demi-seconde sans remuer, elle l'empêchait de nouer un bandage correct. Il avait réquisitionné une bonne partie de la pièce pour la transformer en hôpital de fortune. Sur les planches cabossées du parquet s'accumulaient bandages sales, onguents et fioles ouvertes.

— Je n'ai pas besoin de soins, grommela la chasseresse. Tout ira mieux demain.

Asclépios leva les yeux au ciel.

— Tu te rappelles la dernière fois que tu as dit ça ? Tu as failli y passer.

Atalante pencha la tête sur le côté, espiègle. La poussière maculait son visage et une grande partie de sa tunique, au niveau du ventre, était brûlée. Pourtant, elle rayonnait.

— C'était il y a bien longtemps, répliqua-t-elle.

Asclépios hocha la tête et son cœur fit un bond. Il n'avait toujours pas digéré sa nouvelle vie loin de Chiron. L'époque où Atalante et lui s'entraînaient dans les bois, seuls au monde, lui manquait terriblement. Les longues chevauchées et la vie en communauté n'incitaient pas à l'intimité, aux confidences murmurées au coin du feu. Ils attendaient de partager cette première quête depuis une éternité, et pourtant, Asclépios avait le sentiment que cette aventure les avait éloignés. Il se réjouissait d'assister à l'évolution de son amie, mais une partie de lui regrettait de ne plus être au centre de son attention. Il eut immédiatement honte de ces pensées. Ils n'étaient plus des enfants. Leur relation évoluait, et il devait faire avec. Il releva sa manche pour contempler la cicatrice laissée par les dents d'Atalante, souvenir d'une de leurs disputes. La nostalgie l'étreignit. Qui aurait pu croire qu'une ancienne morsure puisse le troubler à ce point ?

— J'ai terminé, soupira-t-il. Essaie de ne pas trop bouger et...

Il s'interrompit. Atalante s'était déjà éloignée sans un merci. Le guérisseur secoua la tête, mi-dépité, mi-amusé. Par le passé, il se serait peut-être offusqué de la négligence de son amie. Mais il avait grandi. Et puis, il devait bien l'admettre : ses blessures commençaient déjà à cicatriser de façon prodigieuse. Il n'y avait aucune raison de s'inquiéter.

– Très bien... Quelqu'un d'autre ? lança-t-il à la cantonade.

Sa voix fut vite engloutie par les exclamations enjouées. Asclépios poussa un soupir résigné. De toute façon, il s'était déjà occupé des hommes les plus mal en point : Amphiaraos, qui présentait de sévères contusions aux jambes et à la poitrine ; Jason, dont l'arcade sourcilière s'était fendue ; et Nestor, qui avait gardé des séquelles de son impressionnante chute. Le vieil homme n'aurait pas dû s'en sortir vivant : Asclépios était maintenant convaincu que le mythe l'entourant était bel et bien réel.

– Pollux, peut-être ? tenta Asclépios.

Le pugiliste avait subi de nombreuses brûlures dues aux jets d'acide.

– Je suis le fils de Dionysos ! La boisson m'aidera à cicatriser, affirma-t-il.

Castor poussa un long soupir. Les jumeaux étaient si grands qu'ils devaient se tenir voûtés pour ne pas heurter le plafond.

– C'est reparti...

– Nous venons de triompher du sanglier de Calydon ! Je mérite bien un petit remontant, plaida-t-il.

Malheureusement pour lui, le couple qui les hébergeait avait des réserves d'alcool limitées, et Pollux dut contrôler sa soif.

La porte de la chaumière s'ouvrit à nouveau, dévoilant un Méléagre radieux. Il avait jeté par-dessus son épaule un long pan de fourrure, tiré de la cuisse du sanglier abattu. Il n'avait écopé que de quelques égratignures. Si ses vêtements n'avaient pas été couverts de poussière, on aurait pu croire qu'il rentrait d'une simple balade.

— Voilà la preuve que nous avons vaincu le monstre envoyé par Artémis ! rugit-il. Le symbole de notre réussite !

Nouvelle salve d'applaudissements. Asclépios délaissa ses herbes médicinales pour se joindre au groupe. Méléagre se tourna vers Atalante et s'inclina très bas.

— Atalante, brave chasseresse. J'aimerais te remettre cette fourrure en cadeau. À toi qui as touché le monstre de Calydon la première. Elle te revient de droit.

Atalante en resta bouche bée. Ce geste signifiait beaucoup. C'était un grand honneur, et elle en avait conscience. Elle s'approcha pour récupérer le présent, les jambes tremblantes.

— Tu ne peux pas faire ça !

Le temps se suspendit. Toutes les têtes pivotèrent vers celui qui avait parlé. Il s'agissait de Céphée. Encore lui... Il avait déjà été l'un des premiers à s'opposer à sa participation à l'expédition. Personne ne broncha, mais elle repéra plusieurs visages hostiles qui semblaient soutenir les paroles de Céphée.

— Et pourquoi ne le pourrais-je pas ? demanda Méléagre.

Sa voix grave grondait, emplissait l'espace.

— Enfin... Elle n'a pas plus de mérite que les autres ! Amphiaraos l'a atteint à la gorge, n'est-ce pas ? Et toi, tu as porté le coup fatal !

— Contestes-tu mon jugement ?

— Une femme ne peut pas être digne d'une telle récompense, lâcha-t-il. C'est tout !

Son ton était haineux. Si ses mots blessèrent Atalante, elle n'en montra rien. Et dire qu'elle avait combattu avec ces hommes... Elle avait espéré que leurs relations se seraient sensiblement améliorées après ce qu'ils avaient vécu. C'était tout le contraire.

– Tais-toi avant que je ne t'embroche le cœur, siffla Méléagre.

Mais Céphée ne comptait pas s'arrêter là. Galvanisé par la rage, il tira son épée et se rua sur Atalante. Quelqu'un poussa un hurlement strident. Tout se passa si vite que personne ne put l'arrêter.

C'était compter sans la rapidité extraordinaire d'Atalante. En un claquement de doigts, elle était déjà à l'autre bout de la pièce, hors de portée de lame. Céphée se retrouva nez à nez avec Méléagre, décontenancé.

– Je t'avais prévenu, gronda le prince.

Il tira son épée et, d'un coup sec et précis, transperça la poitrine de son oncle. Atalante poussa un cri – pour le retenir, pour l'arrêter –, mais trop tard. Céphée s'immobilisa, les yeux exorbités. Le silence était tel que tout le monde put entendre le son de la chair qui se détacha lorsque Méléagre retira son arme. Autour du corps inanimé, une flaque de sang se forma. Méléagre se tourna vers ses hôtes.

– Toutes mes excuses pour ce désagrément. Soyez certains que vous serez indemnisés.

Ils hochèrent la tête de concert, le visage blême. Le futur roi enjamba le corps de son oncle comme s'il n'était qu'une vulgaire souche. Il baissa la tête et fronça les sourcils devant la nappe qui ne cessait de grossir.

– Et je vous offrirai un nouveau tapis. Avec les compliments du roi Œnée.

Atalante ne pouvait détacher les yeux du liquide rouge sombre. C'était la première fois qu'elle assistait à un meurtre de sang-froid. Mais ce qui l'horrifiait par-dessus tout, c'était la réaction de Méléagre. Ou plutôt, son *absence* de réaction.

— Je ne l'ai jamais apprécié, lâcha ce dernier.

Le silence se prolongea. Castor et Pollux prirent l'initiative de transporter le corps à l'extérieur. Atalante demeurait figée par l'effroi. Une main se posa au creux de ses omoplates et la poussa avec délicatesse. C'était Asclépios, qui l'encouragea d'un hochement de tête. Toute l'attention était rivée sur elle : on attendait qu'elle récupère son présent. Elle s'approcha de Méléagre avec la démarche maladroite d'un agneau séparé du troupeau. Le prince de Calydon s'agenouilla devant Atalante.

— Moi, Méléagre, fils d'Œnée et prince de Calydon, je t'offre ceci en gage de ma reconnaissance. Que cette fourrure te rappelle toujours la force et la vaillance dont tu as fait preuve pendant cette quête. Puisses-tu la porter avec fierté, en souvenir de notre victoire.

Atalante aurait pu savourer ce moment, si seulement l'odeur du sang chaud ne lui agressait pas les narines et si son esprit ne repassait pas en boucle l'instant où Méléagre avait embroché son oncle. Elle accepta cependant le présent avec un hochement de tête pudique, trop choquée pour parler.

En même temps que les applaudissements de ses coéquipiers l'enveloppaient, son sang se glaçait dans ses veines. Elle observa ce prince, à genoux devant elle, lui témoignant l'une des plus grandes marques de respect possibles. Et pourtant, elle n'en tirait aucune satisfaction. Quel bonheur pouvait-on recueillir de la reconnaissance d'un tueur ?

Les héros prenaient des vies par nécessité. Pour protéger les plus faibles. Pour se défendre. Et non pour asseoir leur autorité. C'était ce que Chiron lui avait enseigné. Ce que le code d'honneur des Amazones prônait.

Atalante se demanda quel effet cela faisait d'ôter la vie d'un être humain comme on prenait celle d'un cerf. Elle espérait ne jamais avoir à le découvrir.

CHAPITRE

18

Je vais me noyer dans la foule.

Ce fut la première pensée d'Atalante lorsqu'elle vit la population amassée devant le palais de Méléagre, ou plutôt de son père, Œnée. Tous venaient fêter la victoire des valeureux combattants qui avaient terrassé le sanglier de Calydon. Le prince se tenait à l'avant de la procession, le dos bien droit. Il déclenchait des hurlements extatiques à chacun de ses saluts. Juchée sur sa monture, Atalante observait, éberluée, tous ces inconnus qui se pressaient autour d'elle, à tel point qu'elle n'arrivait plus à avancer.

Déjà, son nom circulait dans toutes les bouches.

— Atalante ! Atalante ! scandait-on en chœur.

Elle essaya de sourire, mais les commissures de ses lèvres la faisaient souffrir. Trop de monde. Trop de bruit. Elle n'avait qu'une envie : retourner dans sa grotte et ne plus en sortir. Seul le sourire timide qu'Asclépios posa sur elle parvint à la rassurer un peu. Elle venait d'affronter un sanglier envoyé par une déesse, elle n'allait tout de même pas tourner de l'œil à cause d'une foule trop imposante !

Elle n'était pas la seule à déclencher des émeutes. Le peuple se damnait pour Asclépios, et les compliments sur son physique avantageux fusaient de toute part. Le guérisseur répondit à ces sollicitations avec un sourire qui ne fit que renforcer leur adoration. Atalante assista à ce remue-ménage avec un mélange de surprise et de consternation. Elle était tellement habituée à côtoyer Asclépios qu'elle avait tendance à oublier son aura de demi-dieu. Mais où qu'il aille, il ne passait jamais inaperçu.

Des gardes finirent par intervenir. Ils éloignèrent les passants un peu trop zélés et escortèrent les combattants à l'intérieur du palais. Ils passèrent sous une arche soutenue par d'imposantes colonnes doriques avant de pénétrer dans la salle du trône. La pièce au plafond vertigineux foisonnait de décorations clinquantes, et de lourdes tentures incrustées d'ivoire ornaient les murs. Œnée et sa femme, Althée, les attendaient de pied ferme au bout d'une longue allée gardée de chaque côté par des soldats en armure, confortablement installés sur des trônes en bois finement sculptés.

Atalante se fit la réflexion qu'elle n'avait jamais vu une femme aussi intimidante. Sa beauté froide et son regard perçant cerné de khôl lui offraient une apparence quasi divine. Elle ressemblait à une sorcière, du moins c'était l'image qu'Atalante s'en faisait (dans les histoires d'Azariel, il s'agissait toujours de femmes à la beauté ensorcelante qui hypnotisaient les hommes pour mieux les manipuler). À côté d'elle, le roi de Calydon évoquait un gentil grand-père un peu niais.

Méléagre s'inclina devant eux, et tous les combattants l'imitèrent. Atalante n'était pas douée pour les révérences : Chiron lui avait appris à se battre, mais ne lui avait rien dit de l'étiquette. Elle fit son possible pour ne pas s'emmêler les pieds et se baissa beaucoup plus bas que nécessaire.

Elle avait veillé à se placer derrière les hommes, qui la dépassaient tous au moins d'une bonne tête, pour que le couple royal ne soit pas témoin de sa prestation maladroite.

— Je ne vois pas mon frère Céphée, lâcha Althée en guise de bienvenue.

Atalante étudia la réaction de Méléagre. Allait-il mentir ? Demander pardon à sa mère ? Enjoliver la vérité pour la rendre moins cruelle ? Mais le prince ne fit rien de tout ça. Et il n'eut pas l'air gêné le moins du monde lorsqu'il déclara, le menton bien haut :

— Il s'est opposé à mon commandement à plusieurs reprises et s'en est pris physiquement à un membre de l'expédition. Je l'ai tué pour lui faire payer son affront.

Et voilà. Pas d'excuses, pas de justifications supplémentaires. Atalante se demanda si le monde fonctionnait ainsi. Si la vie d'un homme valait si peu.

Althée posa une main sur sa poitrine. Les tremblements qui parcouraient ses doigts fins furent la seule preuve de sa tristesse. Elle se ressaisit très vite et se composa une expression neutre. Mais Atalante n'était pas dupe : elle pouvait sentir sa colère d'où elle se tenait, comme une fumée toxique qui envahissait l'air.

En revanche, cette révélation laissa Œnée totalement indifférent.

— Qu'importe ! Je suis si heureux que tu sois de retour, mon fils. Quelle fierté ! Quelle bravoure ! Je n'ai jamais douté de tes capacités, mais je dois avouer que je ne m'attendais pas à ce que vous reveniez si vite.

Il se hissa sur la pointe des pieds, comme s'il cherchait à surplomber les colosses qui lui faisaient face – effort bien inutile. Même juché sur une estrade, il se faisait largement dominer par Castor et Pollux, qui occupaient une place de choix, juste à côté de Méléagre.

— Et où est donc cette chasseresse qui a contribué à me débarrasser de cette horrible créature ?

Enfin, les hommes s'effacèrent, dévoilant une Atalante qui se tenait en bas des marches, encore frémissante de sa traversée de la ville. Quelle ne fut pas la surprise du roi lorsqu'il découvrit une jeune femme à peine sortie de l'adolescence, à la silhouette menue et aux pieds nus couverts de crasse !

— Elle ne paie pas de mine, glissa Œnée.

Il avait parlé à voix basse, sur le ton de la confidence, mais le silence était tel que tout le monde l'avait entendu. Des rires fusèrent – surtout du côté de Castor et Pollux, dont l'humour douteux n'était plus à prouver. Atalante s'imagina, l'espace d'un instant, reproduire son petit spectacle de l'auberge de *La Chouette muette.* Peut-être que le roi la prendrait davantage au sérieux si elle fichait une flèche dans le dossier de son trône.

Une main lui effleura l'épaule. Elle tourna la tête et croisa le regard compatissant d'Asclépios. La sollicitude de son ami lui réchauffa un peu le cœur.

— Bien ! Atalante, sois la bienvenue dans mon palais aussi longtemps qu'il te plaira. Je veillerai à ce que tous les guerriers qui ont risqué leur vie dans cette traque reçoivent une récompense à la hauteur de leur bravoure.

La déclaration fut accueillie par des applaudissements enthousiastes. Castor et Pollux échangèrent une longue poignée de main, puis entrechoquèrent leur poing et leur coude avant d'opérer un tour complet sur eux-mêmes et des petits mouvements de doigts à mille lieues de la virilité qu'ils se plaisaient à entretenir.

Le banquet se prolongea toute la nuit. Méléagre insista pour qu'Atalante s'installe à sa droite, juste à côté du roi. Il espérait, par cette stratégie, lui témoigner une marque de reconnaissance. La logique de cette disposition échappait cependant totalement à Atalante qui ne cessait de jeter des regards en direction des portes, anticipant son inévitable fuite. Elle avait déjà englouti une bonne dizaine d'œufs pochés à la sauce grenaille, une assiette d'olives farcies aux amandes et au fromage de chèvre, deux épaisses tranches de jambon salé et trois énormes baklavas, ces délicieuses pâtisseries en pâte feuilletée garnies de noix et de miel. Son appétit rassasié, elle n'avait plus rien à faire ici. Les bavardages de convenance l'ennuyaient à mourir et elle aspirait à un peu de calme après les événements des derniers jours. C'était compter sans le roi, qui semblait toujours alerte et bien décidé à entretenir la conversation avec eux. Les litres d'hydromel qu'il avait déjà sirotés y aidaient beaucoup.

— Alors, voici le guérisseur qui a sauvé la vie de plusieurs membres de l'expédition ? s'enquit Œnée en se penchant sur la table.

Face à Atalante, Asclépios grimaça un sourire, les joues gonflées par les petits pains aux myrtilles qu'il venait d'engloutir. Une servante lui renvoya aussitôt un sourire timide, visiblement sous le charme.

— Il ne me semble pas l'avoir exprimé en ces termes, intervint Méléagre.

Il s'empara d'une cuisse de dinde poivrée et la fourra entièrement dans sa bouche. Les bruits de mastication donnèrent la nausée à Atalante.

Œnée entreprit alors de dresser la liste des récompenses qu'il attribuerait à chacun. Il promit à Castor et Pollux une galère flambant neuve pour leur prochaine expédition. Nestor écopa d'une cuirasse indestructible qu'on disait forgée par Héphaïstos lui-même. Jason, d'une longue épée ciselée dont le manche serti de pierres précieuses brillait de mille feux. Asclépios reçut son poids en or (à ce stade, le roi de Calydon manquait cruellement d'imagination). Les autres membres de l'expédition obtinrent des armes à profusion. Puis, il se tourna vers Atalante.

– Et pour toi, ma chère petite... Quel meilleur présent qu'un somptueux mariage ?

Atalante se figea. La sidération lui coupa la respiration. Elle espérait avoir mal entendu. Elle s'était illustrée mieux que personne lors de cette quête. Elle avait porté le premier coup au monstre, par Zeus ! Méléagre lui avait fait don de sa fourrure – même si elle comprenait maintenant que ce présent n'était pas désintéressé. Elle avait risqué sa vie pour prouver à tous qu'elle avait sa place dans l'expédition. Et voilà comment le roi la remerciait ? Avec un *mariage* ? Pour temporiser, elle plongea le nez dans sa coupe de vin rouge, réfléchissant à toute vitesse. Comment trouver la bonne formulation pour rejeter la proposition d'un roi sans l'offenser ? Existait-elle seulement ?

– Que dirais-tu d'épouser mon fils unique, Méléagre ? Vous formez une très belle paire, tous les deux !

Il se pencha et gratifia son fils d'une grosse bourrade dans le dos. Quant à Asclépios, il s'étouffa à moitié en avalant de travers.

— Ce serait l'occasion de mettre la chasse de côté pour se diriger vers des occupations disons... plus féminines.

Au clin d'œil malicieux que lui lança Méléagre, Atalante comprit avec effroi que cette demande était préméditée. Quand avait-il décidé de lui passer la bague au doigt ? Avant ou après qu'elle avait porté le premier coup au monstre ?

La tête se mit à lui tourner. Une multitude de répliques acides lui traversèrent l'esprit. Elle avait l'impression d'être la victime d'une immense farce. Que tous ses faits d'armes n'étaient qu'un beau prétexte pour en arriver à cette conclusion.

Ses doigts se resserrèrent sur le manche de son couteau. L'envie lui vint de l'enfoncer dans la main d'Œnée. Celui-ci attendait sa réponse, un sourire paternaliste flottant sur ses lèvres.

En face d'elle, Asclépios lui lança un regard d'avertissement. Atalante prit une grande inspiration.

« Tu devras travailler deux fois plus pour te faire accepter », l'avait prévenue Chiron. Certes. Mais elle n'avait pas anticipé ces humiliations.

Malgré la jovialité apparente du roi, elle devait rester prudente. Pas d'esclandre. Car elle sentait que son statut fraîchement acquis d'héroïne pouvait être remis en question au moindre faux pas. Elle comprit, à la tension glaciale qui régnait, que le vent à la cour tournait plus vite encore que sur les flots. Son cœur s'accéléra, percevant un danger impalpable et pourtant bien réel. Œnée ne pouvait pas la forcer à se marier : mais serait-il capable de l'envoyer en prison, invoquant un prétexte ? De lui jeter l'opprobre, réduisant à néant toutes ses chances d'obtenir de nouvelles quêtes ? Elle ne pouvait pas prendre ce risque. Alors, elle ravala les injures qui lui chatouillaient la gorge et déclara :

— C'est trop d'honneur, Votre Majesté. Une sauvageonne aux pieds nus ne peut décemment pas s'unir avec un prince. Sans compter que je suis déjà promise à la liberté que m'offre la nature, et mon cœur ne bat que pour les étendues de la forêt. Je vous remercie cependant pour votre généreuse proposition, mais je me satisferai d'un navire.

Ce fut au tour d'Œnée de s'étouffer avec sa viande. Castor et Pollux rirent si fort que les verres à pied se mirent à trembler. En face d'elle, Nestor souriait avec douceur.

— Bien envoyé, murmura Asclépios.

Le guérisseur jubilait. Enfin, le grand prince de Calydon tombait de son piédestal !

— Essaies-tu de me dire que tu as fait vœu de chasteté, à la manière des fidèles d'Artémis ?

Atalante fronça les sourcils. Elle ne s'était jamais attardée sur la question, mais à la lumière des événements, le vœu de chasteté lui apparaissait comme un choix des plus judicieux. Si c'était là le seul moyen pour qu'on lui fiche la paix une bonne fois pour toutes...

Elle chassa l'idée dans la foulée. Le vœu de chasteté était un serment inviolable, né d'une profonde volonté de communion avec la nature, et impliquait de dédier sa vie à Artémis. Ce n'était pas une vulgaire promesse en l'air qu'on formulait au détour d'un banquet pour échapper à une fâcheuse situation. Alors, comment justifier son refus ?

Nestor vint à la rescousse :

— Cette fille-là est bien trop sauvage pour se laisser emprisonner dans les filets du mariage. Et puis, quel dommage ce serait de perdre une aussi valeureuse combattante !

Méléagre mordit dans une autre cuisse de dinde sans dire un mot. Ses pommettes, qui avaient rougi, trahissaient sa gêne – et un soupçon de colère. C'était la première fois qu'Atalante le voyait perdre en assurance. L'humiliation du rejet était dure à encaisser. Atalante s'en réjouit secrètement. Au moins, elle n'était pas la seule à avoir été ridiculisée ce soir !

— Certes, certes..., marmonna Œnée.

Jason eut la bonne idée d'interroger le roi sur la provenance de ses « magnifiques tentures », et la conversation dévia sur un sujet moins épineux. Atalante asséna un coup de pied à Asclépios sous la table.

— On s'en va ?

Vite, profiter de cette diversion pour s'enfuir, en veillant à rester la plus naturelle possible.

— J'ai cru que tu n'allais jamais me le demander.

Atalante quitta la table sans un regard en arrière. Asclépios, quant à lui, se fendit d'une révérence gauche et d'un maladroit « merci pour ce dîner » avant de lui emboîter le pas.

Les deux amis errèrent au hasard dans le palais. Ils veillèrent à emprunter des couloirs déserts pour ne croiser personne. Atalante dévorait des yeux les pièces et décors qui se succédaient : les statues des divinités qui reposaient dans des alcôves, fières et puissantes (le roi semblait affectionner particulièrement Dionysos, dont la figure se dupliquait encore et encore), les jardins intérieurs surgissant derrière d'immenses arcades, les interminables galeries garnies de mosaïques et de fresques... Une sensation de vertige la saisit face à tant de raffinement, de richesse. Chaque détail avait été pensé pour intimider, impressionner. Une perfection tellement poussée qu'elle en devenait grotesque. Elle ne put s'empêcher de comparer la demeure avec sa chère forêt. La nature à l'état brut, avec toutes les imperfections et tous les dangers que ça impliquait. Moins confortable. Moins sécurisée. Mais infiniment plus belle à ses yeux.

Ils finirent par tomber sur une terrasse ombragée qui surplombait la cité. Atalante prit un grand bol d'air frais. Ils s'allongèrent sur des banquettes près d'un grand bassin. Atalante avait pris soin de chiper un pichet de vin avant de s'éclipser. Elle l'avait dissimulé dans sa nouvelle cape, taillée dans la peau du sanglier.

– Tu ne crois pas que tu as assez bu pour la soirée ? lança Asclépios.

– Je ne supporterai plus aucune réflexion sur ma façon de me comporter, prévint Atalante. Et je n'ai pas envie de parler de cet incident. Je veux juste... *souffler*.

Le guérisseur se fendit d'un large sourire.

– Très bien. Dans ce cas...

Il lui prit le pichet des mains.

– ... je ne vais pas me priver non plus.

C'était la première fois qu'ils se retrouvaient seuls depuis le début de la quête. Atalante n'avait pas saisi à quel point ces moments privilégiés lui avaient manqué. Le sujet dériva naturellement sur leur précepteur, dont l'absence se faisait plus que jamais ressentir.

– On pourrait y retourner, murmura Asclépios. Suivre les enseignements de maître Chiron. Cueillir des baies et se défier à la course.

— Là, je sais que tu es saoul. Tu *détestes* la course, maugréa Atalante.

— Je déteste courir contre *toi*, rectifia-t-il. Ça n'a rien à voir.

Atalante se racla la gorge.

— « Le destin porte ceux qui l'acceptent et traîne ceux qui le refusent », lança-t-elle en imitant le timbre rauque de leur ancien maître. « À quelle catégorie veux-tu appartenir, Asclépios ? »

Le jeune homme éclata de rire. Très vite, Atalante se mêla à ses gloussements avec son timbre cristallin.

— Ton rire m'avait manqué, souffla Asclépios lorsqu'il eut retrouvé un semblant de calme. Il ne se passait pas un jour sans que je l'entende.

La mélancolie les enveloppa. Atalante la repoussa. Elle ne voulait pas vivre dans le passé, à ressasser les bons souvenirs jusqu'à les user, les priver de tout leur éclat.

— Cette période est révolue. Nous sommes des *adultes*, maintenant.

— Tu te sens adulte ?

Asclépios était d'humeur philosophe, comme toujours lorsqu'ils se retrouvaient à scruter les étoiles. Ses questionnements existentiels agaçaient Atalante. Elle ne se demandait jamais pourquoi le ciel était bleu ou pourquoi la nature mourait en hiver, pour renaître aux premières lueurs du printemps. Les choses étaient ainsi, un point c'est tout.

— Aujourd'hui, on a essayé de me marier, dit-elle, revenant finalement sur le sujet. Peu importe si je me sens adulte ou non. Ils viennent de choisir pour moi.

Asclépios n'avait rien à répondre à ça.

Pour lui, les choses étaient plus complexes... Il s'était toujours imaginé qu'il deviendrait un homme le jour où son père accepterait de le reconnaître. Mais en observant Atalante, si fière et sûre d'elle, ses certitudes vacillèrent. Elle n'avait pas attendu l'approbation d'un autre pour se lancer à la poursuite de ses rêves.

Apollon avait assassiné sa mère. S'il n'avait pas été le dieu de la poésie et des arts, renommé et adulé par tous les mortels, il le haïrait certainement. Et il ne chercherait pas à attirer son attention par tous les moyens depuis près de deux décennies.

Peut-être s'était-il trompé sur toute la ligne.

Peut-être que... sa quête personnelle était ailleurs.

– Tu es en train de ruminer, lança Atalante, le tirant de ses pensées.

Elle lui confisqua le pichet.

– Plus une goutte pour toi.

Elle se leva, légèrement chancelante, et bâilla à gorge déployée. Asclépios s'appliqua à ne pas la dévorer du regard. À ignorer la mèche qui s'était échappée de sa natte, et à quel point il brûlait d'envie de la saisir pour la glisser derrière son oreille. Tout comme il s'employait à ne pas remarquer ses grands yeux émeraude voilés par la fatigue et le vin. Ses jambes élancées qu'il rêvait de caresser. Son demi-sourire narquois qui lui plaisait tant. Ses doigts fins et calleux, à la fois forts et délicats. La courbe de son sourcil. Sa clavicule apparente. La petite bosse sur son nez. La tache de naissance qu'elle avait au creux du cou, juste sous l'oreille gauche. Et une infinité de détails qui la rendaient irrésistible à ses yeux.

Et *surtout*, il retenait les paroles qu'il lui était interdit de formuler à voix haute.

La prophétie.

Atalante ne pouvait pas tomber amoureuse.

Alors, une énième fois, il contint son cœur.

Atalante, indifférente à ses tourments intérieurs, lui prit la main avec légèreté.

– Rentrons. Je crois qu'il est temps de retrouver notre bon vieux Morphée, lança-t-elle dans un second bâillement.

CHAPITRE 19

Le lendemain, Atalante se réveilla à l'aube. Elle étira ses muscles courbaturés, à même le sol. Elle avait bien essayé de dormir sur le lit à baldaquin laissé à sa disposition, mais la mollesse du matelas lui avait donné l'impression de s'enfoncer dans des sables mouvants. Sans compter qu'elle n'avait pas l'habitude de rester aussi longtemps dans un espace clos, et que le silence la rendait nerveuse. Son séjour chez Œnée ne s'éterniserait pas. Les récompenses distribuées, la victoire célébrée, elle n'avait plus rien à faire ici. Elle avait d'ailleurs songé à s'éclipser dans la nuit avec Asclépios, avant de se rétracter. Quelle héroïne disparaissait dans l'obscurité, telle une voleuse ?

Elle avait hâte de reprendre la route. Sillonner les villages et les cités pour offrir son aide.

Construire sa légende, brique par brique.

Et surtout, se faire oublier d'Œnée et de Méléagre, le plus vite possible. La simple idée de se retrouver dans la même pièce qu'eux lui donnait des sueurs froides. Aucun barreau à sa fenêtre et pourtant, elle avait le sentiment qu'un piège était en train de se refermer sur elle, inexorablement. Elle espérait que cette histoire de mariage n'était qu'une divagation passagère, une lubie de Méléagre, qui serait très vite balayée par une autre quête ou une nouvelle rencontre. Mais son instinct lui soufflait le contraire. Méléagre n'avait pas l'habitude d'être repoussé, et elle craignait que son rejet ne fasse qu'accentuer l'inclination qu'il lui portait. Peut-être la considérait-il dorénavant comme une sorte de défi à relever ? Il n'existait rien de plus imprévisible qu'un homme guidé par son orgueil blessé.

Près de la commode, un gros coffre était apparu, entre deux vases en céramique. Atalante fut surprise de ne pas avoir été réveillée par la personne qui l'avait déposé ici.

Elle l'ouvrit et déplia l'étoffe de protection, dévoilant une somptueuse robe vert d'eau brodée de délicats fils d'or. Des motifs floraux décoraient les manches, aériennes et évasées.

Atalante plissa le nez, puis détailla sa propre tenue (une tunique en peau de renard, qu'elle n'avait pas lavée depuis bien trop longtemps). La robe était jolie, mais elle pouvait déjà imaginer les démangeaisons dues aux coutures et le frottement des longs drapés contre ses jambes.

— Je suis une chasseresse, affirma-t-elle à voix haute.

Finalement, la robe ne quitta pas son coffre. Après une rapide toilette dans la salle d'eau, elle partit à la recherche des membres de l'expédition. Elle les trouva sur la même terrasse ombragée où elle s'était réfugiée la veille avec Asclépios, en train de siroter du jus de raisin. Un fastueux buffet avait été dressé. Les yeux d'Atalante s'écarquillèrent en découvrant les paniers en osier débordant de petits pains d'épeautre, tartinés de miel et de beurre frais. Des omelettes aux fines herbes en passant par des céréales d'orge trempées dans du lait de chèvre jusqu'au plateau de crevettes citronnées, tous ces mets lui mettaient l'eau à la bouche. Une flopée d'esclaves gravitaient autour d'eux, prêts à répondre à leurs exigences.

Comme toujours, Asclépios fut le premier à la repérer tandis qu'elle s'approchait du groupe.

— Atalante ! Tu as bien dormi ?

Elle s'aperçut, non sans soulagement, que ses camarades avaient gardé leur tenue de chasse, à l'exception de Méléagre, qui avait revêtu une élégante tunique et des sandales en cuir fauve dont les lacets serpentaient autour de ses mollets. Une couronne en chêne aux pointes acérées reposait sur son crâne. Son ventre se serra à sa vue, et elle évita avec soin de croiser son regard qu'elle sentait inquisiteur.

— Pas mal. Mais je crois que j'aurais préféré passer la nuit ici, à l'air libre. Ce parterre de lys m'a l'air très confortable.

Sa déclaration déclencha un torrent de rires. Indifférente à leurs moqueries, Atalante s'installa sur la première *klinê* qu'elle vit et chipa une pêche dans une corbeille avant de la croquer à pleines dents.

— Tu n'as pas trouvé mon présent ? s'enquit Méléagre.

Atalante s'immobilisa. Du jus lui coulait sur le menton. Bien sûr, la robe était *son* idée ! Elle était d'autant plus heureuse de ne pas l'avoir enfilée.

— Lâche l'affaire, intervint Pollux. Tu vois bien qu'elle n'est pas intéressée !

Atalante était reconnaissante qu'il prenne sa défense, mais elle se rappelait trop bien ce qui était arrivé à la dernière personne qui avait osé s'opposer au prince de Calydon. Contre toute attente, Méléagre ne semblait pas en colère, simplement vexé.

— Qu'est-ce que tu sous-entends ?

— Que même un oracle aurait du mal à prédire ton prochain échec amoureux tant ils sont nombreux !

Méléagre lui balança une poire en pleine figure, mais Pollux avait anticipé l'attaque. Il se déporta d'un bond, et le fruit heurta le front de Jason, qui se trouvait derrière lui.

— Aïe !

— Cette robe n'était pas une stratégie de séduction ! s'offusqua Méléagre.

— Ah, parce qu'il s'agit d'une *robe* ? répliqua Pollux. Tu n'as pas fini de l'insulter, notre Atalante ?

Second jet de fruit. Cette fois, Jason eut assez de jugeote pour esquiver le projectile.

— Nous avons une visite très spéciale aujourd'hui, reprit Méléagre en se raclant la gorge.

Les guerriers se mirent à spéculer sur le nom du mystérieux visiteur.

— Je suis sûr qu'il s'agit d'un roi, lança Castor.

— Ou d'une divinité venue nous féliciter en personne ! renchérit Pollux en se balançant sur son siège.

Contrairement aux autres, le contenu de son verre ne ressemblait pas à du jus de raisin.

— Un *roi*, insista Castor.

— Une *divinité*, s'entêta Pollux.

— Pari tenu ! *Alea jacta est.*

Le cœur d'Asclépios se serra. Pouvait-il s'agir d'Apollon ?

— Les dieux n'ont pas le temps de s'occuper de nos affaires, riposta Jason.

Il faisait tourner un grain de raisin entre ses doigts, l'air préoccupé. Atalante se demanda s'il songeait à son trône, usurpé par son oncle.

— Sois certain que cette garce d'Artémis a entendu parler de nous ! Nous avons réduit en bouillie sa créature magique en deux temps trois mouvements, gloussa Pollux.

Atalante avait peine à croire que Pollux avait reçu l'enseignement de maître Chiron. N'avait-il donc rien retenu de ses sermons sur l'humilité ? Comment osait-il insulter une divinité ? Peut-être se sentait-il invulnérable. En cas de pépin, il n'avait qu'à claquer des doigts, et son père Dionysos s'empresserait de payer les pots cassés. Comme cela devait être agréable de pouvoir compter sur une famille puissante ! Elle se demanda si, de son côté, elle devait s'attendre à subir le courroux d'Artémis d'un moment à l'autre, maintenant que sa créature avait été terrassée. Mais il y avait sans doute une raison pour laquelle Atalante avait été capable de toucher la bête, contrairement aux autres guerriers. Artémis lui avait laissé l'opportunité de s'illustrer dans cette chasse, de briller. Atalante en était persuadée : la divinité continuait de veiller sur elle. Cette pensée la rassura et la conforta dans l'idée qu'elle avait bien agi en acceptant d'aider Méléagre dans sa quête.

— Notre invité vient spécialement d'Arcadie pour rencontrer notre chasseresse, révéla Méléagre. Bien joué, Castor. Il s'agit effectivement d'un roi.

Atalante eut du mal à cacher son sourire. Son récent exploit faisait déjà parler d'elle ! Bientôt, toute la Grèce connaîtrait son nom.

Pollux glissa quelques drachmes dans la paume de son frère jumeau en pestant dans sa barbe.

— Qu'est-ce qu'il lui veut ? demanda Asclépios, sur la défensive.

— Je ne vais pas gâcher la surprise, *guérisseur*.

Le prince refusa de donner des informations supplémentaires. Atalante continua d'y songer en engloutissant son petit déjeuner. Ce mystérieux roi allait-il la recruter pour mener une quête ? Former des chasseurs ? Partir en expédition de l'autre côté de la mer Ionienne ? La tension de la veille s'apaisa, remplacée par une folle excitation. Finalement, sa présence ici pourrait bien aboutir à une nouvelle aventure ! Elle se réjouissait de ne pas avoir pris ses jambes à son cou dans la nuit.

De son côté, Asclépios restait sur ses gardes. Il ne s'expliquait pas qu'un roi puisse faire le déplacement en personne dans l'unique but de rencontrer Atalante. N'aurait-il pas été plus logique d'envoyer un émissaire ? Mais, après tout, la situation exceptionnelle méritait peut-être quelque entorse au protocole.

Il devait admettre qu'il s'inquiétait bien plus de savoir si cette visite sonnerait leur séparation. Car si Atalante s'engageait pour une mission, il ne pourrait peut-être pas la suivre. Il était fier que la chasseresse se soit illustrée lors de leur première quête, contrairement à lui, dont l'implication avait vite été oubliée. Asclépios se demanda comment il parviendrait à marquer l'Histoire en se contentant de nouer des bandages et d'appliquer des cataplasmes.

Après le petit déjeuner, tous se rassemblèrent dans la salle de réception, le *mégaron*. Le roi Œnée siégeait sur son trône en chêne blanc et avait revêtu ses plus beaux atours. Il irradiait d'une joie enfantine. Tout le contraire de sa femme Althée, installée à sa droite, dont l'expression semblait bien plus hostile que la veille. Lorsqu'elle aperçut Méléagre, ses mains se crispèrent sur les accoudoirs du trône. Il était clair qu'elle n'avait toujours pas digéré l'exécution de son frère. Et qui pouvait l'en blâmer ? Atalante ne put s'empêcher de compatir. Œnée n'avait même pas eu un mot à son égard. La reine restait dans l'ombre de son mari, silencieuse et immobile.

Les héros, vainqueurs du sanglier de Calydon, formèrent une haie d'honneur le long du tapis pourpre qui traversait la salle, de l'immense porte d'entrée jusqu'au pied de l'estrade. On les invita à patienter jusqu'à l'arrivée du roi d'Arcadie. Quelques musiciens, regroupés dans une alcôve, pinçaient les cordes de leur cithare. Ils jouaient des accords gais et entraînants pour faire patienter la petite centaine de sujets à l'arrière de la salle, qui papotaient à voix basse. Si la plupart des commérages semblaient bienveillants – Atalante intercepta quelques commentaires élogieux sur leur récent exploit et leur physique impressionnant –, elle capta quelques remarques désobligeantes sur sa présence parmi les guerriers. Encore une fois, son implication ne faisait pas l'unanimité.

Soudain, les trompettes et clairons retentirent, annonçant l'arrivée imminente d'un cortège. Quelques instants plus tard, un homme large d'épaules pénétra dans la salle du trône. Il était encadré par des esclaves en pagne, des émissaires, des gardes royaux et des porteurs de bannières.

— Notre invité d'honneur, le roi d'Arcadie, Iasos ! annonça un serviteur.

Atalante le détailla sans retenue. Avec sa longue toge couverte d'or et sa cape virevoltant dans son dos, Iasos avait fière allure. De bonne constitution, il aurait pu passer pour un commandant militaire. Son visage buriné par le soleil exprimait une certaine suffisance, quelque peu compensée par un air chaleureux. Un lacet doré contenait ses longues boucles brunes. Atalante dut admettre qu'il était plutôt bel homme. La foule s'inclina sur son passage, retenant son souffle.

Œnée descendit de son estrade pour le saluer. À côté du roi d'Arcadie, il semblait encore plus petit et disgracieux. Ils partagèrent une longue accolade, puis échangèrent quelques mots, mais Atalante était trop loin pour entendre. Puis les deux rois se tournèrent vers elle dans un même mouvement. Œnée la désigna de l'index, puis l'invita à s'approcher. Atalante masqua très difficilement sa nervosité. Elle ne put s'empêcher de jeter un regard à Asclépios, qui l'encouragea d'un hochement de tête.

— Approche, mon enfant ! s'impatienta Œnée.

Atalante s'exécuta, la démarche raide. Elle regretta presque de ne pas porter la jolie toilette de Méléagre lorsqu'elle se retrouva face à ces deux rois, si distingués. Elle était sûre que sa tunique sentait le poney mouillé. Œnée jeta un coup d'œil à ses pieds nus et son malaise s'intensifia. Atalante prit une grande inspiration et redressa le menton.

La valeur d'un homme ne se mesure pas à ses atours, se rappela-t-elle.

Elle ne se laisserait pas intimider.

De longues secondes s'écoulèrent, pendant lesquelles Iasos la dévisagea intensément. Atalante se perdit en conjectures. Était-il dégoûté par son apparence de sauvageonne ? S'attendait-il à quelqu'un d'autre ? À un garçon ? Regrettait-il d'avoir parcouru tout ce chemin pour la rencontrer ?

— Atalante ! C'est bien toi !

Atalante n'eut pas le temps de réagir que les bras de Iasos l'enserraient déjà. Elle se raidit, totalement surprise et confuse. Elle n'appréciait pas les contacts physiques, surtout avec de parfaits inconnus. Étant donné les circonstances, elle jugea bon de ne pas laisser paraître son écœurement. Elle garda donc les bras le long du corps et patienta, figée, que le roi cesse son étreinte. Son comportement était étrange, pour ne pas dire déplacé. Malgré son ignorance du protocole, elle savait que les rois n'étaient pas supposés se montrer aussi tactiles ! C'est alors que Iasos ouvrit la bouche, balayant toutes ses interrogations :

— *Ma fille*, je t'ai enfin retrouvée !

CHAPITRE 20

Il avait parlé suffisamment fort pour que toute l'assemblée l'entende. Des exclamations choquées fusèrent. Asclépios se figea, sous le choc. Les jambes d'Atalante frémirent. Sa tête tournait dangereusement.

— Après des années à écumer les villages d'Arcadie à ta recherche, te voilà enfin !

Il recula un peu pour la détailler de haut en bas.

— Je vois que tu es devenue une très jolie jeune femme, poursuivit-il. Cet accoutrement, en revanche...

Il s'interrompit, comme s'il venait de se rappeler qu'il se trouvait au milieu d'une salle pleine à craquer.

— Qu'importe ! Nous avons tellement de choses à nous dire.

Atalante finit par retrouver l'usage de la parole.

— Comment... Je... je croyais que mes parents m'avaient abandonnée à la naissance ?

Iasos s'esclaffa, un peu trop franchement au goût d'Atalante. Elle ne voyait vraiment pas ce qu'il y avait de drôle.

— Balivernes ! Quelqu'un t'a arrachée de ton berceau alors que tu n'étais qu'un nourrisson. Nous t'avons cherchée pendant des années, sans succès. Ta mère a failli mourir de chagrin.

Son visage se fit grave, et Atalante eut la certitude qu'il disait la vérité, en ce qui concernait la dernière partie tout du moins.

— Je sais que cela fait beaucoup à assimiler. Rassure-toi, tu auras le temps de réfléchir à tout ça sur le bateau qui nous ramènera en Arcadie.

— En Arcadie ? répéta-t-elle, hébétée.

— Évidemment ! Maintenant que je t'ai retrouvée, je ne compte plus me séparer de toi une seconde. Tu es une princesse, et ton royaume t'attend.

Une... *princesse* ? La poitrine d'Atalante se comprima. Elle avait du mal à prendre la mesure de ce qu'on était en train de lui dire. C'était si soudain, si violent. Elle jeta un coup d'œil à la reine Althée, qui assistait à ces retrouvailles avec indifférence. Elle semblait ailleurs, complètement déconnectée. Était-ce l'avenir qui l'attendait ?

— J'ai consulté les pythies qui m'ont assuré que je retrouverais ma fille lorsque le sanglier de Calydon serait vaincu. Mais je ne m'attendais pas à ce que ma progéniture fasse partie de l'expédition ! J'ai appris que tu avais reçu l'enseignement de maître Chiron, le formateur des héros... Je ne pourrais pas être plus fier !

Iasos continua à s'extasier et à vanter ses mérites, mais Atalante ne l'écoutait que d'une oreille, de plus en plus étourdie par ces révélations... Elle attendait de prendre son envol depuis toute petite. Sa première quête achevée, elle espérait recevoir d'autres propositions, poursuivre ses aventures, voyager de cité en cité, comme elle l'avait toujours rêvé, jusqu'à se montrer digne de rejoindre les Amazones. Et voilà que son père surgissait, balayant ses projets. Elle avait la sensation que son destin était en train de lui glisser entre les doigts. Elle qui avait toujours veillé à suivre son instinct, portée par l'élan de son cœur, n'avait plus aucun contrôle sur le cours des événements. Et ce sentiment était loin d'être agréable. La joie de rencontrer enfin son père, de connaître ses origines, paraissait bien fade en comparaison. Et pourtant... à peine quelques années plus tôt, elle aurait donné n'importe quoi pour savoir d'où elle venait. Ces révélations auraient dû la plonger dans un tourbillon de joie. Alors, pourquoi cette déception qui lui vrillait les entrailles ?

— Nous partirons au coucher du soleil, le temps que les marins chargent le ravitaillement à bord.

Si Atalante avait été moins déboussolée, sans doute aurait-elle remarqué qu'à aucun moment Iasos ne lui avait demandé ce qu'elle souhaitait faire. Ni même si elle avait besoin de plus de temps pour digérer la nouvelle. Œnée frappa dans ses mains. En revanche, lui n'avait pas le moins du monde l'air chamboulé.

— Des retrouvailles inespérées ! Que d'émotions !

Atalante se tourna vers ses camarades. Méléagre souriait à pleines dents. Peut-être imaginait-il qu'elle accepterait plus facilement sa proposition de mariage maintenant que son statut de princesse était révélé au grand jour ? Les jumeaux Castor et Pollux tombaient des nues, et le regard qu'ils portaient sur elle avait changé. Jason semblait impressionné. Seul Asclépios affichait une mine décomposée.

— Je te laisse préparer tes affaires, Atalante. Glaucos t'aidera à porter tes bagages jusqu'au navire.

Un garde qui jusque-là avait échappé à l'attention d'Atalante s'approcha d'un pas raide. Il la salua d'un signe de tête respectueux, son énorme heaume de cérémonie enfoncé sur son crâne. Atalante le détailla d'un œil méfiant. Elle devait accepter en quelques secondes d'embrasser un nouveau destin, fallait-il en plus laisser un parfait inconnu porter ses affaires ?

Pressée d'échapper au regard de l'homme qui prétendait être son père, et aux yeux de toute l'assemblée, elle acquiesça cependant et en profita pour s'éclipser. Elle quitta la salle du trône d'une démarche calme et assurée. Puis, dès qu'elle fut hors de vue, elle s'élança à toute vitesse dans les couloirs. Les lourdes bottes de Glaucos claquaient sur le sol alors qu'il s'efforçait de suivre son rythme, en vain.

– Princesse ! Attendez-moi, princesse !

Le titre la hérissa, et elle accéléra encore. Glaucos lâcha un juron. Elle le distança en quelques secondes, puis emprunta un ou deux détours pour être certaine qu'il ne la retrouverait pas. Elle ne regagna pas ses quartiers : à la place, elle se réfugia dans le seul endroit du palais qui lui rappelait un tant soit peu sa maison. *Les jardins*. Elle repéra un olivier imposant et débuta l'ascension. Elle avait besoin de prendre de la hauteur et du recul.

Elle se hissa sans difficulté sur la plus haute branche. D'où elle se tenait, elle apercevait les maisonnettes entassées autour du palais, le port bourdonnant d'activité et, plus loin, la mer et ses reflets scintillants. Pleine de promesses, d'aventures. N'attendant que d'être explorée.

Atalante déglutit pour chasser le nœud qui lui obstruait la gorge. L'apparition soudaine de son père biologique lui donnait décidément le tournis. Elle avait beau se remémorer le visage suffisant de Iasos, elle ne voyait absolument aucun point commun entre eux.

Elle ramena ses genoux contre sa poitrine. Quoi qu'il arrive, ses seuls pères demeureraient à jamais Azariel et Cléon. C'étaient eux qui l'avaient recueillie, éduquée, aimée.

Une pointe d'amertume la piqua alors qu'elle songeait à Chiron. Le centaure *savait*. C'était évident. Et pourtant, il n'avait jamais accepté de lui révéler l'identité de ses parents biologiques. Aujourd'hui, elle lui en voulait tellement ! Elle aurait tant aimé avoir le temps de se préparer aux retrouvailles. À la place de quoi, elle avait l'impression de tomber dans un puits sans fond. Pourquoi avait-il accepté de la former s'il savait qu'elle serait amenée un jour à régner ? Pourquoi lui avoir fait croire qu'elle pourrait devenir une grande héroïne ?

Régner. Atalante détestait ce mot. Elle ne s'était jamais intéressée à la politique. Elle ne voulait dépendre de personne. Et, plus que tout, elle voulait que personne ne dépende jamais d'elle. Cette volonté était irréconciliable avec l'idée qu'elle se faisait d'une princesse.

– Atalante ?

La chasseresse sursauta avant d'aviser les boucles blondes d'Asclépios en contrebas. Elle ne lui demanda pas comment il l'avait trouvée. Ils avaient passé tellement de temps ensemble qu'elle avait parfois l'impression qu'il pouvait lire dans son esprit (même si l'inverse n'était pas vrai).

– Tout le monde est sous le choc, là-bas, lança Asclépios en se dévissant le cou pour tenter de l'apercevoir dans les branchages. Est-ce que tu vas bien ?

Aucune réponse ne lui parvint.

– Si tu as envie de parler… Je suis là. Enfin, il faudrait que tu descendes de ton perchoir, mais…

— Tu n'as qu'à monter, répliqua Atalante.

Asclépios prit une grande inspiration.

— D'accord. J'arrive, céda-t-il en grommelant.

Atalante observait ses muscles longs et élancés se contracter tandis qu'il grimpait avec la souplesse d'un chat. Elle songea, avec un léger sourire, qu'elle aurait pu anticiper le moindre de ses gestes, tant elle connaissait sa technique par cœur. Une fois à son niveau, il dépoussiéra ses vêtements où quelques feuilles s'étaient accrochées.

— La vue est pas mal, par ici, lâcha-t-il.

Après un moment de contemplation, il reprit :

— Atalante, qu'est-ce que tu comptes faire ?

La chasseresse haussa les épaules, le regard perdu dans l'horizon. Quelles solutions s'offraient à elle ?

— On pourrait s'enfuir, souffla Asclépios tout doucement, comme s'il craignait que quelqu'un l'entende.

Atalante se tourna vers lui et ses lèvres s'étirèrent dans un sourire mélancolique.

— Quoi ? Tu ne m'en crois pas capable ? s'insurgea le guérisseur.

Atalante se rapprocha davantage et planta ses yeux dans les siens.

— Bien sûr que si. Je connais ton courage. J'ai confiance en toi. Tu es capable de faire tout ce dont tu as envie, Asclépios.

Ses épaules se relâchèrent.

— Alors, quoi ? Tu penses que ce n'est pas une bonne idée ?

— *S'enfuir*, répéta-t-elle doucement.

Elle s'empara d'un morceau d'écorce et le fit passer machinalement entre ses doigts calleux.

— Les héros ne fuient pas. Ils embrassent leur destinée. Si je pars, je serai considérée comme une moins-que-rien, une paria. Plus personne ne voudra s'associer avec moi. On maudira mon nom sur des générations, et toi avec. Comment puis-je prétendre être digne de rejoindre les Amazones si je n'ose même pas affronter ma propre famille ?

Elle prit une grande inspiration.

— Et puis... Iasos n'est pas une menace.

— Tu crois ça ? répliqua Asclépios, sans réussir à masquer son agacement. Il apparaît pile au moment où ta notoriété commence à prendre de l'ampleur. Et s'il n'était qu'un imposteur ? Si la pythie s'était trompée ?

— Tu sais aussi bien que moi que les oracles ne commettent pas d'erreur.

Le silence d'Asclépios sonna comme un assentiment. Il reprit tout de même :

— Tu es née pour devenir une grande héroïne, Atalante. Pas une de ces princesses ennuyeuses.

— Les princesses peuvent être des héroïnes à leur façon, répondit Atalante avec dureté. Il faut beaucoup de courage et d'abnégation pour superviser un royaume. Et un grand sens de la justice et du sacrifice pour prendre des décisions difficiles.

— Oui, bien sûr, bredouilla-t-il. Quand on veut bien leur laisser un peu de pouvoir. Mais... et ton rêve ? La chasse ? L'aventure en mer ? Explorer le monde ? Les Amazones ?

Les Amazones... Jamais elle ne pourrait se résoudre à renoncer à ce rêve-là.

— Ça ne change rien, assura-t-elle avec force. La preuve : Méléagre est un prince et son statut ne l'empêche en rien de participer à des quêtes et de partir à la découverte du monde !

Au moment où elle prononça ces mots, une flamme d'espoir s'embrasa dans sa poitrine. Il existait forcément un moyen de concilier les deux. Ou de renoncer à l'un pour laisser s'épanouir l'autre.

— Oui, mais Méléagre est un…

Asclépios ravala ses paroles *in extremis*, s'apercevant de son erreur. Trop tard. Atalante lui jeta un regard mauvais.

— Quoi ?

— Tu le sais bien…

Son sang ne fit qu'un tour. Une nouvelle fois, la question de son genre refaisait surface. Elle en avait plus qu'assez.

— Un *homme*, c'est ça ? Et tu considères que ça change quelque chose ?

— Non, bien sûr que non ! Tu sais que j'ai énormément d'estime pour toi, plus que pour n'importe qui.

Asclépios marqua une pause, le temps de trouver la bonne formulation.

— Je crains seulement… que Iasos ne voie pas les choses de la même façon. Et s'il refuse de te laisser partir ? S'il considère que le rôle d'une princesse se limite à faire de la figuration, à rester cantonnée dans son palais ?

Le guérisseur n'osait plus croiser son regard. Son inquiétude le rendait nerveux. Atalante ne se laissa pas démonter pour autant. Elle espérait que Iasos reconnaîtrait sa valeur, qu'il l'encouragerait à poursuivre ses rêves, comme l'avaient fait Azariel, Cléon et maître Chiron avant lui. Et quand bien même il s'y opposerait, il ne serait qu'un obstacle supplémentaire parmi tous ceux qu'elle avait déjà surmontés.

— Alors, ce sera à moi de lui prouver le contraire.

Sans compter qu'elle avait besoin de voir ses parents. De rencontrer celle qui l'avait mise au monde.

« Ton royaume t'attend », avait affirmé Iasos. Quelles responsabilités se cachaient derrière ces mots ? Comptait-il la présenter officiellement à son peuple, l'inviter à gouverner à ses côtés, l'envoyer en mission diplomatique ?

Asclépios hocha la tête avec solennité. La volonté inébranlable d'Atalante chassa ses craintes. Il enviait son assurance à toute épreuve. Il pensait que c'était impossible, mais elle continuait de l'impressionner davantage, jour après jour.

— Tu ne crois pas en cette histoire d'enlèvement, pas vrai ?

— Pas une seconde.

Asclépios réfléchit un instant avant de lâcher :

— Tu sais que... toute vérité n'est pas bonne à connaître.

— Voilà que tu cites Chiron.

Il émit un petit rire.

— Je ne veux pas que tu souffres, avoua-t-il finalement.

Atalante effleura le dos de sa main.

— Viens avec moi, souffla-t-elle. Iasos doit avoir à son service les meilleurs apothicaires d'Arcadie. Tu pourrais perfectionner tes talents.

L'idée plut à Asclépios. D'abord parce qu'il n'avait nulle part où aller, maintenant que leur première quête était achevée, et aussi parce qu'il ne souhaitait pas se séparer d'elle.

— C'est d'accord.

Tous les muscles d'Atalante se relâchèrent. Tant que son ami restait à ses côtés, il ne pouvait rien lui arriver, n'est-ce pas ?

Asclépios se redressa contre le tronc, face à la mer.

— Allons découvrir ton royaume !

Il leva un poing conquérant vers le ciel, parfaite réplique d'une statue gracieuse et fuselée. Atalante secoua la tête en riant. Asclépios s'inclina avec déférence.

— Après vous, *princesse*.

Pour toute réponse, elle lui jeta le bout d'écorce à la figure.

L'atmosphère s'apaisa. Pourtant, les craintes d'Asclépios se frayèrent un chemin dans le cœur d'Atalante. Et si ses inquiétudes étaient fondées ? Et si elle ne parvenait pas à faire entendre sa voix, à imposer sa volonté ?

Elle se mit à imaginer une multitude de dénouements, tous plus tragiques les uns que les autres.

Non. Elle réussirait à convaincre Iasos. Il le fallait.

CHAPITRE 21

Le navire toucha terre à l'aube. Même les embruns et la douce brise ne suffirent pas à endiguer l'appréhension grandissante d'Atalante. Elle revenait au point de départ, en Arcadie, non loin de la forêt où elle avait grandi. Au détail près qu'elle ne s'était jamais aventurée dans la cité mère, Stymphale. Les hautes fortifications qui l'entouraient lui donnèrent l'impression de se trouver face à une immense prison à ciel ouvert.

Elle ferma les yeux et effleura le collier qui se balançait sur sa poitrine. Il lui suffit de se remémorer la mine boudeuse de Cléon et les mains calleuses d'Azariel pour se sentir revigorée. Ses pères veillaient sur elle, peu importait où elle se trouvait. Cette idée lui insuffla un peu de courage.

Les marins débarquèrent les caisses de victuailles et les dizaines de tonneaux de vin, cadeau d'Œnée. Juste avant de partir, Atalante avait formulé de brefs adieux aux membres de l'expédition, tout en ayant la certitude qu'ils seraient amenés à se revoir un jour ou l'autre. Castor et Pollux l'avaient saluée avec déférence, la sommant de penser à eux lorsqu'elle aurait pris ses « nouvelles fonctions d'héritière ». Jason, fidèle à son caractère discret, s'était contenté d'un signe de tête pudique. Le vieux Nestor fut plus chaleureux :

il avait enlacé Atalante avec une tendresse surprenante avant de lui souhaiter bonne route. La chasseresse, qui pourtant n'était pas à l'aise avec les démonstrations d'affection, lui avait rendu son étreinte avec plaisir. Quant à Méléagre... il avait tenté de la retenir, en vain. Il avait même eu l'audace de lui baiser le dos de la main en glissant quelques sous-entendus sur leur potentiel mariage qui, d'après lui, ne manquerait pas d'être célébré. Elle avait ignoré ses paroles, espérant que le temps le pousserait à oublier cette folie. Juste avant de partir, elle avait osé lui poser la question qui la tourmentait depuis deux jours.

— Pourquoi avoir tué Céphée ? Tu aurais pu facilement l'immobiliser.

Méléagre avait semblé surpris qu'elle revienne sur le sujet.

— Certaines personnes ne méritent pas de vivre trop longtemps, avait-il lancé après un moment de réflexion. Céphée en faisait partie. Crois-moi, le monde se portera mieux sans lui. Je suis sûr qu'Hadès lui a réservé une place de choix au Tartare.

— Ce n'est pas à toi de décider qui doit vivre ou mourir.

Le reproche avait fait sourire Méléagre.

— Toi aussi, tu as du sang sur les mains, *chasseresse.* Nous ne sommes pas si différents.

Le souvenir des centaures qu'elle avait abattus étant enfant lui revint en mémoire. La scène était marquée au fer rouge dans son esprit. Mais contrairement à lui, elle n'avait fait que se défendre.

— Une âme noircie par le meurtre ne guérit jamais.

Un frisson l'avait traversée de la tête aux pieds. Elle s'était détournée, pressée de mettre un maximum de distance entre lui et elle. Sa voix nasillarde avait résonné dans son dos :

— N'oublie pas, Atalante : entre un héros et un monstre, il n'y a qu'un pas.

Atalante prit une grande inspiration et revint au moment présent. Iasos se tenait près d'elle et sa garde rapprochée les encadrait alors qu'ils traversaient l'agora.

Il était encore tôt, et la place était peu animée. Le roi faisait seul la conversation. Il déblatérait à propos du commerce florissant d'huile d'olive, s'enthousiasmait de la demi-douzaine de casernes qu'il prévoyait d'implanter en périphérie de la cité et se vantait des murailles de dix mètres de haut qu'il avait fait construire quelques années plus tôt pour protéger ses tours de guet. Atalante l'écoutait d'une oreille distraite tout en sondant les environs. Non loin d'elle, Glaucos la fixait d'un air mauvais. Il ne lui avait visiblement toujours pas pardonné de l'avoir semé. Asclépios se tenait un peu en retrait pour surveiller ses arrières. Iasos ne représentait certes pas un danger imminent, mais la méfiance était tout de même de mise.

— ... catastrophe, si ce héros n'était pas intervenu.

— Un *héros* ? releva Atalante.

Iasos ajusta les pans de son chiton sur ses épaules. Malgré l'heure matinale, il faisait déjà très chaud et il transpirait à grosses gouttes.

— Pardon, poursuivit Atalante. J'étais... absorbée par la ville.

— Je racontais simplement la fois où un dénommé Héraclès a sauvé Stymphale. Sans lui, il ne resterait plus âme qui vive à des kilomètres à la ronde. Il y a quelques années, nous avons été envahis par d'étranges oiseaux de bronze, aux plumes métalliques tranchantes comme des lames.

— Jamais entendu parler de lui. Comment s'est-il débarrassé des nuisibles ?

— Ça n'a pas été facile. Il en a exterminé quelques-uns avec ses flèches mais ils se reproduisaient si rapidement qu'à la fin de la journée, leur nombre avait doublé. Alors il a utilisé des crotales de bronze pour les effrayer. Il les a pourchassés sans relâche, jusqu'à ce qu'ils meurent d'épuisement.

— Impressionnant, souffla Atalante.

Ils arrivèrent aux portes du palais. Contrairement à celui d'Œnée qui regorgeait de décorations, celui-là ne comprenait aucune fioriture et s'apparentait davantage à une forteresse impénétrable, avec ses tours de garde et ses murs massifs. L'apparence militaire, un brin austère, aurait pu rebuter, mais pour Atalante, c'était tout le contraire. Elle était soulagée de constater que Iasos ne versait pas dans l'exubérance. Peut-être avaient-ils plus de points communs qu'elle ne le pensait.

Une garnison les attendait. Les soldats s'inclinèrent très bas. L'un d'entre eux, probablement un haut gradé, déclara :

— Bienvenue chez vous, princesse.

Visiblement, son arrivée était attendue. Si les gardes étaient surpris par son apparence, ils n'en laissèrent rien paraître.

Ils traversèrent une cour intérieure à l'élégant péristyle, agrémenté de plusieurs fontaines, Asclépios sur les talons, silencieux. Les buissons taillés et les sculptures témoignaient de la richesse du propriétaire. Les serviteurs, qui portaient un pagne autour des hanches pour les hommes et une tunique cintrée à la taille pour les femmes, s'arrêtaient pour saluer Iasos.

– Clymène doit être dans les thermes, expliqua ce dernier tandis qu'ils traversaient un énième couloir aux murs recouverts de somptueuses tentures aux couleurs froides. Elle passe tout son temps là-bas quand elle ne barbote pas dans le fleuve Alphée. On ne refait pas une océanide !

Les yeux d'Atalante s'écarquillèrent sous le choc. Alors, comme ça, sa mère biologique était une nymphe des océans ?

– Elle est impatiente de te rencontrer. Je suis sûr qu'elle n'a pas fermé l'œil depuis des jours ! Tu es sa fille unique. Tu n'imagines pas à quel point elle a souffert de ton absence, poursuivit Iasos d'un ton chagriné.

La honte réchauffa les joues d'Atalante. Elle devait admettre que, pas une fois en dix-huit ans, elle n'avait songé à sa mère. Elle n'avait jamais ressenti son manque. Sa mère biologique était même absente de ses rêves où apparaissait pourtant fréquemment une grosse ourse au poil dru et aux pattes puissantes. Dans ces moments-là, quand elle se réveillait, elle éprouvait toujours un soupçon de nostalgie. Elle avait même développé un lien particulier avec les mammifères au fil des années, jusqu'à se sentir plus proche d'eux que de n'importe quel être humain. Excepté Asclépios.

– Elle te ressemble beaucoup. Passionnée par la nature, tout comme toi.

Atalante se demanda d'où il tirait cette information. Se fondait-il uniquement sur son équipement de chasseresse ou s'était-il renseigné auprès de quelqu'un d'autre ?

Ils pénétrèrent dans une grande pièce au sol recouvert de mosaïque. Atalante reconnut Poséidon armé de son trident jaillissant des flots avec toute la force et l'autorité d'un dieu. À côté, Charybde et Scylla, les terrifiantes créatures marines qui engloutissaient les navires en un simple tourbillon. Azariel adorait raconter leur histoire, et Atalante, qui n'était pourtant pas froussarde, avait essuyé plusieurs cauchemars où les monstres à têtes multiples la pourchassaient sans relâche.

Iasos s'arrêta devant une arche ornée d'arabesques marquant l'entrée des thermes. Il jeta un coup d'œil à Asclépios et son visage se crispa. Pourtant, lorsqu'elle avait annoncé à son père qu'elle souhaitait que le jeune homme l'accompagne, il avait paru très enthousiaste.

— Hérédos va te conduire à notre guérisseur en chef. Mélampous a bien besoin d'un assistant. Oh, il ne l'avouera jamais, car il déteste déléguer, mais il est débordé. Vous aurez beaucoup de choses à apprendre l'un de l'autre, j'en suis persuadé.

Asclépios acquiesça. Avant de partir, il se tourna vers Atalante, avec un regard encourageant. Malgré l'appréhension qui lui broyait les entrailles, elle se força à sourire.

— À ce soir, glissa-t-elle.

En réalité, elle ignorait quand elle pourrait revoir Asclépios. Avaient-ils seulement le droit de dîner ensemble, maintenant qu'elle avait accepté son titre d'héritière royale ? Il n'était pas question de laisser un protocole compromettre son amitié !

Le garde et Asclépios s'éloignèrent dans le couloir, et Iasos se tourna vers Atalante.

— J'ai organisé un grand banquet pour célébrer ton retour. Le palais sera ouvert à tous les sujets. Ça va être sensationnel !

Atalante grimaça. Le voyage l'avait épuisée, quoique plus émotionnellement que physiquement, mais elle ne rêvait que d'une chose : le silence de la forêt. Elle fit mine de s'avancer, mais Iasos ne bougeait pas.

— Vous ne venez pas ?

— Je... je ne pense pas que ce soit une bonne idée. Je vous laisse un peu d'intimité.

Un moment de gêne s'installa. Iasos semblait attendre quelque chose, sans qu'Atalante sache quoi.

— Je me réjouis de t'avoir retrouvée.

Je n'étais pas perdue, songea Atalante avec une pointe d'amertume tandis qu'il s'éloignait.

— Tu comptes rester planté là ? lança-t-elle à Glaucos, posté devant l'entrée.

— Iasos m'a chargé de veiller sur vous.

— C'est très généreux, mais je suis parfaitement capable de veiller sur moi-même.

— Je n'en doute pas.

Il ne bougea pas. Atalante soupira.

— Je n'ai peut-être pas été assez claire. Je veux juste que tu me laisses tranquille.

— Navré, mais je tiens mes ordres du roi.

Atalante se fendit d'un nouveau soupir. Inutile d'insister : de toute façon, elle comptait le semer à la première occasion. Elle gonfla ses poumons et pénétra dans le vestibule. À peine entrée, une bouffée de chaleur et de vapeur l'enveloppa. L'air était saturé d'huiles aromatiques.

Une esclave la salua avec respect. Atalante fit mine de poursuivre sa route, mais la servante se déporta pour lui barrer le passage.

– Vous devez vous dévêtir pour pénétrer dans les thermes, *princesse*.

Visiblement, tout le palais était déjà informé de sa présence. Elle comprit de nouveau quelle liberté offrait l'anonymat. À Stymphale, elle ne passerait jamais inaperçue. Elle s'efforça de relativiser. Après tout, elle aspirait à devenir une célèbre héroïne. Son statut de princesse ne constituait qu'un entraînement à la notoriété qui l'attendait.

– Très bien, soupira-t-elle.

Elle confia sa précieuse cape en poils de sanglier, sa tunique et ses sous-vêtements à la servante.

– Vous permettez ?

L'esclave désigna une alcôve attenante. Au sol, une cruche d'eau chaude et une pile de linge propre. Atalante comprit qu'elle n'allait pas pouvoir échapper à un nouveau décrassage des pieds. La servante s'approcha à pas lents et se saisit d'une fiole d'huile parfumée.

– Je m'en occupe, assura Atalante.

Elle frotta la plante de ses pieds avec énergie jusqu'à ce qu'il ne reste plus une seule trace de terre.

– Je vous en prie, souffla l'esclave en guidant la jeune femme jusqu'aux bains. La reine est au caldarium.

Atalante la suivit à travers le dédale des thermes, richement décorés. Les splendides mosaïques se succédaient dans une explosion de couleurs.

– C'est ici, murmura l'esclave en s'arrêtant devant une arche.

Elle se retira avec une révérence. Atalante se dirigea vers le bassin principal où barbotaient une dizaine de femmes en groupe.

Toutes les conversations cessèrent brusquement lorsque sa présence fut remarquée. Les dames de compagnie se mirent à la scruter avec un mélange de curiosité et de méfiance. L'atmosphère s'alourdit. Déterminée à ne rien laisser paraître, elle se glissa dans les eaux chaudes, au parfum de lavande et de romarin. Doucement, une femme se détacha du groupe pour se rapprocher d'elle. Celles qui l'entouraient s'écartèrent pour lui dégager le passage. Elle s'arrêta à mi-chemin, sa posture témoignant d'une certaine crainte. C'était une femme absolument magnifique, à la peau de bronze et aux cheveux souples et brillants. Atalante se mit à chercher avec fébrilité des signes de ressemblance entre cette inconnue et elle, sans parvenir à les saisir. Cela faisait bien trop longtemps qu'elle n'avait pas vu son reflet.

— Approche, souffla la femme.

Elle s'exécuta. De près, la reine perdit de sa superbe. Certains détails heurtèrent la chasseresse : les profonds cernes sous ses yeux, sa peau fatiguée, les rides d'expression témoignant d'une profonde inquiétude. Elle avait vu beaucoup de personnes brisées lorsqu'elle travaillait au temple médicinal. Des personnes à l'âme rongée par le deuil et l'abattement, incapables de ressentir le moindre élan de joie. Aussi, Atalante savait les reconnaître. Et elle pouvait l'affirmer sans aucun doute : cette femme-là en faisait partie.

Atalante se crispa tandis que celle-ci soulevait une mèche de ses cheveux pour observer sa nuque.

— Ta tache de naissance, souffla-t-elle. C'est bien toi.

— Vous en doutiez ?

Clymène haussa les épaules. Atalante scrutait chaque geste, chaque mimique pour les graver à jamais dans son esprit. Elle n'arrivait pas à croire que cette inconnue l'avait mise au monde.

— Ton père a besoin d'un héritier. Il est prêt à tout pour poursuivre la lignée, éluda-t-elle.

Derrière Clymène, le groupe de femmes lorgnait dans leur direction. Elles restaient pudiquement en retrait, mais leur curiosité les poussait à tendre l'oreille pour ne rien manquer de la conversation.

— Vous n'avez jamais réussi à avoir d'autres enfants ?

— Iasos me l'a reproché pendant de longues années. Il était persuadé que le problème venait de moi, si bien qu'il a fini par multiplier les maîtresses dans l'espoir d'engendrer des bâtards. Mais vois-tu, aucune d'entre elles n'est jamais tombée enceinte.

Nulle trace d'émotion dans sa voix. Seulement une solide résignation.

— Les dieux l'ont puni pour son crime, murmura-t-elle.

Atalante déglutit. Malgré la vapeur et la chaleur, ses muscles étaient tendus à l'extrême.

— Lequel ?

— Je crois que tu le sais déjà.

Le regard de Clymène devint fuyant pendant qu'Atalante encaissait le choc. Voilà. Plus de doute. Même si sa mère ne l'avait pas formulé à voix haute, la vérité n'aurait pas pu être plus criante. Son père l'avait abandonnée parce qu'elle était née fille.

— Et vous ? demanda Atalante avec vivacité, emportée par un élan d'espoir. Ce n'était pas votre volonté ?

Clymène pinça les lèvres et baissa la tête, faisant mine d'être absorbée par le subtil mouvement de la surface de l'eau.

– Vous ne répondez rien ?

– Je n'ai jamais voulu ça, répliqua Clymène en relevant le menton. Mais que pouvais-je faire ? On ne discute pas les ordres d'un roi, quand bien même il est votre mari.

– Vous l'avez laissé faire, lâcha Atalante, dont la voix se mit à trembler.

Elle aurait aimé ne rien ressentir. Cette femme n'était rien pour elle. Alors pourquoi avait-elle si mal ?

– Il ne s'est pas passé une journée sans que je pense à toi. Sans que je regrette mon inaction. Sans que je me haïsse de ne m'être pas opposée plus fermement à Iasos. *Mon bébé…*

En prononçant ces mots, Clymène ne la regardait même pas. Elle fermait les yeux, plongée dans ses pensées, presque somnolente. Alors, Atalante comprit : peu importait qu'elle soit de retour. Il était trop tard. La reine attendait son nourrisson. Atalante avait songé, l'espace d'un instant, qu'il serait possible de construire quelque chose avec sa mère. Elle prit conscience de l'ampleur de sa bêtise. Les liens de sang n'étaient pas suffisants. Ils ne l'étaient jamais.

– Merci pour votre honnêteté.

Atalante nagea jusqu'au bord du bassin. Dans son dos, Clymène demanda :

– Comment t'appelles-tu ?

Elle se retourna pour répondre.

– Atalante.

– Ça te va bien, dit-elle dans un sourire.

Même lorsque ses lèvres s'étiraient, ses yeux demeuraient éteints. Certaines blessures ne guérissaient jamais. Atalante avait l'impression d'être face à un fantôme. Translucide. Égaré. *Brisé.*

Elle quitta les thermes sans un regard en arrière, la vapeur d'eau dissimulant ses larmes.

CHAPITRE 22

Comme promis, Iasos donna un banquet en l'honneur du retour d'Atalante. On la présenta à une foule d'inconnus aux sourires mielleux. Elle était cependant trop méfiante, ou simplement trop épuisée, pour distinguer les rares personnes sincères. Elle ne retint aucun prénom. Clymène, entourée d'une troupe de dames d'honneur, enchaînait les verres de vin. Atalante songea que sa cadence aurait pu rivaliser avec celle de Pollux. Constat qui la laissa perplexe : sa mère fêtait-elle vraiment leurs retrouvailles ou se noyait-elle dans la boisson pour oublier ses malheurs ? À en juger par son attitude renfermée et absente, Atalante choisit la seconde option. Elles n'échangèrent pas une parole de la soirée.

La guerrière dut écouter des questions et commentaires auxquels elle ne pouvait répondre. Comment avait-elle supporté d'être séparée de ses parents ? Comment envisageait-elle son avenir à la cour ? D'où tenait-elle ses capacités physiques ? Plusieurs s'indignèrent des monstres qui arrachaient les nourrissons à leurs berceaux, d'autres la questionnèrent sur son passé.

— Vous n'avez pas dû avoir une enfance facile, lança une grande dame avec tant de colliers autour du cou qu'Atalante se demanda comment elle parvenait à respirer.

– J'ai été recueillie par une ourse, expliqua-t-elle, et éduquée par deux merveilleux chasseurs.

Iasos s'étouffa à moitié avec une cuisse de poulet aux herbes.

– Cette ourse a dû égorger vos kidnappeurs. Elle a sûrement été envoyée par une divinité pour protéger notre famille.

Atalante leva les yeux au ciel. Elle avait de plus en plus de mal à donner le change. La robe qu'elle avait revêtue et la poudre qu'on avait appliquée sur son visage pour dissimuler ses cicatrices et taches de son ne suffisaient pas à faire d'elle une princesse. Son attitude la trahissait. D'ici à quelques semaines, on la considérerait comme unc paria. Une anomalie, une sauvageonne indigne du trône d'Arcadie. Et ils n'auraient pas tort.

L'absence d'Asclépios la tourmentait. Il l'aurait aidée à supporter tous ces faux-semblants et ces discours convenus. Peut-être même aurait-il trouvé un moyen de détourner l'attention du public pour qu'elle puisse filer en douce. Elle questionna Iasos à ce sujet.

– Asclépios est le disciple de Mélampous, à présent. Sa place n'est pas parmi les nobles.

– Il est mon ami, lança Atalante d'une voix forte, presque menaçante.

Jusqu'à présent, elle s'était pliée à toutes ses exigences. L'interdiction de se balader aux écuries, la horde de servantes qui lui dictait comment s'habiller, se coiffer... Elle avait suivi le moindre cérémonial sans se plaindre. Elle n'avait qu'un souhait : pouvoir retrouver Asclépios à n'importe quel moment.

– Tu pourras lui rendre visite après les festivités, bien entendu, assura Iasos avec un sourire forcé.

Les spectacles et les rencontres s'enchaînèrent jusqu'au petit matin. Pour rompre l'ennui, Atalante se rabattit sur le vin. Après des heures de cette torture, elle ne faisait plus qu'acte de présence et se retrouva à discuter avec Glaucos, qui ne la lâchait pas d'une semelle.

– Alors, sans rancune pour la dernière fois ? Je t'ai encore semé. Ça doit être dur à avaler pour un membre de la garde royale.

Ce dernier ne répondit pas. Pourtant, un petit sourire pointa sous son casque. Elle éprouva un élan de sympathie pour lui. Au moins, il ne posait aucune question indiscrète et n'attendait rien d'elle.

Glaucos la raccompagna à ses appartements au lever du jour. Cette fois-ci, elle ne le distança pas. Elle était trop épuisée pour jouer au jeu du chat et de la souris. Glaucos lui souhaita une agréable nuit.

Dans sa couchette trop moelleuse, les pensées d'Atalante se dirigèrent vers Asclépios. Elle se demandait ce qu'il était en train de faire, si son professeur était agréable et s'il appréciait sa formation. Après tout, c'était elle qui l'avait entraîné dans ce bourbier.

Une chose est sûre : il ne peut pas s'ennuyer plus que moi.

CHAPITRE 23

Atalante fut réveillée par des tapotements sur la porte. Elle ouvrit les yeux et découvrit une jeune femme un peu plus âgée qu'elle, vêtue d'une longue toge resserrée autour de la taille par un cordon.

— Bonjour, princesse. J'espère que vous avez bien dormi.

Atalante ne répondit même pas. Une seule chose attira son attention : le plateau garni que la femme tenait dans les mains. Elle rejeta sa couverture et se précipita sur le petit déjeuner, désormais parfaitement éveillée.

— Merchi, toi, marmonna Atalante en enfournant deux pains dans sa bouche.

— Je m'appelle Prisca et je suis votre dame de compagnie.

Atalante prit le temps de la jauger. Ses épais sourcils exprimaient un caractère bien trempé. Ses cheveux auburn formaient une couronne tressée autour de son crâne.

— Vous êtes une servante ?

— Une *dame de compagnie*, pour être exacte.

— Vous n'en avez pas l'air.

— C… comment ?

— Vous semblez avoir confiance en vous.

Tout le flegme de Prisca s'envola.

— Je... je suis désolée si je vous ai importunée. Toutes mes...

— C'était un compliment, précisa Atalante.

Prisca fit un sourire forcé. Atalante se maudit de l'avoir mise dans l'embarras en à peine cinq minutes. Elle aurait mieux fait de se taire. Et puis, que savait-elle du comportement qu'était censée adopter une servante ? Prisca l'observa tandis qu'Atalante se rasseyait pour dévorer le contenu du plateau.

— Vous avez encore faim ? Je peux demander que l'on vous resserve...

— Pourquoi êtes-vous ici ? Pour me regarder manger ?

— Je suis chargée de vous tenir informée de votre emploi du temps de la journée. Le roi tient à ce que vous preniez des cours afin de vous préparer au mieux à votre futur règne. Il a fait quérir les meilleurs précepteurs.

Iasos n'a pas traîné, songea-t-elle avec une certaine ironie. Atalante tâcha de relativiser : ces leçons pourraient lui servir. Connaître la politique et les enjeux des conflits serait toujours bénéfique pour la suite. Peut-être même que ces connaissances pourraient faciliter son intégration chez les Amazones ! Après tout, les chasseresses étaient réputées pour être des stratèges hors pair. Ce qui expliquait que nul n'avait jamais réussi à pénétrer dans leur cité.

— Allez donc prévenir mon père que je me plierai à ces cours à une seule condition.

Prisca blêmit. Elle croisa les mains dans son dos, sans doute pour masquer sa nervosité.

— Laquelle ?

— Je veux également recevoir les enseignements d'un maître d'armes. Il n'est pas question que je me rouille.

Elle ne pouvait pas fuir sans ruiner ses chances de devenir une grande héroïne. Mais elle ne comptait pas relâcher ses efforts pour autant et se complaire dans une existence oisive. Atalante attendrait simplement le bon moment pour partir sans que son honneur soit entaché. Pour ce faire, elle devait accepter de suivre les règles dictées par Iasos et continuer à jouer le rôle de la petite princesse parfaite. Elle ne perdait cependant pas de vue ses vrais objectifs.

— Soit, princesse.

Prisca s'en alla délivrer son message. Et Iasos céda.

Atalante commença la matinée par la *paideia*, des cours généraux incluant la littérature, la philosophie et les arts. Elle écouta son précepteur, vissée sur une chaise pendant deux heures, sans broncher. Elle connaissait certains concepts, enseignés par Chiron. Mais son ancien maître, lui, ne s'était jamais cantonné à la théorie. Chaque apprentissage était relié à un défi, un challenge qu'elle devait relever. Depuis qu'elle était enfermée entre quatre murs, la soif d'apprendre d'Atalante n'était plus aussi forte. Elle enchaîna néanmoins avec des leçons de danse, de grammaire, d'éloquence et de *xénia*. Il s'agissait d'un enseignement centré sur l'hospitalité et les bonnes manières. Le dernier cours était consacré à son entraînement aux armes. Atalante put enfin évacuer toute la frustration de sa journée. Malheureusement ses professeurs étaient lents, peu vigoureux. Elle n'avait rien à apprendre d'eux.

Les journées se succédèrent dans les mêmes conditions. Le soir venu, Atalante s'écroulait, vidée. Elle ne prenait même plus le temps de méditer, habitude qu'elle avait héritée de Chiron. Combien de temps devrait-elle encore supporter ce train de vie avant de pouvoir s'échapper sans qu'on lui reproche quoi que ce soit ?

Elle se rendait régulièrement aux portes du cabinet d'apothicaire, situé dans les sous-sols du palais, déterminée à y retrouver Asclépios. Leur éloignement rendait sa nouvelle existence plus difficile encore. Sans sa présence pour lui rappeler qui elle était vraiment, elle craignait de s'oublier. De plonger corps et âme dans les attentes des uns et des autres, jusqu'à renoncer progressivement à qui elle était et à tout ce à quoi elle aspirait. Asclépios la connaissait mieux que personne. Il lui donnait l'impression que tout était possible, qu'elle était capable de réaliser n'importe quoi. Elle avait toujours imaginé n'avoir besoin que d'elle-même pour se sentir bien et, même si ça lui coûtait de l'admettre, elle s'était trompée.

Elle tombait alors sur Mélampous, le vieux guérisseur à la barbe grise et mal entretenue. Chaque fois, il l'informait qu'Asclépios était parti faire une course pour lui. Mais ce jour-là, Atalante ne se satisfit plus de ses réponses évasives.

– Quand reviendra-t-il ?

– Quand il aura terminé sa tâche.

Atalante tapa du pied. C'était à croire que Mélampous s'appliquait à la contrarier. Le vieux guérisseur n'avait pas ouvert totalement la porte : elle n'apercevait qu'un bout de sa grosse barbe et un petit œil enfoncé. Elle crut voir une plume sur sa manche, sans être sûre, à cause de l'obscurité. Fagoté comme il l'était, le guérisseur royal ressemblait davantage à un mendiant.

– Et en quoi consiste-t-elle, cette course ? demanda-t-elle en essayant de ne pas laisser paraître son agacement.

— Je lui ai demandé de me ramener sept centaurées d'*asperula arcadiensis*.

Atalante hoqueta.

— Mais cette plante ne pousse qu'à haute altitude ! Il ne reviendra pas avant des jours !

— Peut-être. Peut-être pas. Tout dépend comment il se débrouille.

Mélampous lui claqua la porte au nez sans plus de cérémonie. Atalante retint le hurlement qui montait dans sa gorge. Elle prit la direction des écuries à grandes enjambées, hors d'elle. Elle avait besoin d'air. Rien de mieux qu'une bonne balade à cheval pour extérioriser sa colère, qui vacilla alors qu'elle songeait à Asclépios. Ce nouveau professeur n'arrivait pas à la cheville de maître Chiron. Son ami était le guérisseur le plus doué qu'elle avait jamais vu, sans doute le plus prometteur de sa génération ! Le vieux Mélampous ignorait la chance qu'il avait d'avoir un élève tel que lui. Dévoué et travailleur, optimiste et volontaire. Elle était persuadée qu'il s'acquittait de chaque tâche ingrate donnée par Mélampous sans se plaindre. Mais pour combien de temps ? Asclépios méritait mieux, et il s'en rendrait rapidement compte.

Alors, Atalante demeurerait seule.

Contre toute attente, son ami revint deux jours plus tard avec la commande de son nouveau maître. Dès qu'elle apprit la nouvelle, Atalante déserta son cours d'arithmétique pour le retrouver. Asclépios lui avait donné rendez-vous dans les jardins. Lorsqu'elle le vit, assis près d'une fontaine à jets, le cœur d'Atalante eut un sursaut.

N'écoutant que son instinct, elle se jeta dans ses bras. Son odeur rassurante et si familière l'enveloppa. Asclépios resta un moment interdit. Son acolyte ne l'avait pas habitué à de telles démonstrations d'affection. Le choc passé, il se détendit et enroula les bras autour de sa taille. Son cœur s'emballa instantanément. Atalante s'écarta, trop vite à son goût, pour l'examiner de la tête aux pieds.

— Tu es très élégant.

Asclépios lissa les pans de sa toge écarlate pour masquer sa gêne. Il devait l'admettre, le costume officiel des guérisseurs lui donnait fière allure. Une couturière était même venue prendre ses mensurations pour lui tailler une toge sur mesure. Asclépios détailla à son tour Atalante. Cela ne faisait que trois semaines qu'ils étaient séparés et pourtant, il avait l'impression de ne pas l'avoir vue depuis une éternité.

— Tu as l'air...

Il cherchait ses mots tout en essayant de relier l'image de son amie et de la jeune femme apprêtée qui se tenait devant lui. Elle portait une robe fluide et une *palla* en soie entourait ses épaules. Des perles piquaient ses boucles brunes et un diadème aux feuilles d'argent reposait sur son crâne. Elle avait l'air plus âgée. Plus mature.

— Stupide ? compléta Atalante.

Magnifique. Époustouflante. Intimidante, songea Asclépios.

— Différente.

— Arrête de me regarder comme ça.

— Comme quoi ?

— Comme si j'étais une jeune fille modèle à courtiser, ou quelque chose de ce genre. Je suis Atalante. Ton amie. Une *chasseresse*.

Elle insista bien sur ce dernier mot. Asclépios se ressaisit. Son attirance était-elle si évidente ?

— Je suis désolé. Je sais qui tu es mieux que personne. C'est juste que...

Il la désigna d'un vague geste de la main. Il ne savait pas par où commencer.

— Tu portes des *sandales* !

— Je sais. Tout cela ne me ressemble pas.

Asclépios hocha la tête. Atalante s'assit sur le bord de la fontaine. Elle retira ses chaussures à lacets et releva son jupon au-dessus de ses genoux pour plonger les mollets dans l'eau froide. Là, Asclépios la reconnaissait davantage.

— Je prends des cours de maniement d'arme, lança Atalante. D'épée. Chiron s'est concentré sur ma pratique de l'arc, mais je voudrais me diversifier. Au cas où un combat au corps-à-corps s'imposerait.

Asclépios hocha la tête. Des dizaines de questions lui brûlaient les lèvres, notamment sur la façon dont elle s'y prendrait pour trouver une quête, maintenant qu'elle avait accepté son rôle de princesse, mais il n'osait en formuler aucune.

— C'est une bonne chose.

— Et toi ? Comment est ton nouveau professeur ?

— Il est complètement fou, soupira-t-il. Ses décoctions s'apparentent davantage à des recettes de cuisine et sa mémoire déraille constamment. Pire encore : parfois, je le surprends en train de marmonner tout seul dans son cabinet. Jusqu'à ce que je comprenne qu'il s'adressait aux oiseaux !

— Aux oiseaux ? répéta Atalante, atterrée.

— Je te le dis, ce type n'a plus toute sa tête. Je n'ai rien à apprendre de lui, ça non ! Il m'envoie cueillir des fleurs et récolter des racines à l'autre bout de la cité, sans jamais les utiliser ! Il cherche juste à se débarrasser de moi. Il n'a jamais voulu d'assistant, qu'importe ce qu'en pense ton père.

— Pourtant, les courtisans chantent ses louanges jour et nuit. Il paraît qu'il a sauvé les trois filles du roi Proétos de la folie.

— J'ai entendu cette histoire, marmonna Asclépios. Si tu veux mon avis, c'est lui qui est responsable de leur folie ! Et je risque de perdre la raison moi aussi si je reste une seconde de plus enfermé dans cette cave lugubre avec lui !

Atalante retira ses jambes de la fontaine et s'assit en tailleur. Un ange passa, lourd de sous-entendus.

— Asclépios, je...

— ATALANTE !

Les amis sursautèrent de concert. Iasos venait d'apparaître derrière une haie avec l'air d'un enfant égaré. C'était à croire qu'il ne s'était jamais rendu dans ses propres jardins.

— Père ?

Atalante se leva par automatisme. Iasos lissa les pans de sa longue toge immaculée, faisant tinter le gros bracelet en or qui enserrait son poignet. Depuis son arrivée, le roi était aux petits soins. Il lui rendait visite presque quotidiennement et il lui arrivait même de faire de brèves apparitions pendant ses cours pour suivre ses progrès. Atalante n'était pas dupe : sous couvert d'attention, il gardait un œil sur elle en permanence. Une façon de la conserver sous son joug et de s'assurer qu'elle ne commette pas d'impair.

— Oh, tu es là... Je t'ai cherchée partout. Il paraît que tu as encore semé Glaucos.

Atalante haussa les épaules. Ses fuites étaient si fréquentes que son garde du corps ne s'en formalisait même plus. Elle le soupçonnait même d'avoir renoncé à lui courir après. Son châle glissa le long de son bras, et Asclépios s'appliqua à ne pas regarder sa clavicule découverte. À la place, il se leva et s'inclina avec respect devant Iasos.

— J'aurais aimé m'entretenir avec toi dans les plus brefs délais, déclara Iasos.

Au lieu de relacer ses sandales, Atalante enfonça ses pieds dans l'herbe. Elle remua les orteils, savourant la sensation de la terre meuble qui glissait sur sa peau.

— Vous pouvez parler.

— C'est une conversation privée.

Asclépios fit mine de partir, mais Atalante le retint.

— Non. Asclépios peut tout entendre.

Iasos ne connaissait pas bien sa fille, mais il avait déjà compris lorsqu'il était vain de négocier avec elle.

— Soit, soupira-t-il. Hier soir, nous avons longuement parlé, ta mère et moi. Et nous en sommes venus à la conclusion... qu'il était temps de te présenter des prétendants.

Atalante se figea. Asclépios blêmit. Ils demeurèrent silencieux un long moment. Asclépios fit son possible pour masquer son désespoir, sans y parvenir tout à fait.

L'espace d'un instant, Atalante regretta de ne pas être restée dans l'ignorance concernant l'identité de ses parents. Elle aurait aimé demeurer à jamais cette petite orpheline sans passé, fille de la nature, une sauvageonne aux pieds nus. Si seulement Iasos ne l'avait pas retrouvée... Elle songea à toutes les épreuves, toutes les difficultés qu'elle n'aurait pas eu à affronter.

Comme chaque fois qu'elle commençait à se décourager, la voix grave de Chiron résonna dans son esprit : « *Seul l'arbre qui a subi les assauts du vent est vraiment vigoureux, car c'est dans cette lutte que ses racines, mises à l'épreuve, se fortifient.* »

Atalante releva le menton. Elle ne pouvait pas baisser les bras, continuer à se lamenter sur son sort indéfiniment.

– Tu n'es pas obligée de te marier dans l'immédiat, bien entendu. Trouver le bon parti prendra du temps. C'est pour cette raison qu'il nous faut commencer le plus tôt possible.

Atalante encaissa le choc tandis que le roi argumentait. Elle était parvenue à échapper de justesse au mariage envisagé par Œnée, et voilà que Iasos s'y mettait ! En réalité, elle s'attendait à cette conversation, même si elle n'avait pas imaginé qu'elle arriverait si vite. Une princesse avait des responsabilités. Heureusement, elle avait eu le temps d'y réfléchir pendant ses longues nuits d'insomnie. Et de concevoir un plan imparable pour y échapper.

– D'accord.

Asclépios manqua de s'étouffer.

– Mais je mérite des prétendants à la hauteur, n'est-ce pas ? poursuivit-elle.

Iasos, surpris, s'empressa de hocher la tête.

– Évidemment ! Je m'en assurerai ! La fine fleur d'Arcadie, Zeus m'en soit témoin.

Mains croisées dans le dos, Atalante se mit à tourner autour de Iasos. Asclépios connaissait cette parade, utilisée par Atalante lorsqu'elle cherchait à amadouer une proie.

À la mettre en confiance.

Juste avant de l'achever.

Mais jamais encore il ne l'avait vue l'appliquer sur un humain.

— Il ne sera pas aisé de les départager..., souffla-t-elle.

— Tu auras l'embarras du choix ! s'enthousiasma Iasos, qui s'imaginait déjà l'accompagner devant l'autel et serrer ses héritiers dans ses bras.

— Vous conviendrez que seul un homme fort et vigoureux sera digne de votre fille unique.

— Il va de soi, ma chère Atalante.

Celle-ci s'immobilisa net. Elle décroisa les bras pour les ouvrir devant elle.

— Dans ce cas, je vous propose d'organiser une course !

Nous y sommes, se réjouit Asclépios.

— Une course ? répéta Iasos, hagard.

— J'accorderai ma main à celui qui me battra à la course, un point c'est tout.

Iasos hésita un instant. L'idée lui paraissait pour le moins... originale. Mais après tout, pourquoi pas ? Il était prêt à céder à toutes ses demandes, même les plus fantasques, si cela lui garantissait un digne héritier. Il avait besoin de son aval pour que l'opération se déroule au mieux.

— Fort bien ! Je vais de ce pas quérir mes conseillers afin d'organiser cette course le plus tôt possible.

— Il faudra en organiser beaucoup plus qu'une, murmura Asclépios.

Le roi s'éloigna, rayonnant presque de bonheur, en agitant la main en direction des deux amis. Atalante eut un pincement au cœur quand elle comprit que sa joie serait de courte durée. Iasos se rendrait vite compte de son erreur. Et alors, son masque d'amabilité tomberait. La forcerait-il à se marier, ou accepterait-il de la laisser accomplir sa destinée ?

Il ne lui resterait peut-être que la fuite comme solution. Atalante ne pouvait pas le concevoir. Après tous les efforts qu'elle avait faits pour en arriver là, elle refusait de tomber en disgrâce. Elle trouverait un moyen d'empêcher ça tout en conservant sa réputation de grande chasseresse. Sinon, c'était l'objectif d'une vie qui serait réduit à néant !

– Bien joué, Atalante. Comment l'idée t'est-elle venue ?

Elle offrit son plus beau sourire à Asclépios.

– Il faut croire que nos courses dans la forêt me manquaient.

LA COURSE D'ATALANTE

CHAPITRE

24

Iasos commença les préparatifs en grande pompe. Il ne voulait rien laisser au hasard. Cette course devait être épique, inoubliable. Elle devait entrer dans l'Histoire.

L'idée plut à Atalante. Elle prit plaisir, secrètement, à imaginer qu'on chanterait ses louanges pendant des siècles, qu'on écrirait des ballades sur cette course. Et sur sa victoire.

Iasos envisagea d'ouvrir le stade au public, de mobiliser des cithariste pour annoncer le gagnant, avant d'enchaîner sur de grandes festivités ouvertes au peuple et de finir sur des rites et célébrations aux dieux. Atalante suivit l'organisation de loin, acceptant toutes les propositions de son père avec indifférence. Peu lui importait que les étendards soient rouges ou blancs, que la limite d'âge pour participer soit fixée à trente ou à quarante ans. Pauvre ou riche, jeune ou vieillard, entraîné ou inexpérimenté, elle les battrait tous. Sans exception. Voilà au moins une chose dont elle était certaine.

Iasos décréta que la course aurait lieu à la prochaine pleine lune. Le temps de réfléchir à chaque détail et d'anticiper la moindre déconvenue.

En attendant, Atalante s'ennuyait ferme. Elle suivit néanmoins les leçons qui lui étaient imposées et qui la laissaient la tête pleine de connaissances mais le cœur froid. Elle se surpassait à l'entraînement chaque soir, jusqu'à la tombée de la nuit, se confrontant aux limites des maîtres d'armes qui se succédaient pour la satisfaire. Elle voulait toujours plus. Et malgré ses efforts, elle n'avait pas l'impression de progresser, bien au contraire. C'était tout juste si elle parvenait à maintenir sa condition physique. Le sentiment de perdre son temps, de stagner, lui était insupportable. Les jours semblaient durer des semaines et les semaines, des mois. Privée de la présence rassurante d'Asclépios à ses côtés, elle se sentait plus seule que jamais.

Un soir, elle quitta ses appartements en pleine nuit, renonçant à trouver le sommeil. Devant sa porte, Glaucos était avachi, et un léger ronflement s'échappait du heaume qu'il ne quittait jamais. Atalante s'aperçut qu'elle ne connaissait pas son visage. Elle déambula dans les couloirs déserts, pieds nus.

Elle prit naturellement la direction des jardins et s'allongea dans l'herbe humide, avant de songer à maître Chiron. Que penserait-il de sa nouvelle vie ? Elle ne pouvait s'empêcher de croire qu'il serait déçu de la voir enfermée dans un palais. Il l'avait élevée en guerrière.

Tiraillée, Atalante prit une grande inspiration. Elle adressa une prière silencieuse aux dieux. *Si seulement quelqu'un pouvait me montrer le chemin à suivre…*

À peine eut-elle formulé cette pensée qu'une étoile filante zébra le ciel. Flamboyante. Irréelle. Et cette étoile ne se contenta pas de traverser les cieux puis de disparaître. Bientôt, la boule de lumière fusa droit dans sa direction. Atalante poussa une exclamation et bondit sur ses pieds, tous les sens en alerte. Elle chercha avec frénésie un endroit où se terrer pour échapper à cet étrange phénomène. Trop tard : l'éclat incandescent se rapprochait, de plus en plus, jusqu'à l'aveugler. Alors, démunie, Atalante se contenta de cacher son visage avec ses paumes et de serrer très fort les paupières.

Elle attendit l'impact, en vain.

— On m'a appelé, petite guerrière ?

Atalante sursauta. La voix était grave, tranchante, impérieuse. Le chatoiement vacilla avant de diminuer en intensité. Atalante put rouvrir les yeux.

Ses soupçons furent confirmés : l'être qui se tenait devant elle n'avait rien d'humain.

La première chose qui la frappa fut son armure divine. Aucun mortel n'aurait pu forger une telle merveille, dans une matière aussi rarissime que résistante : l'*adamant*. Atalante n'en avait évidemment jamais vu, mais elle aurait pu mettre sa main à couper qu'il s'agissait bel et bien du fameux métal divin. On disait que seuls les dieux connaissaient sa provenance.

Les muscles de ses bras et de ses jambes étaient ciselés à la perfection. L'être s'approcha avec des mouvements fluides et graciles, comme si la gravité elle-même se pliait à sa volonté. Atalante ne bougea pas d'un pouce, tiraillée entre la fascination qui faisait battre son cœur un peu plus vite et la terreur qui remuait ses entrailles.

Depuis qu'elle était petite, Atalante avait appris que la vraie beauté se trouvait dans l'imperfection. Dans les aspérités tranchantes des falaises, dans les jambes frêles et tremblantes d'un faon s'essayant à ses premiers pas, dans les motifs irréguliers des sillons de l'écorce. Au contraire, le visage de la divinité était un chef-d'œuvre de symétrie, et ses traits semblaient taillés dans un bloc de marbre. Une beauté *terrifiante*, en un sens. Ses yeux brillaient d'un éclat doré malicieux.

Pendant un court instant, Atalante fut persuadée d'être face à Apollon, mais elle chassa vite cette idée. Le dieu dégageait une telle violence, une telle brutalité. Tout son être était un appel à la tentation, aux vices. Son instinct lui hurlait *danger, danger, danger!* Et pourtant, malgré son envie de prendre ses jambes à son cou, d'appeler à l'aide, ses pieds restèrent vissés au sol. Même si elle en avait eu la capacité, elle savait que fuir était inutile. Car on ne semait pas un dieu.

Jamais.

— Je sais, je fais souvent cet effet-là, glissa-t-il en roulant des épaules.

Atalante reprit ses esprits, avec l'impression d'émerger d'un long rêve. C'était la première fois qu'elle rencontrait un dieu : la prudence était de mise. Pas question de finir comme tous les malheureux des légendes d'Azariel, tués ou transformés en animaux. Malgré tout, la divinité ne semblait pas hostile. Au contraire, elle avait l'air de s'amuser de la situation. Cette constatation la rassura un peu.

— Vous êtes...

— Tu n'as pas encore deviné ? Voyons, Atalante, je te croyais plus maligne que ça...

Il frappa son front de la paume de la main.

— Je devrais arrêter de surestimer les mortels. J'oublie constamment à quel point vous êtes limités, faibles et...

— Arès.

Le dieu s'immobilisa. Un éclat passa dans ses yeux bruns, trop vite pour qu'Atalante puisse l'interpréter. Surprise ? Colère ? Amusement ?

— Eurêka ! Qu'est-ce qui t'a mise sur la piste ? Mon physique ? Ma beauté ? Mon armure divine ?

Atalante déglutit.

— En fait, je vous ai pris pour Apollon.

Arès toussota pour marquer son mécontentement.

— Je n'ai rien à voir avec mon petit frère. Il passe tellement de temps à se contempler dans le reflet de l'eau qu'il pourrait concurrencer Narcisse.

Atalante brûlait d'envie de le questionner davantage sur Apollon, mais elle n'en fit rien. Elle devait rester sur ses gardes. Arès n'était certainement pas descendu de l'Olympe par pure bonté d'âme, prêt à répondre à toutes ses interrogations sans contrepartie.

— Que faites-vous ici ?

Il pencha la tête sur le côté. Ce mouvement fit ressortir les veines de son cou. Atalante se fit la réflexion qu'elle adorerait le voir au combat. Un tel physique devait faire des prouesses sur un champ de bataille.

Pourquoi je pense à la guerre, tout à coup ?

— Tu es directe. Je n'en attendais pas moins de toi. D'habitude, les mortels font preuve de plus de respect. Ils sont impressionnés, intimidés. *Terrorisés*, même.

Il appuya sur ce dernier mot et les orteils d'Atalante se recroquevillèrent dans la terre. Elle craignait de l'avoir offensé. Ce dernier esquissa un sourire narquois.

— Tu as prié les dieux, et je viens exaucer ton vœu.

Au moment où il prononçait ces mots, Atalante comprit l'ampleur de sa bêtise. La voix grave de Chiron résonna dans son esprit : *« Il faut faire attention à ce que l'on désire, Atalante. Car il n'est pas impossible que l'on finisse par l'obtenir. »*

Arès claqua des doigts. Le scintillement disparut totalement. Même son armure semblait moins brillante, et ses cheveux moins soyeux, quoiqu'il demeurât extraordinairement séduisant. Ainsi, il paraissait moins intimidant. Plus *humain*. Mais cette fausse vulnérabilité était tout aussi dangereuse. Il était facile d'oublier à quel point il était puissant. Atalante se fit la promesse de ne pas se laisser berner par cette nouvelle apparence.

Arès fit un pas en avant. La chasseresse n'était pas petite, pourtant elle dut se dévisser le cou pour soutenir le regard impérieux de la divinité.

— Laisse-moi deviner : tu te demandes comment éviter le mariage qui te pend au nez ?

L'air était plutôt chaud, ce qui n'empêcha pas Atalante de frissonner.

— Je sais comment éviter ce mariage.

— Hmm. La *course*, dit-il avec un ton lourd de sous-entendus.

— Personne n'est plus rapide que moi.

Arès fit claquer sa langue trois fois contre son palais. *Tut-tut-tut.*

— Les mortels sont trop arrogants. Il y a *toujours* meilleur que soi.

Atalante fronça les sourcils. Elle n'aimait pas du tout son ton.

— C'est ce que nous verrons.

Sa réponse ne fit qu'élargir le sourire cruel d'Arès. Atalante eut l'impression d'être tombée tête baissée dans un piège. Mais lequel ? Elle serra les dents. Les pulsations de son cœur s'accélérèrent.

– Je sais reconnaître une guerrière quand j'en vois une, reprit-il. Le mariage signera ta perte, Atalante. N'est-ce pas ce qu'a affirmé l'oracle ?

Atalante n'aurait pas dû être surprise qu'Arès ait connaissance de la prophétie. Et pourtant... elle avait du mal à comprendre. Pourquoi un Dieu prendrait-il la peine de suivre ses péripéties dans l'ombre, pendant des années ?

– Les *sentiments* signeront ma perte, rectifia Atalante. Je serai peut-être bientôt mariée mais mon cœur, lui, sera toujours libre, comme au premier jour.

– Peut-être. Mais ces cours d'étiquette et ces corsages trop serrés finiront par te ramollir, chère Atalante. Crois-en mon expérience.

– Vous avez déjà porté un corsage ?

Arès grimaça, sans parvenir à cacher son amusement.

– J'ai hâte de voir le déroulement de cette course, reprit-il. Sois sûre que je serai aux premières loges pour assister à ça. Je me désole simplement de voir les talents d'une si prometteuse guerrière réduits à néant par des nobles sans cervelle qui ne pensent qu'à prolonger leur lignée. Tu vaux bien mieux qu'eux, Atalante.

– Iasos a mis à ma disposition des maîtres d'armes renommés, se défendit-elle.

– De vieux croûtons qui n'ont pas vu un champ de bataille depuis des décennies. Ils sont lents et font de piètres professeurs. Et tu le sais.

Le silence d'Atalante sonna comme un assentiment.

– Je pourrais t'entraîner.

La chasseresse s'immobilisa. C'était donc la raison de sa venue. Cherchait-il une partenaire de combat, une machine de guerre à envoyer sur le terrain pour assouvir sa soif de sang? On disait que toutes les guerres initiées par des monarques avaient été soufflées par Arès. Il n'aimait rien tant que de convaincre les mortels de s'entretuer pour son bon plaisir, en attisant les colères et les dissensions. Mais, même si elle savait que collaborer avec Arès n'était pas *du tout* une bonne idée, une partie d'elle était grisée à l'idée de s'entraîner avec lui. Elle ne pouvait nier que son aura l'attirait aussi facilement qu'une mouche avec du miel. C'était la promesse d'une vie d'aventures, de progrès, de succès. Tout ce à quoi elle aspirait. Problème : elle ne lui faisait pas confiance. Et pas seulement parce qu'Arès avait mauvaise presse auprès des mortels, qui le considéraient comme la plus égoïste des divinités (elles l'étaient toutes). Le dieu remuait quelque chose en elle, quelque chose de sombre qu'elle préférait ignorer.

— Que voulez-vous en échange ?

Le sourire d'Arès se figea une seconde. Il n'était pas aussi désinvolte qu'il voulait bien le laisser paraître.

— Tu es sur tes gardes. Ça se comprend. Mais ne réfléchis pas trop. C'est une occasion en or que je t'offre là : je ne me répéterai pas deux fois.

— Pourquoi ? demanda Atalante. Pourquoi moi ?

— Je te l'ai dit : je ne supporte pas de voir une carrière si prometteuse partir en fumée. Vois ça comme un acte de générosité.

Elle n'y croyait pas une seconde. Et pourtant, elle n'arrivait pas à refuser. Elle ouvrit la bouche...

— PRINCESSE ?

Ils pivotèrent de concert en direction de la voix. Elle émanait des jardins. Arès ferma les yeux et soupira.

— Je crois que ton garde du corps te cherche. Nous finirons cette conversation une prochaine fois, petite guerrière.

Il prit une grande inspiration avant de plonger son regard sombre droit dans le sien :

— Réfléchis-y.

Il claqua des doigts et disparut dans une bourrasque. Au même moment, Glaucos parvint jusqu'à elle. Essoufflé. Paniqué. Son garde du corps se serait-il inquiété pour elle ?

— Princesse ? À qui parliez-vous ?

Atalante tendit le bras, comme pour saisir les dernières traces de brise laissées par Arès, mais elles s'étaient entièrement dissipées.

— Personne, murmura-t-elle.

Glaucos se racla la gorge.

— Vous devriez rentrer. Le jour va bientôt se lever.

Atalante leva le nez vers le ciel qui avait pris une teinte orangée. Depuis combien de temps était-elle dans les jardins ? Elle avait perdu toute notion du temps.

— J'arrive.

Glaucos eut un mouvement de recul, visiblement atterré que sa protégée obéisse sans discuter. Elle le laissa la raccompagner jusqu'à ses appartements.

— Est-ce que... est-ce que tout va bien ? demanda le soldat.

Atalante ne répondit rien. Elle ignorait toujours les réelles motivations d'Arès. Quoi qu'il en soit, son apparition ne signifiait rien de bon. Elle le sentait dans sa chair.

CHAPITRE 25

Le cabinet d'apothicaire de Mélampous était à l'image du vieil homme : sale et austère. Les potions s'accumulaient sur les étagères, sans logique de rangement. Sur les plans de travail, plusieurs décoctions fumaient. Certaines étaient renversées et formaient de grosses taches verdâtres séchées sur les pupitres, mais le vieux guérisseur n'avait pas jugé bon de les nettoyer. Et, plus étonnant encore : une multitude de cages étaient disposées un peu partout dans l'atelier. Certaines pendaient du plafond, d'autres étaient posées à même le sol. À l'intérieur, des oiseaux s'agitaient dans une cacophonie infernale. Asclépios reconnaissait plusieurs merles, des rossignols et même quelques hiboux. Les volatiles s'agitèrent davantage en le voyant, et des plumes se mirent à voler un peu partout. Asclépios avait frôlé la crise cardiaque en découvrant l'état calamiteux du cabinet la première fois. Voilà un mois qu'il s'y rendait (quand il n'était pas par monts et par vaux), et il ne s'était toujours pas habitué à cet environnement chaotique. Chiron ne cessait de lui répéter qu'un bon guérisseur était avant tout une personne organisée et soigneuse. Visiblement, Mélampous ne partageait *pas du tout* sa philosophie. À sa place, Asclépios aurait eu honte de recevoir des patients dans un tel endroit. Certes, ceux qui venaient en consultation étaient dirigés vers une alcôve un peu plus propre et ordonnée et disposaient d'une couchette confortable ; ils ne pouvaient toutefois pas échapper à l'odeur de renfermé qui planait.

Lors de leur première rencontre, Asclépios s'était présenté en bonne et due forme, relatant son enfance auprès du célèbre Chiron et décrivant ses solides connaissances médicinales (tout en omettant son statut de demi-dieu, par peur de donner l'image d'un jeune homme prétentieux). Il espérait ainsi, à défaut d'impressionner Mélampous, lui inspirer un certain respect. N'importe quel guérisseur aurait payé cher pour recevoir les enseignements du centaure. À son grand désarroi, Mélampous n'avait eu aucune réaction. Ni surprise, ni curiosité, ni admiration. Le *néant*. Il l'avait ensuite envoyé récolter de l'ail des ours en quantité. Chaque jour, il lui assignait une nouvelle mission qui consistait toujours à passer un maximum de temps loin de lui. Asclépios rêvait de l'envoyer balader, lui et ses manies étranges. Mais il s'était fait violence. Il s'efforçait de se remémorer tous les sermons de Chiron à propos de l'humilité et de l'importance de s'inspirer de nos aïeux. Et puis, il y avait pire que sillonner campagnes et forêts à la recherche d'herbes médicinales : il aurait pu être contraint à des cours de rhétorique et de danse, comme Atalante.

— Bonjour, dit Asclépios.

Les oiseaux lui répondirent par des croassements entêtants. Mélampous, le dos courbé devant une étrange potion fumante, l'ignora. Asclépios y était habitué. Il s'empara d'un balai à poils drus et entreprit de dépoussiérer les plans de travail (ou, à défaut, évacuer les plumes qui s'accumulaient un peu partout) quand un grognement lui parvint.

— Vous avez dit quelque chose ?

— Oui, répondit Mélampous d'un ton bourru sans lever la tête de son ouvrage.

— Pas à moi, visiblement, glissa Asclépios avec une pincée de rancœur.

Il recommença son ouvrage tout en se demandant pourquoi Mélampous ne lui avait pas déjà désigné une autre de ses absurdes commissions.

— Les oiseaux savent écouter. Les êtres humains ne sont pas doués pour ça, marmonna le vieux guérisseur après un long silence.

Asclépios leva les yeux au ciel. Malgré son agacement, c'était la première fois qu'il parvenait à lancer un échange avec son nouveau maître. Il se risqua à l'interroger :

— Comment pouvez-vous faire ça ? Parler aux oiseaux, je veux dire ?

Mélampous s'immobilisa. Il resta silencieux pendant un long moment, à tel point qu'Asclépios renonça à attendre une réponse et se remit à son ménage avec un entrain décuplé. Contre toute attente, le maître finit par reprendre la parole :

— J'étais jeune. Je devais avoir huit ou neuf ans. J'étais sorti jouer dans le jardin quand j'ai vu deux serviteurs en train de frapper la terre avec un bâton.

La voix de Mélampous était rauque, incertaine. Comme rouillée à force de ne pas avoir été utilisée. Il n'avait jamais prononcé autant de mots en présence d'Asclépios. Le jeune homme tendit l'oreille, intrigué par ce changement brutal de comportement.

– En m'approchant, j'ai compris qu'ils ne frappaient pas la terre, mais un serpent. Ils ont continué à le battre jusqu'à ce qu'il succombe, en prenant tout leur temps, pour le faire souffrir un maximum. Je n'ai pas réussi à intervenir, tétanisé par l'horreur. C'était la première fois que j'étais confronté à la mort.

Le vieil apothicaire s'approcha de la cage la plus proche. Cela lui prit un temps considérable, car sa jambe engourdie le faisait boiter. Il glissa ses doigts entre les barreaux pour caresser une mésange. Cette dernière baissa la tête pour mieux accueillir sa paume. Pour la première fois, Mélampous semblait détendu. Presque ému.

– J'ai pleuré toute la journée, horrifié par la cruauté des humains. Le soir venu, j'ai enterré le serpent derrière la grange. J'ai fait brûler des cierges et j'ai prié Hadès de bien vouloir l'accueillir à l'Élysée, aux côtés de tous les héros trépassés. Bien sûr, j'ignorais à l'époque que seuls les êtres humains y avaient accès.

Mélampous marqua une pause, perdu dans ses souvenirs. Asclépios était pendu à ses lèvres.

– Je me suis endormi, le cœur brisé. La même nuit, j'ai été réveillé par une sensation désagréable, humide et visqueuse, dans mes oreilles. Deux serpents y avaient glissé leurs langues. Bizarrement, je n'ai pas eu peur. Je me suis rendormi et au matin, je pensais avoir rêvé. Mais à partir de ce jour-là, j'ai compris le langage des oiseaux. Et, en grandissant, j'ai réussi à communiquer avec tous les animaux.

Asclépios ouvrit la bouche et la referma plusieurs fois, stupéfait. Il ne s'attendait pas à ce que le comportement étrange de son mentor soit causé par autre chose que la folie. Comment avait-il pu être aussi aveugle ?

— Et que disent-ils ? demanda Asclépios en désignant les oiseaux d'un large signe du bras.

Mélampous lui décocha une œillade méfiante. Comme si Asclépios venait d'insulter ses protégés. Pourtant, il s'était exprimé avec le plus profond respect.

— Beaucoup de choses, éluda Mélampous.

Puis, voyant l'expression avide de curiosité d'Asclépios, il poussa un profond soupir.

— Les oiseaux connaissent le passé, le présent et le futur des hommes. Ils me chantent des histoires.

Asclépios mourait d'envie d'en apprendre davantage, mais le temps des confessions semblait terminé : Mélampous avait regagné son pupitre en clopinant.

— Observe les animaux, petit, lâcha-t-il en guise de conclusion. Tu as beaucoup à apprendre d'eux.

Asclépios acquiesça, confus.

— Maintenant, va cueillir de l'aubépine pour moi. Et ne reviens pas avant d'avoir rempli trois besaces !

CHAPITRE 26

Arès n'était pas réapparu. Peut-être attendait-il qu'Atalante l'appelle, le prie, le *supplie* de revenir. Et elle devait l'admettre, elle en avait très envie. Ses journées se ressemblaient toutes, se confondant dans un mélange de notes de harpe et d'exercices théoriques barbants. Son rêve de rejoindre les Amazones, si concret auparavant, lui apparaissait comme flou, dilué. Elle songeait aux Danaïdes, condamnées à remplir éternellement un tonneau percé avec l'eau du Styx. Son sort n'était guère plus enviable.

Lors d'un énième entraînement avec un nouveau maître d'armes (celui-ci venait directement de Sparte et était réputé pour sa « technique impeccable ». Pas si « impeccable » que ça, puisqu'elle l'avait désarmé en deux temps trois mouvements), Atalante craqua. La course aurait lieu le lendemain. Le palais était en ébullition : le personnel s'activait avec une nervosité contagieuse, préparant les chambres pour les concurrents, déchargeant des compositions florales par centaines, préparant un immense banquet. Dans ce tourbillon, elle ne songeait qu'à une chose : se raccrocher à une activité concrète qu'elle affectionnait pour se reconnecter avec elle-même. Et seul Arès pouvait lui offrir ce qu'elle désirait réellement.

Elle congédia son maître d'armes sans aucune délicatesse, déclenchant l'hilarité de Glaucos. Le soldat ne la quittait pas d'une semelle. Il était posté sur un gradin de la palestre et assistait à tous ses combats. Il reconnaissait ses talents de guerrière. À ses côtés, elle n'avait pas l'impression d'être une princesse. Elle en était même venue à se confier à lui, à lui parler de son rêve d'intégrer les Amazones. Elle s'était attendue à se heurter à une mine dubitative, mais ce fut tout le contraire. Glaucos avait accueilli sa confession avec enthousiasme.

— Avec vos compétences, vous avez toute votre place dans ce clan. Je suis persuadé que vous feriez une merveilleuse Amazone.

Elle lui avait adressé un sourire reconnaissant. Cela faisait une éternité qu'elle n'avait pas été aussi touchée par un compliment.

Atalante prit une grande inspiration et leva le nez vers le ciel dégagé.

J'accepte que vous deveniez mon entraîneur, Arès.

Aucune réponse. Atalante ne s'attendait pas à ce qu'une étoile fuse sur elle en pleine journée, mais quand même.

S'il vous plaît.

Pourquoi le dieu ne répondait-il pas ? Elle ignorait comment les divinités communiquaient, en général. Ne pouvait-il pas exprimer son accord par une bourrasque, un éclair ou un coup de tonnerre ? Peut-être ne l'avait-il simplement pas entendue.

J'ai pris ma décision.

La panique la gagna. Arès avait-il changé d'avis ? Peut-être refusait-il d'apparaître devant Glaucos. À moins qu'il n'ait carrément oublié son existence ?

Alors qu'elle commençait à désespérer, le vent se leva. La brise devint rafale, puis tourbillon. Les sacs de blé des pugilistes bringuebalèrent de gauche à droite, manquant de se décrocher des planches qui les maintenaient en place. Atalante leva le bras, protégeant ses yeux, luttant pour ne pas reculer.

Et puis, le temps d'un clignement d'œil, Arès était là, en chair et en os. Il avait pris son apparence de mortel, même si n'importe qui ayant un peu de jugeote aurait compris qu'il n'avait rien d'humain. Glaucos quitta les gradins et se rua vers elle.

— Princesse ! Reculez !

Le dieu claqua des doigts. Glaucos s'immobilisa. Atalante ne parvint pas à saisir son expression à cause de son heaume qui masquait son visage, mais le corps du soldat se fit mou alors qu'il négociait un demi-tour pour rejoindre les gradins.

— Il ne nous posera pas de problème, glissa Arès.

— Vous l'avez ensorcelé ?

Son ton se fit tranchant. Elle ne supportait pas qu'on prive Glaucos de son libre arbitre. D'autant plus qu'elle était convaincue que le soldat était capable de garder le secret. Il lui avait prouvé qu'il était de son côté : en l'encourageant dans sa pratique, en la complimentant sur ses talents, en fermant les yeux lorsqu'elle s'éclipsait en pleine nuit pour une balade dans les jardins ou aux écuries.

— Je préfère que ma présence ne s'ébruite pas. Tu n'imagines pas les émeutes que je déclenche.

Atalante l'imaginait plutôt susciter la terreur et la désolation partout où il passait. *Le dieu des larmes.* Elle serra les dents. Si c'était la condition pour qu'elle puisse s'entraîner…

Cette situation ne lui plaisait pas, mais elle décida de prendre sur elle.

— Je t'ai apporté un petit cadeau.

Arès leva le bras et tira de son dos une longue épée, noire comme le charbon. Le manche brillant de mille feux. Atalante s'en empara avec délicatesse, comme s'il s'agissait d'une précieuse relique et non d'un instrument de guerre. Elle esquissa quelques mouvements avec pour tester sa maniabilité. Comme elle s'y attendait, l'arme était parfaite : ni trop légère, ni trop lourde.

— Forgée par Héphaïstos lui-même.

Atalante s'immobilisa. C'était un cadeau d'une valeur inestimable. Un artefact rare, digne d'une héroïne.

— Je ne sais pas quoi dire...

Les remerciements semblaient bien pâles pour exprimer toute sa gratitude. Elle n'aurait jamais imaginé détenir un jour quelque chose d'aussi précieux. Une arme *divine*. Elle imaginait déjà toutes les merveilles qu'elle pourrait accomplir avec cette épée face à une créature funeste.

— Ne dis rien. Tu as intérêt à te montrer à la hauteur. Dans le cas contraire, je n'hésiterai pas à la récupérer.

Atalante resserra ses doigts sur le manche. Son cœur était tiraillé, en proie à un dilemme. Elle mourait d'envie de s'entraîner avec cette arme, de saisir l'opportunité offerte par Arès. Mais elle savait aussi qu'elle n'avait rien fait pour la mériter. Elle ne voulait pas qu'on lui offre des récompenses sur un plateau doré. Elle voulait se battre pour les obtenir, à la sueur de son front, comme elle l'avait toujours fait. Et surtout, elle détestait se sentir redevable.

Elle planta la lame dans la terre, juste devant Arès, avant de se redresser. Le dieu haussa un sourcil interrogateur.

— Dans ce cas, je n'accepterai de l'utiliser que lorsque vous estimerez que je le mérite pleinement.

Les lèvres d'Arès s'étirèrent en un sourire. L'estomac d'Atalante se retourna. Son instinct lui dictait une nouvelle fois de prendre ses distances, de fuir, mais elle l'ignora. L'adrénaline qui courait dans ses veines la grisa. Le dieu récupéra l'épée et ouvrit les bras. Aujourd'hui, il ne portait aucune armure, aucune protection, seulement une tunique de paysan. Atalante savait que son accoutrement ne le rendait pas moins dangereux.

— En garde, petite guerrière.

CHAPITRE 27

Atalante fut réveillée aux aurores par Prisca et une horde de servantes. Elle avait l'impression de n'avoir dormi qu'une dizaine de minutes. Et pour cause : elle s'était entraînée toute la nuit avec Arès. Ou plutôt, si elle devait être honnête, elle avait essuyé raclée sur raclée toute la nuit.

On disait qu'Arès était le plus arrogant des dieux. Après avoir passé plusieurs heures en sa compagnie, Atalante pouvait le confirmer. Cependant, sa technique était tout simplement parfaite. Entre entendre les exploits des divinités dans la bouche d'Azariel au coin du feu et en être directement témoin, il y avait un monde. Un monde qu'elle venait de franchir avec un plaisir qui lui donnait encore des frissons.

Ce premier entraînement lui apprit plusieurs choses : d'abord, il lui rappela qu'elle n'était qu'une simple mortelle. Esquiver les assauts d'un dieu vous ramenait en un clin d'œil à votre condition et à vos limites. Ensuite, elle comprit qu'il lui restait énormément de progrès à faire pour prétendre mériter le titre d'héroïne. Elle ne s'attendait pas à réussir à désarmer Arès, mais elle espérait au moins l'effleurer. En six heures de combat, elle n'avait pas réussi à le toucher une seule fois.

Pas une.

– Debout, princesse ! C'est le grand jour.

Atalante s'étira et tous ses muscles protestèrent. Elle jura intérieurement. Aujourd'hui plus que jamais, elle avait besoin d'être en pleine forme ! Elle balaya vite ses doutes : même exténuée et courbaturée, elle gagnerait la compétition haut la main !

Comme à son habitude, Prisca lui tressa les cheveux. Cette fois-ci, elle enroula les nattes autour de sa tête pour en faire une couronne où elle piqua quelques feuilles dorées de laurier. Atalante exécrait que d'autres personnes la touchent ou lui disent comment s'habiller. Prisca, bonne observatrice, avait rapidement cerné son caractère, aussi s'assurait-elle d'expédier chaque étape le plus vite possible.

La dame de compagnie lui tendit une tunique écarlate frappée de l'emblème du roi d'Arcadie. Le vêtement était taillé dans une matière fluide qui la laissait libre de ses mouvements. Manches courtes, col rond. Au moins, elle était exemptée de sandales : la tradition voulait que les athlètes courent pieds nus pendant les compétitions, par souci d'équité et pour favoriser une meilleure connexion avec la terre.

– Ça ira, lâcha-t-elle devant la glace.

Elle remercia Prisca et quitta ses appartements. Glaucos, fidèle à son poste, l'attendait devant sa porte, entouré de soldats. Leur mine patibulaire poussa Atalante à se questionner : étaient-ils là pour la protéger d'éventuelles menaces ou pour la surveiller ? Elle ne pouvait se départir de la désagréable impression d'être traînée à l'échafaud. Les préparatifs avaient pris une telle proportion qu'elle ne pouvait plus feindre la désinvolture. Les enjeux étaient énormes. Elle n'imaginait pas Iasos renoncer à ce mariage après tous les efforts qu'il avait déployés pour cette organisation.

– Le stade est tout proche de l'agora, expliqua Glaucos avec le professionnalisme qui le caractérisait. Nous attendons plusieurs milliers de spectateurs, et le roi craint des débordements.

Atalante acquiesça, la gorge nouée. Elle avait affronté deux centaures adultes alors qu'elle n'était âgée que de neuf ans. Elle avait combattu un sanglier monstrueux envoyé par une divinité. Elle n'allait pas tourner de l'œil à la perspective d'un nouveau bain de foule !

Glaucos lui tendit quelque chose de brillant. Un diadème.

– Le roi a insisté pour que vous le portiez. Au moins jusqu'au départ de la course.

Il lui adressa un regard compatissant.

– Soit, soupira Atalante.

Elle posa le diadème sur sa couronne de tresses : il était si léger qu'elle n'aurait même pas dû le sentir. Et pourtant, elle avait l'impression d'avoir une chape de plomb sur la tête.

Atalante retrouva ses parents devant les portes du palais, encadrés par une procession de gardes, musiciens, crieurs, acrobates... Des danseuses ouvraient la marche, jetant des pétales de rose à la ronde. Le trajet jusqu'au stade fut un calvaire. Un brouhaha terrible, une foule en délire qui cherchait sans relâche à s'approcher d'elle, repoussée par Glaucos et son équipe, des sollicitations multiples qui lui donnaient le tournis... Atalante eut soudain l'impression d'étouffer. Trop de monde, trop de bruit. Tous ces regards braqués sur elle, la disséquant, jugeant ses moindres gestes... À cet instant, l'idée de s'enfuir ne paraissait plus aussi absurde. Elle aurait fait n'importe quoi pour s'extirper de cette situation. Elle essaya de prendre de grandes inspirations, mais l'air restait bloqué dans sa gorge. Sa vision se brouilla.

Des mains se posèrent avec délicatesse sur ses épaules, la ramenant à la réalité. Grâce à la chaleur de ce contact doux et familier, son environnement redevint net et elle découvrit Asclépios face à elle, qui l'observait avec inquiétude.

— Atalante ? Tu m'entends ?

Elle hocha la tête avec difficulté tout en se maudissant pour sa faiblesse. *Tous les héros ont leurs failles*, se rappela-t-elle.

— Concentre-toi sur moi. Ça va aller.

Atalante avait vaguement conscience qu'en s'arrêtant, ils s'étaient détachés de la procession. Heureusement, Glaucos et son escorte personnelle veillaient à ce que personne ne les importune.

Ses yeux trouvèrent ceux d'Asclépios. Elle s'y accrocha et soudain il n'exista plus rien autour d'eux. Sa simple présence suffit à l'apaiser. Son visage familier lui fit oublier le chaos qui l'entourait. Peu à peu, le nœud qui enserrait sa gorge se relâcha, et elle put respirer normalement.

— Je ne savais pas si tu serais là, murmura-t-elle, si bas que le brouhaha engloutit ses paroles.

Asclépios sourit. Il était impossible qu'il l'ait entendue, et pourtant, il semblait la comprendre. Peut-être que le soulagement et la gratitude se lisaient sur son visage. Elle songea à quel point il lui avait manqué. Elle aurait aimé lui faire comprendre combien son soutien la touchait, mais les mots lui échappaient. Elle n'avait jamais vraiment été douée pour cela.

— Tout va bien. Je suis avec toi.

Aussi réconfortante que soit sa présence, Atalante savait bien qu'il mentait. Non, tout n'irait pas bien. Et pourtant, elle avait envie d'y croire. Elle se contenta de presser sa paume, la gorge nouée.

— Allons-y. Tu as une course à gagner !

Ils passèrent sous les immenses arches symbolisant l'entrée du stade. Asclépios l'accompagna jusque sur le terrain. Comme Iasos l'avait anticipé, le stade était plein à craquer. Les spectateurs s'entassaient dans les gradins en pierre, sous les arches, dans les allées.

— Iasos m'a réservé une place de choix, annonça-t-il. J'ai hâte de te voir les ridiculiser !

Il la quitta, non sans un dernier encouragement, pour rejoindre la loge royale où les maîtres des lieux avaient déjà pris place. Iasos grignotait des raisins rouges tandis que deux esclaves l'éventaient à l'aide de grosses plumes de paon. À côté, Clymène serrait ses accoudoirs, un sourire crispé sur le visage, en retrait. Même si elle essayait de le cacher, Atalante comprit qu'elle aurait préféré être partout plutôt qu'ici. Cela leur faisait au moins un point en commun.

Elle se composa un visage neutre pendant que Iasos déclamait un discours de bienvenue. Ce dernier insista longuement sur l'importance de la famille, des liens du sang, sur son immense joie d'avoir renoué avec sa fille perdue, multipliant les remerciements aux dieux pour ces retrouvailles inespérées. Ce bavardage glissa sur Atalante comme de l'eau. Chaque mot sonnait faux, désincarné, telle une poésie apprise par cœur. Elle fut présentée à la foule, puis adulée, acclamée. L'ovation s'éternisa de longues minutes, durant lesquelles elle ferma les yeux et s'imagina loin, très loin, au cœur de la forêt du Pholoï. D'un point de vue extérieur, son comportement aurait pu passer pour un débordement d'émotions. Mais la réalité était tout autre. Elle avait hâte que cette mascarade se termine.

De sa place, Asclépios l'observait, rongé par l'inquiétude. Il avait fait son possible pour contenir sa peur afin de ne pas l'angoisser davantage, mais il n'en menait pas large. Cet événement était devenu bien plus qu'une course. Le peuple l'attendait avec plus d'impatience que les Thesmophories, ces fêtes religieuses célébrant Déméter et Aphrodite. Quelle serait sa réaction si Atalante venait à gagner, le privant de ce mariage royal qu'il attendait tant ?

Atalante prit place sur un trône installé près des douze *hellanodices* qui composaient le jury, à côté de la piste. Ces derniers avaient été élus pour assurer le bon déroulement des jeux et vérifier la nationalité des concurrents, qu'ils soient citoyens à part entière et n'aient jamais été accusés de meurtre ou de sacrilège.

Glaucos la suivit et se posta derrière elle, aussi fidèle qu'une ombre. Le maître de cérémonie appela le premier candidat.

— Cassius de Sparte, champion incontesté de la piste, dont la rapidité lui a valu la première place du podium en course longue distance lors des derniers Jeux olympiques.

Le jeune homme fit un tour de piste, agita la main en direction de la foule qui poussait des exclamations ravies, puis s'arrêta devant Atalante. Il s'inclina avec respect, déposa une offrande à ses pieds (un bouquet de lys sauvages), puis se prosterna devant le roi et la reine, avant de saluer le jury.

Derrière elle, Glaucos se mit à murmurer :

— À Sparte, c'est une légende vivante.

Atalante fronça les sourcils, sceptique. Glaucos poursuivit :

— Les Spartiates sont redoutables. Élevés pour devenir des machines de guerre, dès leur naissance. De vrais petits soldats surentraînés, fouettés pour un oui ou pour un non. On raconte qu'un jour, un jeune Spartiate a volé un renardeau. Il s'est fait surprendre mais a eu le temps de cacher l'animal sous sa tunique. Quand on l'a interrogé, il a refusé d'avouer jusqu'à ce qu'il s'écroule, raide mort. Le renardeau caché sous sa tunique lui avait dévoré le ventre et les entrailles mais l'enfant avait préféré se taire et ne montrer aucune douleur plutôt que d'avouer. *Voilà* à quel point les Spartiates sont déterminés.

Atalante laissa échapper un petit rire.

— De la détermination ? J'appellerais plutôt ça de la bêtise. Il faut être bien dénué d'amour-propre et d'intelligence pour se laisser mourir ainsi.

Le maître reprit la parole :

— Veuillez accueillir Octavio de Pompéi ! Un éclatant représentant de la grandeur romaine. Octavio a prouvé sa supériorité en s'illustrant dans de nombreuses courses de chars. Son nom résonne à travers les rues de Pompéi et aujourd'hui, il est venu conquérir la main de la princesse d'Arcadie !

Octavio lui déposa un nouveau bouquet de fleurs sauvages, en la gratifiant d'un audacieux clin d'œil qui tira à Atalante une grimace de dégoût. Des applaudissements enthousiastes s'élevèrent. Avec sa longue chevelure rousse, le concurrent attisait la sympathie du public.

– Un amateur de courses de chars..., marmonna Atalante, une fois qu'Octavio fut hors de portée. Est-il au courant qu'il va devoir concourir sans chevaux ?

Dans son dos, elle crut entendre Glaucos étouffer un gloussement.

Vint ensuite un Marcus de Rome qui banda les muscles face au public, déclenchant des raz-de-marée de hurlements, un Alexios de Corinthe, spécialiste de courses de trirèmes, un Hector de Mycènes, taillé comme un bœuf et mesurant pratiquement deux mètres... La présentation des prétendants s'éternisa tant et si bien qu'Atalante faillit piquer du nez. Seuls les commentaires de Glaucos la tinrent éveillée. Plus tard, les prêtres et hérauts entrèrent en scène pour les rituels à Zeus. Ils traînèrent un taureau sur une estrade montée juste en face de la loge royale. Les hommes de foi adressèrent prières et invocations aux dieux, avant de procéder à l'abattage de la bête. Ils recueillirent le sang dans de grandes jarres et conservèrent certaines parties de la viande pour des offrandes. Le cérémonial, chargé en émotions, imposa le silence dans l'assemblée. Atalante en profita pour adresser une prière muette à Artémis. Après tout, c'était elle qui l'avait dotée de cette rapidité extraordinaire.

Enfin, on appela les concurrents à se rassembler. Atalante quitta son trône et étira ses muscles courbaturés. La tension monta dans les gradins. Les participants ne fanfaronnaient plus : à la place, ils se jaugeaient, mesurant leurs chances de victoire. Atalante remarqua que, paradoxalement, aucun ne semblait la considérer comme une menace.

– J'ai misé deux cents drachmes sur vous, souffla Glaucos dans un filet de voix, comme s'il craignait d'être pris sur le fait.

Atalante répondit par un sourire. Qui aurait pu croire que son insupportable et collant garde du corps serait aussi attachant ?

La course prenait la forme d'un *dolichos* : sept tours de stade, soit quatre mille deux cents pieds – une formalité pour Atalante. Elle rejoignit les autres participants sur la ligne de départ : une vingtaine d'athlètes, sélectionnés avec soin. Atalante dut admettre que Iasos avait prêté attention aux moindres détails. Tous les candidats étaient jeunes, beaux et très athlétiques. Mais cela n'avait aucune importance pour Atalante. Cupidon lui-même aurait pu se tenir devant elle qu'elle n'en aurait pas voulu. L'amour ne l'intéressait pas.

Une vague de colère enfla dans sa poitrine. Puissante. Impérieuse. Elle ignorait d'où elle venait, mais elle était si intense qu'elle dut se faire violence pour ne pas laisser éclater sa rage. En fait, elle méprisait jusqu'au dernier de ces hommes qui avaient la prétention d'être meilleurs qu'elle. Qui se pliaient à une stupide course pour obtenir un trône auprès d'une femme qu'ils ne connaissaient pas. Car malgré les montagnes de fleurs et autres présents qu'elle avait reçus, elle n'était pas dupe : pas un homme ne cherchait à la courtiser, elle. Ils n'étaient attirés que par la gloire, la couronne, le pouvoir.

Le sang d'Atalante ne fit qu'un tour. Sa température corporelle augmenta alors qu'elle se frictionnait avec l'huile mise à sa disposition pour réchauffer ses muscles. Elle avait l'impression que son corps ne lui appartenait plus. Il n'était plus que rancœur et hargne.

Concentre-toi, s'admonesta-t-elle.

Son regard se posa sur les gradins, et sur quelqu'un en particulier. Assis aux premières loges. Vêtu d'une simple tunique couleur crème et de sandales à lacets qui serpentaient autour de ses mollets, un sourire narquois aux lèvres.

Arès.

Il avait finalement fait le déplacement. Était-ce sa présence qui la rendait si nerveuse, si volcanique ? C'était bien possible.

Son cœur s'emballa tandis qu'elle se mettait en position. Le maître de cérémonie allait bientôt annoncer le départ de la course, mais Atalante n'arrivait pas à se concentrer. La fureur la consumait tout entière. Elle avait envie de hurler, d'exiger qu'on annule cette odieuse compétition. Dans un accès de lucidité, elle tourna la tête vers la loge royale. Asclépios se tenait debout près de la barrière, le buste penché pour mieux l'apercevoir. Lorsque leurs regards se croisèrent, toute la tension d'Atalante disparut. Voilà à quoi elle devait s'accrocher. Ne pas se laisser déconcentrer par Arès et par l'étrange pouvoir d'attraction qu'il avait sur elle.

Asclépios hurla.

— COURS, ATALANTE !

Elle fit volte-face. Les concurrents s'étaient déjà élancés. Elle était si perturbée qu'elle n'avait même pas entendu le décompte. *Qu'importe*. Atalante banda ses muscles et se rua sur la piste.

Elle rattrapa ses concurrents en quelques secondes. À la fin du premier tour, elle les avait déjà tous distancés. Elle entendait à peine les rugissements des spectateurs. Ses pieds frappaient le sol à une cadence infernale.

Enfin, elle se sentait libre.

Invincible.

C'était presque trop facile. Elle n'avait même pas besoin de pousser son corps dans ses retranchements.

Et ils prétendaient être dignes de l'épouser ?

La furie la gagna de nouveau. Elle savait que la présence d'Arès dans les gradins n'y était pas étrangère, mais elle ne parvenait pas à se raisonner. Elle se haïssait d'avoir suggéré à Iasos d'organiser une telle course. Elle aurait dû émettre un refus net et catégorique. Il n'aurait pas pu la forcer. D'ailleurs, *personne* ne pouvait la forcer à quoi que ce soit. Elle aurait mieux fait de se venger. De lui faire payer son abandon, de lui faire regretter ses actes et...

Des vrombissements la ramenèrent à l'instant présent. Les spectateurs s'étaient levés et tapaient du pied sur les gradins, exaltés. Le maître de cérémonie cria :

– Je déclare Atalante championne !

La foule se mit à scander son prénom. Au lieu de s'en réjouir, Atalante ne décolérait pas. Elle ne se reconnaissait plus. Elle n'avait aucun doute sur sa victoire, et tout s'était déroulé selon son plan. Alors pourquoi était-elle aussi perturbée ? D'où venait cette fureur ?

Arès. C'était la seule explication. Elle le chercha dans le public, mais le dieu demeurait introuvable. Son absence ne fit que renforcer son énervement. Le dieu de la guerre était forcément responsable de son comportement ! Pouvait-il l'influencer à distance ? Cela expliquerait les pensées intrusives qui ne cessaient de la torturer. Et cette rage... Atalante bouillonnait. Ses nerfs étaient à vif, au point qu'elle aurait pu se jeter sur la première personne qui la contrarierait.

Des hérauts s'approchèrent pour lui passer une couronne d'olivier sur la tête.

— Toutes nos félicitations.

Si certains semblèrent surpris par le dénouement, ils n'en montrèrent rien. Conformément au protocole, Atalante entama un nouveau tour de piste en marchant pour saluer le public et recevoir son ovation, avant de s'arrêter devant la loge royale pour esquisser une révérence.

Iasos avait blêmi. Lui non plus ne s'attendait pas à ce qu'Atalante l'emporte, et haut la main, avec deux tours d'avance sur les autres concurrents. Il était sans doute en train de faire le deuil de son rêve de petits-fils. Cette pensée suscita chez Atalante une joie sadique. Clymène, fidèle à elle-même, ne laissait paraître aucune émotion. Tout le contraire d'Asclépios. Ses doigts étaient tellement serrés autour de la balustrade que ses phalanges avaient blanchi. Avait-il perçu la rage qui l'habitait ? Forcément. Asclépios était un fin observateur. Rien ne lui échappait.

Le premier concurrent (s'agissait-il d'Octavio ? De Cassius ? D'Alexandre ? Ils se ressemblaient tous) s'approcha pour s'incliner. La bienséance aurait voulu qu'Atalante lui rende son hommage, qu'elle prenne le temps de le féliciter, mais elle en avait assez de tenir le rôle de la petite princesse parfaite. Toute cette mascarade l'étouffait.

Alors elle fit la première chose qui lui vint à l'esprit, la seule chose qui pouvait l'apaiser : courir.

Elle démarra en trombe et quitta le stade. Glaucos s'élança après elle, plus pour la forme qu'autre chose – depuis le temps, il avait compris qu'il ne pouvait pas la rattraper. Asclépios hurla son nom.

Mais Atalante courut sans se retourner.

CHAPITRE 28

Atalante regagna le palais et s'enferma dans sa chambre. La pièce n'était pas aussi agréable que les jardins mais ici, au moins, elle était tranquille. Elle prit soin de fermer la porte à clef et se laissa glisser le long du battant. Sa fuite avait eu pour mérite d'apaiser son cœur. Iasos serait sûrement furieux de son départ précipité, mais elle s'en fichait. Elle avait envie de pleurer, mais ses yeux demeuraient secs. Elle aurait dû se réjouir de sa victoire. Après tout, elle avait eu ce qu'elle voulait : la paix. Pour combien de temps ? Et puis, elle avait failli perdre le contrôle, se laisser consumer par la colère. Que se serait-il passé si elle y avait succombé ? Elle préférait ne pas y songer. Cette nouvelle facette d'elle-même la terrifiait.

Elle sursauta tandis qu'une bourrasque balayait sa chambre, envoyant valser les chaises et fauteuils. Le rideau se décrocha et se déchira, les couvertures s'envolèrent et une commode tomba dans un grand fracas.

Soudain, Arès était là. Devant elle. Dans sa forme divine, la peau étincelante, son armure en or sur le dos.

Atalante ne se serait pas redressée plus rapidement si une guêpe l'avait piquée. Elle se précipita sur Arès, un doigt accusateur pointé sur sa poitrine.

– Que m'avez-vous fait ?

– Moi ?

Au ton qu'il emprunta, dégoulinant de fausse innocence, Atalante sut qu'elle avait visé juste.

– Vous essayez de me manipuler, mais ça ne marchera pas.

Arès éclata d'un rire cruel qui lui tira des frissons d'horreur. La veille, pendant l'entraînement, elle en était presque venue à l'apprécier. Arès faisait un bon professeur. Intransigeant, dur, mais juste. Et pédagogue. Elle appréciait sa sévérité et son sens des détails. Mais maintenant qu'il se tenait devant elle, la dominant de toute sa hauteur, Atalante le vit tel qu'il était : un être immortel, égoïste et cruel. Il se jouait d'elle comme d'un insecte et en tirait un plaisir sadique.

– Je ne me laisserai pas faire !

Arès observa avec indifférence le carnage que son apparition avait laissé.

– C'est ce que font les dieux, répondit-il. Ils tissent les fils des destins des mortels. Tu ne peux pas lutter contre ça, petite guerrière.

Atalante se détourna pour reprendre son souffle. Elle arrivait à peine à soutenir le regard du dieu. Dans cette forme divine, il irradiait de puissance. Comment pouvait-elle lui tenir tête ?

Arès se rapprocha et effleura son épaule avec une délicatesse surprenante. Atalante fit un pas en arrière, brisant le contact. Elle ne voulait pas qu'il la touche, ni qu'il s'approche. Lorsqu'il était près d'elle, elle n'arrivait plus à réfléchir correctement. Le dieu comprit les raisons de ce rejet. Loin de s'en offusquer, son sourire s'agrandit.

Il s'avança encore, l'acculant contre la porte. Il plaça les mains de part et d'autre de son visage. Atalante arrivait à peine à respirer. Ils étaient proches, *trop* proches.

— Je vais te confier un secret, petite guerrière. C'est un enseignement que j'ai tiré de mes millions d'années d'existence sur cette terre.

Il plia les bras, jusqu'à ce que ses lèvres effleurent son oreille. Son souffle chaud chatouilla sa peau quand il murmura :

— Les légendes s'écrivent dans le sang.

Il recula un peu pour mieux apprécier sa réaction, et sembla se délecter de sa confusion.

— On ne devient pas un héros en multipliant les bonnes actions, mais en empêchant les autres de nuire. C'est toute la différence entre une âme charitable et un véritable héros. Prends le temps d'y réfléchir.

Un long silence plana, pendant lequel Arès se contenta de la dévisager comme s'il s'apprêtait à la dévorer toute crue. Dans un instant de lucidité, Atalante repoussa ses bras et s'éloigna, s'approchant de la fenêtre entrouverte qui laissait pénétrer un filet d'air frais.

— Ta colère est légitime, poursuivit-il. Tu es une guerrière. Tu le sais au fond de toi. Je suis là pour t'aider à te libérer de cette situation.

Les larmes piquèrent ses yeux. Même si Atalante rechignait à l'avouer, le discours d'Arès comprenait une part de vérité. Elle n'était pas faite pour cette vie.

— Je n'ai pas besoin de votre aide, souffla-t-elle.

Un rire retentit dans son dos.

— Ma petite Atalante... Tu sais que ma chère sœur t'a bénie. Elle t'a fait don de cette rapidité hors du commun.

Crois-tu vraiment qu'elle soit la seule à pouvoir influencer le cours de ta vie ? Tu as cette rage en toi. Je le sais, car c'est moi qui te l'ai gracieusement offerte. Nous nous ressemblons, même si tu n'oseras jamais l'admettre.

Un frisson lui chatouilla l'échine. Il s'était approché tout en parlant, et elle se sentait de nouveau prise au piège par son imposante stature.

« C'est moi qui te l'ai gracieusement offerte. »

— Assez ! Laissez-moi tranquille.

Elle se retourna pour le repousser de toutes ses forces. Mais Arès ne cilla pas. C'était comme essayer de frapper de l'air. Aucun de ses coups ne pouvait l'atteindre. Le dieu était certes immortel, mais elle aurait aimé pouvoir le faire souffrir, ne serait-ce qu'un tout petit peu. Voir son sang doré gicler de ses veines.

— Je ne suis pas ton ennemi, souffla-t-il.

Il recula d'un pas, et Atalante put de nouveau respirer.

— Je connais tes rêves et tes espoirs. Je sais que tu feras une formidable Amazone.

Atalante releva le menton.

— Que savez-vous des Amazones ?

La question était stupide, elle en avait conscience. Il n'y avait rien qu'un dieu ignorât. Les yeux d'Arès brillèrent d'un éclat d'avidité. Il savait qu'il venait de toucher un point sensible, et s'en délectait.

— Hippolyte est ma fille.

Atalante encaissa le choc. Elle dut s'appuyer contre le battant de la fenêtre pour ne pas chuter. La reine des Amazones, cette guerrière qu'elle avait toujours admirée, adulée… était la descendante d'Arès ?

Voilà comment le dieu comptait l'influencer. Il savait qu'elle désirait plus que tout rejoindre les guerrières. Et qu'elle était prête à tout pour y parvenir. Arès venait d'abattre sa carte maîtresse.

– Je peux en toucher un mot à ma fille. Je peux te guider jusqu'à leur repaire. Je peux faire de toi une Amazone. N'est-ce pas ce que tu as toujours voulu ?

Les mots restèrent bloqués dans sa gorge. C'était trop. Beaucoup trop. Elle ouvrit la bouche pour... *protester ? hurler ? pleurer ?*

– Une bonne fois pour toutes, que voulez-vous ?

– Je ne te demanderai qu'une chose : dix ans de bons et loyaux services. Viens sur le champ de bataille avec moi. Combats à mes côtés. Et je te garantis qu'on chantera tes louanges pendant des siècles. Ensuite, je te jure sur l'Olympe que je favoriserai ton intégration chez les Amazones.

Atalante sentit le piège se refermer sur elle. Un pacte avec un dieu...

« Nul ne tuera de sang-froid. » Accompagner Arès au combat, lancer des guerres en son nom, revenait à devenir une tueuse. Il prétendait pouvoir l'aider, mais qu'en était-il de sa sincérité ? Les dieux mentaient. Ils n'avaient aucun scrupule. Contrairement aux Amazones, qui respectaient leur code d'honneur !

Sans compter qu'Arès n'était pas guidé par le sens de la justice, seulement par la soif de sang. Tout le contraire de ce que Chiron s'était efforcé de lui enseigner, année après année. Oui, Atalante désirait devenir une héroïne. Mais pas à n'importe quel prix. Et pas par tous les moyens. Mais quelles étaient ses alternatives ? Arès lui offrait sur un plateau doré une porte de sortie, un moyen d'échapper à ce mariage, définitivement.

Quelqu'un asséna des coups puissants à la porte, la coupant dans son élan.

— Je crois que nous devrons terminer cette conversation plus tard, marmonna Arès.

— Atalante ? Tu es là ? Ouvre-moi, s'il te plaît, s'écria une voix masculine derrière la porte.

Celle d'Asclépios.

Comme pendant la course, la présence de son ami eut un effet bénéfique immédiat sur Atalante. Le fait de le savoir tout près, seulement séparé d'elle par une cloison de bois, repoussait l'influence négative d'Arès.

— Tu sais ce que tu as à faire, poursuivit Arès. Je t'attends pour un nouvel entraînement, au coucher du soleil, sur la palestre. Ne sois pas en retard.

Arès disparut dans une bourrasque qui envoya valser les derniers vases encore debout. Ils se brisèrent dans un grand fracas. Les jambes d'Atalante cédèrent. Asclépios continuait à tambouriner contre le battant, de plus en plus fort.

— Atalante ? Tout va bien ?

Elle se redressa avec difficulté et déverrouilla la porte. Asclépios s'y engouffra et referma derrière lui. En découvrant l'état de la chambre, les éclats de verre, les meubles renversés et les rideaux déchirés, il blêmit.

— Que s'est-il passé ? Quelqu'un a pénétré dans tes appartements ?

Atalante était trop sonnée pour parler. Son ami se précipita sur la fenêtre entrouverte et passa la tête à l'extérieur pour repérer l'intrus.

— Nous devons avertir la garde royale ! Je vais...

— Asclépios.

Ce dernier s'immobilisa. Atalante s'était exprimée d'une voix faible, brisée. Elle se laissa tomber sur la couchette et prit son visage entre ses mains. Le guérisseur s'approcha à pas prudents et s'agenouilla devant elle.

— Que s'est-il passé ? demanda-t-il avec toute la douceur dont il était capable.

— Rien du tout.

Mais Atalante était une piètre menteuse.

— Je t'ai entendue parler à quelqu'un, insista-t-il.

À quoi bon continuer à mentir, à faire semblant ? Déterminé comme il l'était, Asclépios découvrirait la vérité, tôt ou tard, en surprenant un entraînement. À bout de nerfs, Atalante céda.

— C'était Arès.

Asclépios cligna des yeux, abasourdi. Il s'attendait à tout : un concurrent revanchard, un bandit malintentionné, un voleur, une dispute entre Atalante et une servante, oui... mais un dieu ?

— Que voulait-il ?

Atalante reposa ses paumes de part et d'autre de ses jambes. Tout à coup, elle était gelée. Arès s'était évaporé et avait emporté toute sa vitalité. Son corps était faible, exténué, dépouillé. Elle comprit à quel point résister au pouvoir magnétique d'Arès lui coûtait. Atalante avoua du bout des lèvres :

— Il est mon nouveau précepteur.

Elle savait qu'Asclépios désapprouverait. Et la dernière chose qu'elle avait envie d'entendre, c'était un autre sermon. Contre toute attente, il prit le temps de digérer la nouvelle. Il passa une main nerveuse dans ses cheveux.

Surprise, colère et inquiétude se succédèrent sur son visage pâle.

— C'est un jeu dangereux, Atalante.

— Je gère, répliqua-t-elle.

Elle quitta la couchette, les jambes tremblantes, et entreprit de ramasser les éclats des jarres. D'abord, pour s'occuper les mains. Et surtout, parce qu'elle était incapable de soutenir le regard accusateur de son ami.

— Tu crois que tu peux contenir un dieu ? s'écria-t-il. Est-ce que tu es aveugle à ce point ?

— Arès n'est pas une menace.

Le mensonge coula de ses lèvres avec naturel. Atalante s'en voulut aussitôt. Elle ne se rappelait pas la dernière fois qu'elle avait menti à Asclépios. C'était peut-être même la toute première fois de sa vie. Mais elle ne voulait pas le mêler à cette histoire. Plus il resterait en retrait, mieux il se porterait. Depuis qu'ils avaient quitté Chiron, Asclépios lui était d'un grand soutien. Toujours prêt à faire passer son bien-être avant le sien. À présent, c'était à elle de le protéger. En le tenant le plus possible éloigné d'Arès.

— Pour le moment. Mais qu'adviendra-t-il s'il se lasse de ce petit jeu ? S'il change d'avis ? Ou pire : s'il attend plus de toi que tes compétences de combattante ? Si c'est *toi*, qu'il veut ?

— Je ne vois pas le rapport, soupira-t-elle.

— Le rapport ? Tu ne peux pas congédier une divinité, Atalante. Tu devrais te tenir éloignée de lui. Dois-je te rappeler ce qui arrive aux mortels qui contrarient les dieux ? Dois-je te rappeler ce qui est arrivé à ma mère ?

— Et qu'est-ce que je suis censée faire ? Dis-moi, Asclépios ! Je ne peux pas l'éviter. Il apparaît et disparaît à sa convenance, à n'importe quelle heure du jour ou de la nuit. Il perçoit quand je mens, quand je me méfie, quand je doute. Je ne peux rien lui cacher. Je suis complètement à sa merci.

— Et que comptes-tu faire pour y remédier ?

— Rien, pour le moment. Je dois simplement quitter cette cité, reprendre la route, reprendre ma vie là où elle en était. C'est la seule chose qui m'obsède. Ça fait des semaines que nous sommes bloqués en Arcadie. Moi, à jouer à l'apprentie princesse et toi, à te plier aux exigences d'un vieux fou.

— Mélampous n'a rien d'un fou.

Atalante tiqua. Depuis quand Asclépios prenait-il la défense de son nouveau mentor ?

— Ce n'est pas ce que Chiron voulait pour nous, s'entêta-t-elle.

— Il n'est plus là. C'est à nous de tracer notre propre route, à présent.

— Et où allons-nous ? Tu le sais, Asclépios ? Parce que moi, non. « Point de vent favorable pour celui qui ignore où il va », rappela-t-elle, citant les paroles du vieux centaure.

L'évocation de maître Chiron perturba Asclépios suffisamment pour qu'il n'ose plus répliquer. Il avait beau mettre en garde son amie sur les risques auxquels elle s'exposait en fréquentant Arès, il n'avait aucune alternative à proposer. La fuite n'était toujours pas une option.

— Je ne peux pas me permettre de lui résister, reprit Atalante avec plus de douceur. Je ne suis pas un demi-dieu, contrairement à toi. Je n'ai pas une famille d'immortels prête à me protéger s'il m'arrive quelque chose.

— Apollon...

— Tu ne connais pas ton père, certes. Mais je suis sûre qu'il mettrait une raclée à Arès s'il apprenait qu'il te tourmente. Ce qui explique sans doute pourquoi Arès n'est jamais apparu en ta présence, pourquoi il s'est empressé de disparaître avant que tu ne le voies. Tu ne comprends pas ? Je ne suis *personne*. Une simple mortelle. Contrairement à toi.

Atalante ramassait avec frénésie les éclats de terre cuite disséminés un peu partout. Asclépios ne l'avait jamais vue comme ça. Aussi démunie. Aussi découragée. Ce fatalisme ne lui ressemblait pas. D'ordinaire, c'était lui, l'élève pessimiste qui passait son temps à ruminer. Atalante, elle, croquait l'instant présent avec un appétit insatiable. Sa témérité et sa fougue venaient à bout de tous les obstacles. Iasos l'avait déjà changée.

— Crois-moi, poursuivit Atalante, presque suppliante. Je commence à comprendre comment fonctionne Arès. Le mieux que je puisse faire, c'est éviter de le mettre en colère. Il est à l'origine d'un nombre incalculable de guerres et de massacres. Il ne vit que pour pousser les mortels à s'entretuer.

Asclépios haussa un sourcil.

— C'est censé me rassurer ?

Sa colère s'était envolée. La dernière chose qu'il voulait, c'était engager une autre dispute avec Atalante. Il avait simplement peur pour elle.

— Je crois que c'est ce qu'il cherche à faire, reprit-elle, comme si elle ne l'avait pas entendu. Les concurrents... J'ai failli les trucider avant le début de la course. Je ne me contrôlais plus du tout.

Dix ans de bons et loyaux services. Arès avait enfin dévoilé ses intentions. Toutes ses petites attentions n'avaient qu'un but : la transformer en guerrière sanguinaire. Il avait posé les premiers jalons de son plan dès leur première rencontre et n'attendait plus qu'une chose : qu'Atalante craque. La chasseresse se fit la promesse de résister. Elle était plus forte que ça. Elle trouverait une solution. Et s'il n'en existait pas, elle en inventerait une.

— C'est pour ça que tu as raté le départ, comprit Asclépios.

Ses bras tremblaient tellement qu'elle laissa échapper un bris de jarre. Asclépios s'approcha et enveloppa délicatement ses paumes dans ses mains.

— Je te fais confiance, souffla-t-il. C'est d'Arès que je me méfie. Mais quoi qu'il arrive, tu peux compter sur moi. Nous trouverons un moyen de convaincre Iasos de renoncer à ce mariage. Je ne sais pas encore lequel, mais…

La tirade d'Asclépios réchauffa le cœur d'Atalante. Elle n'avait pas besoin de plus : la douce certitude qu'elle pouvait compter sur le soutien infaillible de son ami lui suffisait amplement. Ses épaules se détendirent, ses muscles se relâchèrent. Elle leva la tête. Leurs visages étaient si proches qu'Asclépios sentit son souffle chaud lorsqu'elle murmura :

— Tu sais… avant la course. C'est toi qui m'as permis de reprendre mes esprits. Si tu n'avais pas été là, je ne sais pas si j'aurais eu la force de résister à l'influence d'Arès.

Il y avait quelque chose dans la voix d'Atalante, une intensité peut-être, mêlée à une certaine reconnaissance, qui toucha Asclépios en plein cœur. Il détourna la tête pour masquer ses joues rougissantes. Encore une fois, il n'avait pas l'habitude qu'Atalante partage ses émotions à cœur ouvert. Cette nouveauté le ravissait presque autant qu'elle l'effrayait. Car comment ne pas tomber encore plus désespérément amoureux d'elle si sa carapace d'indifférence se fêlait ? Si elle laissait entrevoir des sentiments qu'il désirait provoquer en elle depuis si longtemps ?

La confession d'Atalante fit retomber la tension d'un coup. Asclépios l'aida à remettre la chambre en état, mais certains dégâts ne pouvaient être réparés, ce qui ne manqua pas de soulever bon nombre de questions quand Prisca débarqua à la nuit tombée. La chasseresse prétexta qu'un accès de rage l'avait poussée à renverser les meubles, et enroba son mensonge de plates excuses. Elle savait Prisca trop intelligente pour adhérer à son histoire, mais elle fut soulagée de voir que sa dame de compagnie n'avait pas l'intention de creuser l'affaire.

Atalante se plongea dans la baignoire chaude et parfumée avec un soupir de contentement. Comme d'habitude, Prisca lui proposa de l'aider à démêler ses cheveux ou à frotter son dos et, comme d'habitude, elle refusa.

– Tu peux partir.

Elle fit tout son possible pour moduler sa voix afin qu'elle ne paraisse ni trop impatiente ni trop exigeante. Prisca se fendit d'une rapide révérence.

– Bien.

La dame de compagnie hésita.

– Un problème ? demanda Atalante, sans parvenir à masquer son agacement.

– Iasos... Le roi a déclaré qu'il organiserait une nouvelle course. Et encore une autre. Jusqu'à ce que vous trouviez un époux.

La jeune femme hocha la tête et la congédia sans un mot. Elle s'était préparée, bien sûr, à ce que Iasos ne renonce pas si facilement. Pourtant, elle avait clairement démontré sa supériorité à la course. Aucun mortel ne pouvait la vaincre. Pourquoi s'entêter ?

Soit. Si Iasos voulait perpétuer cette comédie, il en serait ainsi. Il finirait bien par comprendre que tout cela était voué à l'échec.

CHAPITRE 29

Les courses s'enchaînèrent. Chaque semaine, une nouvelle salve de concurrents surmotivés foulaient la piste du stade. Et chaque semaine, Atalante vainquait. Parfois, elle s'amusait à ralentir ses foulées, pour resserrer l'écart. Elle se délectait de voir les participants redoubler d'efforts, les lèvres tordues par une grimace de douleur, suant à grosses gouttes, les veines de leur cou palpitantes. D'autres fois, elle s'élançait à toute allure, sans laisser le moindre espoir à ses concurrents, afin de déserter le stade le plus tôt possible et ainsi de retourner à sa solitude. Les semaines s'écoulaient sans que la passion du public s'amenuise. Chaque fois, les gradins étaient pleins à craquer. Certains faisaient la route depuis Mégare ou Ténare pour admirer les exploits de celle que l'on surnommait dorénavant « la Fulgurante ».

À la nuit tombée, le dieu de la guerre lui donnait rendez-vous sur la palestre déserte (Glaucos qui, sous l'influence d'Arès, se contentait de rester planté comme un piquet endormi, ne semblait garder aucun souvenir de ces excursions nocturnes). Atalante culpabilisait de plus en plus de voir son garde du corps transformé en pantin, mais n'émit aucune objection. Elle ne voulait pas que ces moments privilégiés avec Arès cessent. Ils constituaient les seuls instants de bonheur de sa journée, en dépit de la menace sous-jacente qu'ils faisaient peser.

Arès lui imposait un rythme infernal : des combats à l'épée, à mains nues, des exercices de souplesse, de renforcement ou d'explosivité : chaque muscle de son corps était mobilisé. Les entraînements la laissaient pantelante, épuisée mais ravie. Il n'aborda plus le sujet du pacte. Depuis leur confrontation dans la chambre, quelque chose avait changé. Arès semblait moins déterminé à attiser la colère et la soif de vengeance d'Atalante. Elle n'avait plus jamais surpris la divinité dans les gradins. Mais elle n'était pas dupe : Arès acceptait de l'entraîner pour une raison précise. Et bientôt, il exigerait une réponse à sa proposition. Alors, Atalante serait bien obligée de formuler son refus. Le dieu la délaisserait, et elle se retrouverait seule, probablement mariée, enfermée dans ce palais jusqu'à la fin de ses jours. Cette vision lui était insupportable. Pour le moment, elle profitait des entraînements, tâchant tant bien que mal de garder la tête froide.

Asclépios, en revanche, ne ratait jamais une course. Il n'eut même pas besoin d'insister pour que Mélampous accepte de le laisser s'absenter. Leur relation s'était sensiblement améliorée depuis sa confession sur les oiseaux, et son nouveau maître semblait avoir renoncé à lui rendre la vie difficile.

Une nuit, dans un demi-sommeil étranglé par le désespoir, Atalante se demanda s'il n'était pas préférable de céder. Cesser de repousser l'inévitable. Accepter ce mariage. Elle était persuadée que Iasos la laisserait choisir son époux, par souci de conserver la fragile entente qui s'était instaurée entre eux. Le visage d'Asclépios s'imposa à elle. Elle pourrait contracter un mariage avec lui, pour être enfin débarrassée de ces maudites compétitions.

Quelle idée ! Pourquoi accepterait-il une telle charge ? Il prétendait être prêt à tout pour l'aider, mais Atalante était convaincue que cette éventualité ne lui avait même pas effleuré l'esprit. Et puis, Asclépios ne voulait pas de la couronne et de toutes les responsabilités qui allaient avec.

Quand bien même il y consentirait, ses problèmes ne disparaîtraient pas pour autant. Ce que Iasos désirait vraiment, et qui était à l'origine de toute cette agitation, c'était perpétuer sa lignée.

Atalante s'imagina avec un nourrisson potelé et braillard dans les bras. Comment devenir une grande héroïne tout en assurant l'éducation et le bien-être d'un enfant ? Elle pourrait sans doute le confier à une nourrice qui s'occuperait de lui jour et nuit, comme le faisaient ces riches nobles qui estimaient que la proximité avec leur progéniture constituait, au mieux, une perte de temps et au pire, le terreau d'une faiblesse d'esprit. Elle n'aurait à s'occuper de rien, et serait libre de sillonner le monde à la recherche de nouvelles quêtes. À bien y réfléchir, c'était sûrement la meilleure option. Mais Atalante s'y refusait. Elle avait été une enfant abandonnée et même si elle n'avait pas souffert du manque, elle refusait d'infliger la même chose à un être innocent.

Par Zeus, toute cette histoire va me faire perdre la tête…

Convaincue qu'elle ne parviendrait pas à trouver le sommeil cette nuit-là, elle se rendit à la palestre et invoqua Arès. Ce dernier se matérialisa sans se faire attendre.

— Encore une insomnie, petite guerrière ? C'est la course de demain qui t'éloigne des bras de notre bon Morphée ?

— Cela fait bien longtemps qu'elles ont cessé de m'angoisser, répliqua Atalante avec sécheresse.

Arès ricana.

— Tu n'es pas d'humeur à discuter, constata-t-il. Qu'il en soit ainsi. En garde !

Ils s'entraînèrent jusqu'à ce qu'Atalante ne soit plus capable de tenir sur ses jambes. Elle s'écroula, ivre de fatigue.

— Tu progresses, souffla Arès.

Le dieu était aussi impeccable qu'à son arrivée. Pas une goutte de transpiration sur sa peau hâlée. Atalante se demanda s'il était véritablement capable de suer.

— Je n'arrive toujours pas à te toucher, soupira-t-elle.

Atalante, ayant terminé ses étirements, décida de faire un saut dans le fleuve Alphée. C'était l'un des cours d'eau les plus importants de la région, qui prenait sa source dans les montagnes du Péloponnèse et traversait l'Arcadie jusqu'au golfe de Corinthe.

Arès la suivit à la trace. Elle s'était habituée à avoir un dieu comme professeur, jusqu'à considérer ces entraînements nocturnes comme presque anodins. Mais elle n'était pas à l'aise à l'idée de partager d'autres moments avec lui. La promesse du pacte et tout ce qu'elle engendrerait pesait entre eux, tension impalpable mais pourtant bien réelle.

— Je vais me laver, dit Atalante.

— Et moi, je vais nettoyer les lames de nos épées. Est-ce que tu comptes décrire toutes tes actions ?

Atalante grommela. Arès faisait semblant de ne pas comprendre qu'elle avait besoin d'intimité, soit. Elle n'allait pas le laisser gâcher un moment de détente.

— Tu pourrais au moins te retourner, marmonna Atalante en ôtant ses brassards en cuir.

Contre toute attente, Arès s'exécuta. Il s'assit sur une pierre qui dépassait de l'eau, dos à elle, et déchira un bout de sa cape pour retirer la saleté logée sur les lames.

Atalante dénoua le cordon qui enserrait sa tunique et s'empressa de pénétrer dans l'eau glacée. Elle regrettait l'époque où elle n'avait pas conscience de son corps, où elle était libre de batifoler dans les ruisseaux avec les dryades et où elle ne craignait pas le regard des autres sur elle. Ou plutôt, celui des *hommes*. Arès était un dieu, ce qui, supposait-elle, constituait une exception. Mais quand même.

Atalante se retourna et découvrit qu'il avait cessé ses occupations pour la détailler.

— Tu n'as pas d'autres choses à faire ? Des guerres à mener ? Des ennemis à exterminer ? D'autres mortels à torturer ?

— À *torturer* ? Et moi qui commençais à croire que tu me trouvais charmant.

— Charmant ? Pitié. Tu n'es pas là pour ça. Tu es là pour servir tes propres intérêts.

— Les dieux sont égoïstes, tout comme les hommes. Je suis surpris que tu ne l'aies toujours pas compris.

— Pas tous les dieux, murmura Atalante dans un souffle.

Elle songeait à Artémis, ce qui n'échappa pas à Arès.

— Ma chère sœur n'est pas aussi généreuse qu'elle le laisse paraître... Tu crois vraiment qu'elle t'a fait don de capacités extraordinaires par pure bonté d'âme ? Artémis n'a jamais assez de compagnons de chasse. Elle recrute les meilleures chasseresses par dizaines chaque année. Crois-moi, ce n'est qu'une question de temps avant qu'elle frappe à ta porte pour te convaincre de rejoindre ses rangs et d'abandonner tous tes rêves de grandeur. En quoi est-elle meilleure que moi ?

— Il existe pire sort que de servir une déesse.

Elle refusait de céder au cynisme. Elle voulait croire qu'il existait encore de bonnes personnes et des dieux généreux, soucieux du bien-être des mortels.

— Et renoncer à ton libre arbitre ? Être condamnée à la suivre partout où elle le désire, à rester dans son ombre divine, à se fondre dans la masse de ses suivantes, à répondre au moindre de ses caprices ? N'essaie pas de me faire croire que cette vie t'attire.

— Et toi ? Tu comptes me laisser mon libre arbitre si j'accepte de combattre pour toi ?

Au sourire qu'Arès lui lança, Atalante sut qu'elle venait de se fourrer toute seule dans un piège. Elle avait relancé le sujet du pacte. Et, pire encore : elle sous-entendait qu'elle pourrait accepter le marché ou, du moins, qu'elle commençait à y réfléchir. Atalante se maudit pour sa maladresse.

— Je te promets une vie en pleine lumière. L'adrénaline des combats. L'euphorie de la victoire. Ça n'a rien à voir avec les parties de chasse de ma sœur, et tu le sais. Tu seras libre comme l'air, comme tu l'as toujours voulu.

Atalante se contenta de frictionner son corps pour se débarrasser des frissons qui picotaient sa peau. Vite, changer de sujet.

— Et Apollon ?

Atalante brûlait d'aborder le sujet depuis des semaines. Elle imaginait aussi qu'Arès serait plus prompt à se confier dans ce contexte plus informel.

Elle regagna le rivage en silence. Elle rechigna à l'idée de remettre sa tunique imbibée de transpiration sur son dos, mais elle n'avait guère le choix. Alors qu'elle se penchait pour récupérer ses vêtements, une lourde cape tomba sur son dos. C'était celle d'Arès, qui l'avait balancée dans sa direction. Atalante s'en enveloppa. Le tissu était immaculé, il en émanait tout de même une odeur de fer, de soleil et de terre. Comme s'il avait fini par s'imprégner des fragrances de tous ces champs de bataille.

— Tu te demandes pourquoi ce nigaud n'a pas daigné rencontrer Asclépios ?

Atalante soupesa le pour et le contre. Elle mourait d'envie d'en savoir plus sur Apollon. Après tout, Asclépios avait toujours redoublé d'efforts pour lui plaire. Se rappelait-il l'existence de son fils ? Veillait-il sur lui à bonne distance ? Se réjouissait-il en suivant l'évolution d'Asclépios ?

— Que veux-tu en échange de cette information ?

Sa proposition était très sérieuse. Et pourtant, Arès éclata d'un rire franc.

— On dit que les dieux sont arrogants, mais l'orgueil des mortels dépasse l'entendement.

Atalante resserra les pans de la cape autour d'elle.

— Tu crois vraiment détenir quelque chose qui puisse m'intéresser ? *Toi*, une simple mortelle ?

Atalante se rembrunit. Elle s'approcha d'Arès d'une démarche souple et lente, comme elle l'aurait fait avec une proie particulièrement peureuse. Le rire d'Arès mourut dans sa gorge. Lorsque le visage d'Atalante ne fut plus qu'à quelques centimètres du sien, elle s'immobilisa.

— Tu auras beau dire tout ce que tu veux, tu as besoin de moi. Ne serait-ce que pour te divertir. Tu prétends que je ne vaux rien, pourtant tu es *là*. Dans cette forêt. En train de bavarder avec moi. Alors que tu pourrais être n'importe où sur cette terre et au ciel, à partager la compagnie des plus belles créatures et à te délecter des mets les plus délicieux.

Un muscle de sa mâchoire s'agita tandis qu'il serrait les dents. Arès se leva, forçant Atalante à reculer. L'eau vive léchait ses mollets nus.

— Je n'ai pas besoin de toi, petite guerrière.

Mais sa voix était moins tranchante que d'ordinaire. Moins inflexible. Atalante sut qu'elle avait touché un point sensible.

— Tu devrais dire à ton ami d'arrêter de se torturer l'esprit avec Apollon. Il n'a jamais prononcé son nom. Il a oublié jusqu'à son existence.

Arès disparut dans une tornade gelée, la laissant seule. Son cœur se serra douloureusement.

Finalement, Arès n'était pas totalement imperturbable. Disait-il la vérité ou cherchait-il seulement à blesser Asclépios ?

Mais même si Atalante avait perçu une fêlure dans son bouclier d'indifférence, elle n'en tira aucune satisfaction. Parce que, peu importait combien de batailles elle gagnerait, le dieu de la guerre aurait toujours le dernier mot.

CHAPITRE 30

Atalante se rendit à sa course hebdomadaire en traînant des pieds. Une fois dans le stade, elle salua la foule, toujours aussi nombreuse et enthousiaste, puis la loge royale. Iasos répondit à sa révérence habituelle par un signe de tête raide. Atalante voyait bien qu'il essayait de ne pas laisser paraître son agacement. À côté, Clymène ne réagit même pas à sa salutation. Elle semblait ne pas la voir. Ni elle, ni le public, ni personne.

Sa mère était venue la trouver quelques jours auparavant. Trois coups timides frappés à la porte, si faibles qu'Atalante avait failli ne pas les entendre. Elle avait découvert Clymène, les joues émaciées, tenant à peine sur ses jambes, sur le pas de sa porte. Elle pleurait. Elle n'avait plus les idées claires, à en croire son haleine chargée de vin. Elle s'était écroulée et avait agrippé le bas de sa tunique.

— S'il te plaît, Atalante... Est-ce que... est-ce que tu pourras me pardonner un jour ?

Atalante s'était agenouillée. Sa mère n'osait même pas affronter son regard. Alors elle avait posé sa main sur celle, gelée, de sa génitrice.

— Je vous pardonne, mère. Je vous pardonne d'être née dans ce monde où la voix des femmes n'est pas entendue et où le pouvoir est plus important que la famille.

Clymène avait sangloté longuement dans les bras de sa fille.

— Regardez-vous, avait murmuré Atalante. Vous avez passé votre vie à vous punir, à vous haïr. Vous n'avez pas besoin de mon pardon. Seulement du vôtre.

Après un long moment, Clymène s'était redressée, l'air hagard, comme si elle se demandait comment elle était arrivée jusque dans cette chambre. Atalante avait cru que cette discussion marquerait un nouveau tournant dans leur relation, mais Clymène s'était quasiment enfuie, sans un mot.

La chasseresse s'attarda un petit moment sur le siège vide derrière Iasos, occupé habituellement par Asclépios. Cela faisait trois jours qu'il était parti pour une commission spéciale dont l'avait chargé Mélampous. Sa présence lui manquait terriblement, mais elle savait que son ami ne pouvait pas s'arrêter de vivre pour veiller sur elle.

Elle s'installa près du jury et attendit que les prétendants adressent leurs hommages. Glaucos posa une main gantée sur son épaule. Atalante se demanda comment il parvenait à ne pas étouffer de chaleur, engoncé dans son heaume et son armure intégrale.

— Tout va bien ?

Sa voix rauque témoignait de son inquiétude. Atalante devait vraiment avoir une sale mine pour que son garde du corps lui pose cette question. D'habitude, il se cantonnait à des remarques professionnelles, ou se laissait aller à quelques plaisanteries. Atalante acquiesça avec gratitude.

— Qui avons-nous, aujourd'hui ? soupira-t-elle.

Glaucos se pencha pour dérober un parchemin sur la table du jury.

— Markus, un célèbre aurige qui nous vient tout droit de Corinthe. Milo, prince de Delphes, un pugiliste réputé.

— Un pugiliste ? releva Atalante. Ils n'ont plus de coureurs à faire parader ?

Glaucos poussa un gloussement qui se transforma en quinte de toux lorsqu'il se rendit compte que le héraut le fixait d'un air désapprobateur.

— On dit qu'il a battu Pollux, le fils de Dionysos, lors d'une sanglante lutte, reprit-il.

Atalante se remémora Pollux, sa montagne de muscles, sa taille disproportionnée et ses immenses mains qui auraient pu concurrencer celles de géants. Un élan de nostalgie l'enveloppa.

— Impossible. Ce type est un menteur.

— Nous avons ensuite Romulus, originaire d'Olympie, trois fois champion des Jeux isthmiques dans la catégorie course longue.

Cette cité était familière à Atalante. Elle avait appris récemment que des jeux gymniques exclusivement féminins s'y produisaient tous les quatre ans, deux semaines après les Jeux olympiques : les Héraia, en référence à la déesse Héra. Depuis, elle rêvait d'y participer.

Elle était tellement plongée dans ses pensées qu'elle faillit ne pas entendre la présentation du coureur suivant.

— Méléagre, prince de Calydon, que vous aviez rencontré…

— *Méléagre ?* s'exclama Atalante en bondissant sur ses pieds.

Elle plissa les yeux – le soleil cognait fort et elle ne voyait des participants, placés en file indienne à contre-jour, qu'une masse d'ombres indistinctes. Après quelques secondes d'observation, elle dut se rendre à l'évidence : son ancien commandant était bel et bien là.

Une colère sourde gronda dans sa gorge. Lui, plus que n'importe qui, savait de quoi elle était capable. Et, par conséquent, qu'il était impossible de la battre à la course. Qu'espérait-il ? Qu'elle le laisse volontairement gagner ? Pour Atalante, c'était l'affront de trop. Que de parfaits inconnus, obscurs gagnants d'on ne savait quelle compétition, aient la prétention de la vaincre, pourquoi pas. Les pauvres, ils ne pouvaient pas imaginer à quel point Atalante était redoutable dans le domaine de la vitesse. Mais que Méléagre y prétende ? Son arrogance dépassait l'entendement.

Il s'inclina devant elle. Accrochant son regard une demi-seconde, il décrocha son plus beau sourire, auquel Atalante répondit par une grimace crispée. Il fut très vite remplacé par un autre concurrent.

— J'ai entendu dire par un homme de sa garde rapprochée qu'il se prépare à ce moment depuis plusieurs semaines, poursuivit Glaucos tout bas. Il multiplierait les offrandes à Aphrodite dans l'espoir qu'elle intervienne en sa faveur.

Un coup de trompette invita les participants à rejoindre la ligne de départ, coupant court aux explications de Glaucos. Atalante vit rouge. Pour la première fois, un soupçon de peur se fraya un chemin jusque dans son cœur. Si Méléagre était là, c'était qu'il pensait avoir une chance de l'emporter. Et si Aphrodite avait décidé de l'aider ?

Elle n'eut pas le temps de se pencher sur la question : la course allait commencer. Elle se plaça le plus loin possible du prince de Calydon et s'efforça de retrouver un semblant de sang-froid.

Aujourd'hui, elle courrait comme si sa vie en dépendait.

Elle estimait que tous, particulièrement Méléagre, méritaient une bonne humiliation.

CHAPITRE 31

Aphrodite fendait la foule, le menton levé. Elle se délectait des regards qui parcouraient son corps voluptueux drapé de soie tandis qu'elle progressait à pas lents, aussi aérienne qu'une plume balayée par la brise. Sur son passage, les bouches s'ouvraient béatement, partagées entre stupeur et admiration. Des murmures intrigués parcouraient déjà les gradins.

Qui est cette femme ? D'où vient-elle ? Comment peut-elle être aussi belle ?

Bien sûr, Aphrodite aurait pu prendre l'apparence d'une vieille femme édentée pour se rendre à cette course. À la réflexion, c'était probablement ce qu'elle aurait dû faire. Elle s'apprêtait à mettre son grain de sel dans les affaires de la petite protégée d'Artémis, et si son intervention s'ébruitait (ce qui ne manquerait pas d'advenir), elle était bonne pour une nouvelle dispute avec sa grande sœur.

Mais Aphrodite était vaniteuse. Il était facile de croire qu'une déesse immortelle, qui possédait tout, ne se préoccupait pas de l'opinion de simples mortels. Or, c'était là sa plus grande faiblesse : elle avait désespérément besoin de l'approbation des humains. Elle ne vivait que pour être désirée, aimée, adulée.

Et puis, elle n'était plus à une dispute près avec sa sœur.

La déesse observait Atalante, debout sur la ligne de départ, la peau hâlée rendue brillante par l'huile qu'elle venait d'appliquer. La jeune chasseresse se tenait droite, sa longue tresse flottant dans son dos. Ses yeux vifs, d'un vert profond et intense, surmontés de longs cils noirs, fixaient un point à l'horizon. Aphrodite dut admettre, non sans une certaine satisfaction, qu'Atalante était très belle. Ses bénédictions étaient d'une efficacité redoutable. Ses frères et sœurs prétendaient que ses dons étaient aussi superficiels qu'inutiles. Mais pour Aphrodite, c'était tout le contraire. Elle était la déesse de l'amour, le sentiment le plus puissant, celui qui perpétuait l'humanité, qui déclenchait des guerres et tourmentait même les immortels.

Son attention se déporta sur les concurrents qui s'agitaient, prêts à s'élancer. Des hommes bien bâtis et de bonne constitution, plutôt jeunes. Aucun ne se démarquait vraiment du lot.

Aucun… à l'exception de Méléagre.

Aphrodite connaissait bien le prince de Calydon. Elle avait appris qu'il était parvenu à se débarrasser d'une bête sanguinaire envoyée par sa sœur pour semer la terreur dans sa cité. Savoir qu'il avait contrarié Artémis et bravé sa colère le rendait inévitablement plus intéressant. Mais surtout, le jeune homme la priait jour et nuit depuis des semaines. À l'instant où ses yeux s'étaient posés sur Atalante, dans la forêt du Pholoï, il était tombé profondément amoureux d'elle. À tel point que le prince multipliait sans relâche les offrandes dans l'espoir que cette relation se concrétise enfin. Plus récemment, les appels désespérés de Iasos s'étaient mêlés aux siens. La déesse, attendrie, s'était enfin décidée à mettre la main à l'ouvrage. Car s'il y avait bien quelque chose qu'elle adorait par-dessus tout, c'était faire naître des amourettes entre deux jeunes et belles personnes.

Et puis, Méléagre constituait un bon parti. Aux yeux d'Aphrodite, les deux tourtereaux formeraient un couple idéal.

Elle ne put retenir un petit gloussement en imaginant le visage défait de sa chère sœur lorsqu'elle apprendrait le mariage de sa petite protégée...

Aphrodite n'était pas de nature méchante. Mais, comme toutes les divinités de l'Olympe condamnées à l'immortalité, il lui arrivait de s'ennuyer.

Et l'ennui poussait les dieux aux plus infâmes bassesses.

CHAPITRE 32

Atalante fusait. Concentrée sur sa course, elle ne vit pas la magnifique jeune femme à la robe aérienne installée dans les gradins, au premier rang, claquer des doigts. Elle ne vit pas non plus les trois pommes d'or qui apparurent dans les mains de Méléagre, lequel s'était élancé aussi vite que ses jambes le lui permettaient.

Le prince fut le premier surpris en s'apercevant que trois petites pommes dorées s'étaient matérialisées dans ses poings serrés. Son étonnement fut très vite balayé par une excitation sans commune mesure. Une magie palpable, puissante et dévastatrice, émanait des fruits. Cela ne pouvait signifier qu'une chose : Aphrodite l'avait entendu !

Alors, Méléagre sut ce qu'il avait à faire.

Il attendit le troisième tour. Atalante avait déjà une bonne longueur d'avance sur lui, mais cela n'avait plus d'importance. Il jeta la première pomme sur le côté de la piste, qui roula sur plusieurs mètres avant de s'immobiliser complètement. Et ce qu'il soupçonnait se produisit : au tour suivant, en passant à proximité, Atalante ralentit, puis s'arrêta. Elle se pencha pour observer la pomme d'or, comme hypnotisée. Un murmure d'appréhension parcourut l'assemblée.

Pourquoi Atalante s'arrêtait-elle en pleine course ? S'agissait-il d'une nouvelle ruse pour se moquer des prétendants ? Elle récupéra le fruit et reprit ses foulées comme si de rien n'était. Cette diversion permit aux coureurs de rattraper un peu leur retard, mais Atalante demeurait largement en tête.

Méléagre lâcha la deuxième pomme un tour plus tard. L'adrénaline pulsait dans ses veines. Lorsqu'il distança le plus rapide des coureurs, il comprit que les pommes magiques agissaient aussi sur sa performance. Il était face à des athlètes renommés : en temps normal, il n'aurait jamais pu les devancer aussi aisément. Ce constat lui donna des ailes. La victoire était à portée de main. Avec une déesse à ses côtés, il ne pouvait pas échouer.

La deuxième pomme rebondit plusieurs fois avant de s'arrêter au beau milieu du stade. Atalante essaya de résister à l'attraction qui la poussait à interrompre sa course, mais elle en était incapable. Une nouvelle fois, elle quitta la piste en trottinant.

Ce n'est qu'un petit détour, songea-t-elle. *Et puis, j'ai encore une bonne longueur d'avance. Je dois absolument la récupérer.*

Elle se pencha pour la ramasser sous les exclamations indignées du public. Elle s'immobilisa encore plus longtemps que la fois précédente pour admirer la pomme, la scrutant sous tous les angles. Les spectateurs comprirent que quelque chose n'allait pas. Atalante ne s'intéressait même plus aux participants, qui continuaient à progresser. Méléagre prenait de l'avance. Et elle ne semblait pas s'en rendre compte.

La foule se mit à hurler, à taper des pieds sur les gradins. Méléagre pensa, à tort, qu'ils l'encourageaient. Mais la réalité était bien différente : le public cherchait à prévenir Atalante. À la *réveiller.*

Ces éclats de voix inhabituels l'extirpèrent enfin de sa torpeur. Elle secoua la tête pour rassembler ses idées, sans succès. Elle n'arrivait plus à réfléchir correctement. Ses doigts pressaient les fruits. Elle avait vaguement conscience que quelque chose de grave était en train de se produire. Pour autant, elle ne songea pas un instant à se débarrasser des pommes. C'était plus fort qu'elle. Qu'était-elle en train d'oublier ? C'était important, elle en était certaine.

Elle s'élança à nouveau, mais ses foulées étaient lentes, irrégulières. Elle redoubla d'efforts tandis que ses jambes se faisaient de plus en plus lourdes, freinées par une force invisible. Elle avait l'impression de progresser dans des sables mouvants. Une montée d'angoisse lui obstrua la gorge. Que se passait-il ?

Méléagre attendit le dernier tour pour lancer l'ultime pomme. Elle roula toujours plus loin, jusqu'à heurter les gradins de la loge royale. Une nouvelle fois, Atalante s'arrêta pour la récupérer.

Elle tendit le bras, les yeux écarquillés...

Dans les gradins, Aphrodite claqua des doigts.

Et la pomme disparut. La paume d'Atalante se referma sur du vide.

Soudain, le pouvoir d'attraction qui la plongeait dans un état cotonneux se dissipa. Elle regarda autour d'elle, hébétée, et reprit doucement conscience de son environnement. De tous ces regards braqués sur elle. De son propre corps, tremblant et épuisé.

Par les dieux. La *course.*

Elle eut à peine le temps de comprendre ce qui venait de se passer qu'un grondement extatique l'enveloppa. Le public était survolté.

Et pour cause : Méléagre venait de franchir la ligne d'arrivée.

Un capharnaüm assourdissant accueillit sa victoire. Une partie du public était scandalisée. L'autre était ravie qu'un homme ait enfin trouvé un moyen de vaincre Atalante. Méléagre leva un poing victorieux au ciel. Les autres participants suivirent les uns après les autres sous le regard horrifié d'Atalante.

Les membres du jury échangèrent des regards confus. La vive réaction du public et le dénouement inattendu les firent hésiter. Le résultat était-il vraiment légitime ? De toute évidence, Atalante n'était pas dans son état normal. Quelque chose – ou quelqu'un – l'avait influencée. Le jury était supposé annoncer officiellement le nom du vainqueur : à la place de quoi, il se tourna vers le roi, s'en remettant à son jugement.

Glaucos s'approcha d'Atalante et l'aida à se redresser. Elle n'avait pas bougé d'un poil, prostrée au pied de la loge royale. Le cœur du garde se serra en voyant le visage de sa protégée se décomposer d'hébétement et d'indignation.

— Princesse, murmura-t-il.

Il se tut, incapable de trouver les bons mots. Il ignorait ce qu'il était supposé dire dans ce genre de situation. Formuler des excuses ? Lui promettre que tout irait bien ?

Atalante reprit peu à peu ses esprits. Comment une telle chose avait-elle pu se produire ? Elle n'était jamais distraite. De toute son existence, son corps ne lui avait jamais fait défaut ainsi. L'évidence la frappa : un dieu était derrière tout ça. Et ces pommes... Elle avait ressenti une attraction, presque comme une séduction qu'elle n'avait pas pu repousser... *Aphrodite*. Car qui d'autre que la déesse de l'amour voudrait qu'elle contracte ce mariage ? Dans le cas contraire, elle les aurait battus à plate couture, comme elle l'avait toujours fait. L'indignation lui vrillait les entrailles. Elle devait agir maintenant, avant qu'il ne soit trop tard. Avant que Méléagre ne soit déclaré vainqueur. Ses yeux émeraude s'animèrent, elle repoussa Glaucos et leva le menton pour faire face à ses parents.

— PÈRE ! C'EST UN IMPOSTEUR !

Iasos pinça les lèvres. À côté, Clymène semblait enfin émerger. Son visage tiraillé avait blêmi. Elle se pencha vers Iasos. Un instant, Atalante crut qu'elle allait prendre son parti, intervenir en sa faveur.

Atalante retint son souffle, pétrie d'espoir. Clymène n'avait jamais osé tenir tête à son mari. Mais aujourd'hui plus que jamais, elle avait besoin d'elle. De son soutien.

Sa génitrice renonça toutefois, et se renfonça dans son siège avec un soupir résigné. Le cœur d'Atalante se serra.

— Il a triché, insista-t-elle. Vous avez vu les pommes d'or ! C'est une intervention divine ! Il doit être écarté de la course !

Malgré la colère, la peur perçait dans sa voix. Iasos aurait pu disqualifier Méléagre sur-le-champ et aucune preuve n'aurait été nécessaire. Il était le roi d'Arcadie. L'autorité suprême. Personne n'aurait jamais remis son jugement en question.

Mais il ne fit rien de tout cela. Son ton était calme lorsqu'il demanda :

— Où sont ces pommes que tu prétends avoir vues, ma fille ? Remets-les-moi. Je les donnerai à un héraut, afin qu'il prouve leur provenance divine.

Atalante détailla le sol où se trouvait l'ultime fruit quelques minutes encore auparavant. *Rien*. Celles qu'elle tenait s'étaient également évaporées. Elle n'avait rien à montrer. Aucune preuve. Elle serra les poings pour contenir sa frustration.

Elle ouvrit la bouche pour protester, hurler, supplier, mais Iasos ne lui en laissa pas le temps. Les mots qu'elle redoutait tant d'entendre retentirent dans l'enceinte du stade, scellant son destin :

– En l'absence de preuve, je déclare Méléagre, prince de Calydon, grand vainqueur !

Il avait parlé d'une voix forte, si puissante qu'elle résonna à travers le stade, et que personne ne manqua ce verdict.

Quelque chose se brisa en Atalante. Peut-être un morceau de son cœur. Ou de son âme. Ce qu'elle avait désespérément cherché à éviter avait fini par se produire. Iasos avait eu le dernier mot. Elle n'avait plus aucune échappatoire. Le mariage aurait bel et bien lieu, et elle pouvait dire adieu à ses rêves de grandeur. La fragile affection qu'elle avait pu un jour éprouver pour Iasos fut réduite à néant. À la place, une colère sourde gronda dans sa poitrine. Elle éclata, jusqu'à s'étendre à tous ses os, tous ses muscles, chaque parcelle de son corps.

Elle ne pouvait pas accepter ce dénouement. Elle ne laisserait pas quelqu'un d'autre décider à sa place de l'existence qu'elle mènerait. *Jamais*.

La pulsion était si forte qu'elle n'eut d'autre choix que de la laisser s'emparer totalement d'elle. Le visage d'Asclépios traversa furtivement son esprit embrumé par la haine. Elle jeta un coup d'œil vers le siège vide, là où il aurait dû se trouver. Mais il n'y avait personne.

Atalante était seule, *désespérément* seule.

Elle voulait se venger de cette trahison.

Empêcher ce mariage, coûte que coûte.

Elle devait rendre justice.

Puisque personne, pas même son père, n'était prêt à faire ce qu'il fallait.

Alors elle sonda les environs. Repéra la lance abandonnée par Glaucos dans sa précipitation à la rejoindre. Rapide comme les éclairs de Zeus, elle se rua sur l'arme et l'empoigna.

Méléagre était à portée de tir, juste à côté du jury, en train de se pavaner devant le public. Isolé. Vulnérable. Atalante n'hésita pas. Sans prétendant, pas de mariage. Et puis, Méléagre le méritait. Il avait froidement assassiné son oncle.

« Les légendes s'écrivent dans le sang. »

La voix froide et impérieuse d'Arès résonna dans son esprit, lui insufflant la force de passer à l'acte. D'aller jusqu'au bout.

Alors Atalante projeta la lance, aussi fort qu'elle le put. L'arme esquissa une courbe parfaite avant de descendre, droit sur la poitrine de Méléagre.

Du moins, c'était là qu'elle se serait logée... si Glaucos ne s'était pas interposé.

À la place de quoi, l'arme se planta dans la gorge de Glaucos. Le soldat tomba à genoux. Sa gorge émit un gargouillement répugnant et une giclée de sang fusa à travers son heaume d'argent.

Quelqu'un se précipita pour l'aider. C'était le héraut, dans sa tenue de cérémonie. Il retira le casque du garde du corps avec précaution, tout en appuyant sur la plaie d'où s'échappait une cascade de sang rouge vif.

Atalante n'avait jamais vu le visage de Glaucos, et elle aurait préféré que cela reste ainsi. Car maintenant, ses yeux exorbités, d'un bleu aussi doux que la surface d'un lagon en plein été, et sa courte barbe tachée de sang ne cesseraient jamais de la hanter.

Toute sa colère s'évapora instantanément, laissant place à la sidération. Atalante esquissa un pas hésitant en direction de Glaucos, le bras tendu, comme pour le rattraper. Comment avait-il pu se déplacer si rapidement, parvenir à bondir entre elle et Méléagre ? Elle aurait dû anticiper son intervention. Changer de trajectoire au dernier moment pour l'éviter. Sa maîtrise de la lance était parfaite. Elle avait répété ce geste des centaines de fois. Et pourtant… le corps de Glaucos gisait là, quelques mètres plus loin.

Atalante était familière de la mort. Aussi repéra-t-elle l'instant exact où la vie s'échappa des yeux de son nouvel ami, pour ne laisser qu'une dépouille sans âme.

Ensuite, tout devint flou. Consternation. Silence, puis hurlements. Peur.

Atalante songea à son rêve d'intégrer le clan des Amazones. Piétiné à jamais. Elle venait d'enfreindre leur code d'honneur. *« Nul ne tuera de sang-froid. »*

Elle était passée de l'autre côté.

Elle avait cédé à la haine.

Elle ne serait plus jamais la même.

Entre un monstre et un héros, il n'y a qu'un pas.

Et elle venait de le franchir.

SUITE ET FIN DE L'AVENTURE
D'ATALANTE EN MARS 2025 !

BONUS

LES COULISSES D'ATALANTE

Chers lecteurs,

Pensez-vous la mythologie immuable, figée dans le marbre ? Que rien n'a le pouvoir de troubler les contours de ces récits épiques venus des temps anciens ?

Eh bien, détrompez-vous ! Ôtez de votre esprit l'image de tablettes gravées et de codex poussiéreux. Les légendes dont nous vous parlons sont bien vivantes et, après avoir été transmises de bouche à oreille pendant des siècles, continuent de se raconter, de se transformer sous la plume de nombreux auteurs.

Vous l'aurez compris avec ce roman : dans une mythologie largement dominée par les exploits masculins, Atalante fait figure d'exception. Maîtresse de son destin, elle est l'une des rares femmes qui s'illustrent dans les grandes épopées grâce à leurs accomplissements, leur bravoure et leur esprit indépendant. Chasseresse indomptable, vierge éprise de liberté, athlète invaincue et même amante du dieu de la guerre : notre héroïne semble avoir une infinité de visages. Son mythe, remodelé au fil des siècles, lui prête différentes origines et des destins plus ou moins funestes. Oui, vous avez bien lu : funestes. On parle de mythologie, pas d'un conte de fées !

Peut-être le devinez-vous à présent : Cassandre Lambert n'a pas choisi par hasard cette protagoniste. Longtemps à l'arrière-plan, derrière des hommes qui ne rivalisent pourtant pas avec son courage, Atalante mérite d'être remise à l'honneur. En se réappropriant le mythe d'une héroïne laissée dans l'ombre, Cassandre signe une fois de plus un roman engagé et audacieux.

Entre l'héritage des auteurs antiques et les codes de l'épopée dynamités au féminisme, comment Cassandre Lambert a-t-elle apporté sa pierre à l'édifice pour enrichir ce mythe encore trop méconnu ? Restez avec nous pour le découvrir !

UN MYTHE ou DES MYTHES ?

Accrochez-vous bien, car avec la mythologie, rien n'est jamais simple. Entre les arbres généalogiques qui n'en finissent plus et les sources incertaines qui ouvrent à différentes interprétations, il vaut mieux être bien concentré, sinon c'est la migraine assurée !

Commençons par le commencement.

D'où vient le mythe de notre chère Atalante ? Il semblerait que les premières mentions de cette chasseresse pas comme les autres remontent au VIIe siècle avant notre ère, dans le *Catalogue des femmes* d'Hésiode. Il faut croire que le potentiel de cette héroïne a été vite reconnu, puisque poètes grecs et latins se sont ensuite réappropriés son histoire : c'est ainsi que sont nées ses (très !) nombreuses variantes.

C'est là que les choses se compliquent : les versions divergent dès la naissance d'Atalante. Même ses parents ne sont pas les mêmes selon les textes. Pour simplifier les choses, distinguons deux traditions : celle d'Arcadie, et celle de la Boétie. Ces deux régions constituent le berceau du mythe d'Atalante et chacune en a une interprétation bien à elle.

Pourquoi faire un choix lorsque l'on peut tout avoir ? Pour créer son roman, Cassandre a puisé dans ces deux traditions en entrelaçant les différentes déclinaisons du mythe.

EN ARCADIE...

PARENTS: Iasos, roi du Péloponnèse, et Clymène.

LE MYTHE: Atalante, abandonnée dans la forêt du Pélion, est recueillie par une ourse qui l'allaite, puis élevée par des chasseurs. Passée experte dans l'art de la chasse, elle part avec l'expédition menée par Méléagre pour abattre le sanglier de Calydon.

LE POINT FINAL: Malgré son vœu de chasteté, elle épouse Méléagre.

EN BOÉTIE...

PARENTS: Schoenée et mère inconnue.

LE MYTHE: L'oracle annonce à Atalante qu'elle cessera d'être elle-même lorsqu'elle se mariera. Contrainte par son père de prendre un époux, elle organise une course : seul celui qui la vaincra pourra prétendre à une union avec elle.

LE POINT FINAL: Devancée par un homme ayant bénéficié de l'aide d'Aphrodite, Atalante se marie... et finit transformée en lionne par la déesse Cybèle, offensée par leur nuit d'amour dans son temple. Dans certaines versions, Atalante a même un fils, Parthénopée, dont l'identité du père reste incertaine (son époux ou le dieu Arès lui-même).

ENTRAÎNEMENT CHEZ CHIRON

Si l'on vous dit « centaure », vous imaginez des hommes majestueux, galopant avec élégance, la crinière au vent ? Dans ce cas, effacez tout de suite cette image ô combien fausse !

Soyons clairs : les centaures sont des êtres vicieux et cruels. Dans le mythe arcadien, deux d'entre eux tentent d'abuser d'Atalante, qui les transperce de ses flèches. Cassandre Lambert a choisi d'en faire le premier exploit de son héroïne. Elle vit encore auprès des chasseurs qui l'ont élevée lorsqu'elle tue Hyléos et Rhoécos, deux centaures qui semaient le chaos dans les environs.

Mais tous les centaures ne sont pas des êtres aussi abjects, rassurez-vous ! Chiron est sans aucun doute le centaure le plus célèbre de la mythologie grecque et il incarne un exemple de sagesse et de vertu. Véritable faiseur de héros, il a instruit tant de figures iconiques de la mythologie que les lister serait interminable (non, non, pas la peine d'insister). Parmi eux se trouvent des noms célèbres comme Achille, Jason, ou Héraclès. En revanche, aucun texte ne fait mention de l'enseignement de Chiron à Atalante. Et pour cause : cet ajout fait partie des inventions romanesques de Cassandre pour faire suivre à sa protagoniste le parcours initiatique des plus grands héros, qu'elle méritait d'ailleurs !

LE SAVIEZ-VOUS ?

Dans les mythes grecs, Asclépios, lui, est bel et bien le disciple du centaure. Son père n'est nul autre qu'Apollon, qui charge Artémis de pourfendre sa mère, une mortelle qui lui a été infidèle. Mais le dieu des arts et de la lumière a pitié de son demi-dieu de fils et le confie alors à Chiron, qui devient son précepteur et lui enseigne l'art de la guérison.

LES HÉROS ET LES PROPHÉTIES UNE FATALITÉ ?

Imaginez-vous à la place d'Atalante et d'Asclépios : vous vivez votre vie bien tranquillement, persuadé qu'avec un peu de bonne volonté et de courage, vous pourrez laisser votre empreinte grâce à vos exploits. Et là... bam ! Un oracle vous annonce que votre mariage vous mènera à votre perte, ou que l'incroyable découverte que vous ferez vous conduira à la mort. On a connu plus encourageant !

Nous parlions de Chiron, tout à l'heure. Vous l'avez vu, celui-ci a eu une fille, Ocyrhoé, et celle-ci possède justement des dons de prophétesse. Ce n'est pas nous qui le disons, c'est Ovide, dans ses *Métamorphoses* !

CHEZ OVIDE

OCYRHOÉ: humaine transformée en jument après avoir contrarié les dieux (c'est qu'ils sont susceptibles…).

PROPHÉTIE D'ASCLÉPIOS: alors qu'il n'est encore qu'un nourrisson, on lui prédit sa capacité à réveiller les morts et un destin funeste lié à ce don.

PROPHÉTIE D'ATALANTE: reçue par un oracle local (oui, c'est une jolie façon de dire que son nom n'a pas été retenu par l'Histoire).

CHEZ CASSANDRE

OCYRHOÉ: une centauresse à ajouter à la liste des rares centaures-qui-ne-sont-ni-cruels-ni-sadiques.

PROPHÉTIE D'ASCLÉPIOS: il ne l'apprend qu'au cours de son adolescence (sympa, le cadeau !).

PROPHÉTIE D'ATALANTE: reçue par Ocyrhoé, en même temps qu'Asclépios.

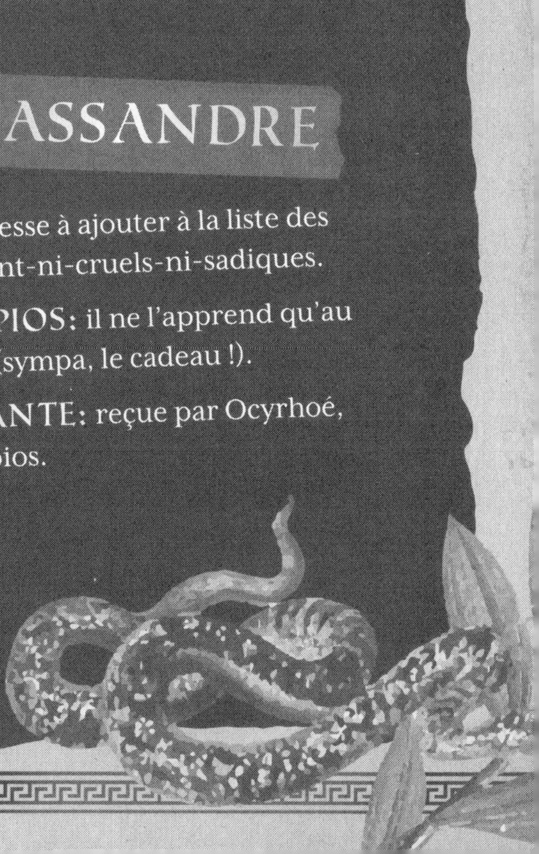

LE SANGLIER DE CALYDON : LA PREMIÈRE QUÊTE

En Grèce antique, on ne s'improvise pas héros ! Pour voir ses qualités reconnues, une voie s'impose : celle des exploits. Et quand le destin vous appelle, vous ne pouvez l'ignorer.

C'est ainsi qu'Atalante accepte l'invitation par Méléagre à rejoindre l'expédition chargée de la chasse du sanglier de Calydon. Un sanglier, mais pas des moindres : l'énorme bête a été envoyée par Artémis en personne pour punir le père de Méléagre, le roi Œnée, qui avait oublié d'honorer la déesse. On ne plaisante pas avec les dieux !

D'une version à l'autre du mythe, les héros chargés d'abattre le monstre diffèrent. Vous savez ce que l'on dit : un héros de perdu, dix de retrouvés… La plupart d'entre eux figurent aussi dans les récits de la quête de la Toison d'or, et Cassandre a choisi parmi eux les plus légendaires : les frères Pollux et Castor,

le sage Nestor, ou encore le brave Jason bien décidé à récupérer son trône.

Notons tout de même que ce cher Asclépios, lui, n'apparaît pas systématiquement dans les récits de cette chasse exceptionnelle : il est mentionné dans les *Fables* d'Hygin, mais pas dans l'œuvre d'Ovide.

Notre Atalante, elle, n'est pas remplaçable ! Dans tous les textes, elle est celle qui assène le premier coup au sanglier grâce à son lien particulier avec Artémis, la déesse de la chasse. Puisqu'elle est à l'origine de leur triomphe, Atalante recevra la peau et la tête de l'animal de la part de Méléagre.

Vous l'aurez compris : rien ne prédestinait Asclépios et Atalante à se rencontrer. L'entrelacement de leurs deux destinées est une création de Cassandre Lambert, pour notre plus grand plaisir.

Vous n'ignorez pas que les mythes où le sang ne coule pas sont plutôt rares... et celui-ci ne fait pas exception à la règle. Dans *Les Métamorphoses* comme dans la réécriture de Cassandre, la quête victorieuse s'achève avec un meurtre : celui de Céphée, tué par son neveu Méléagre. Ce dernier, épris d'Atalante, ne supporte pas que son oncle conteste les mérites de l'héroïne qui est à l'origine de leur triomphe.

Et... ce n'est pas fini ! La version d'Homère va encore plus loin : Artémis, furieuse, déclenche une guerre entre le peuple de Calydon et leurs voisins de Pleuron. Une guerre qui, selon les interprétations, pourrait, ou non, se finir par la mort de Méléagre... Nous vous aurons prévenus.

UNE FRESQUE DE MYTHES

Passionnée de mythologie, Cassandre Lambert a disséminé tout au long de l'épopée d'Atalante de nombreuses références à des mythes plus ou moins connus. C'est ce qu'ont fait de nombreux auteurs antiques : par exemple dans l'*Iliade* (le récit de la guerre de Troie), l'épisode du sanglier de Calydon est raconté à Achille pour l'inciter à reprendre les armes. En entremêlant différents mythes, Cassandre s'inscrit ainsi dans une longue tradition et les enrichit à sa manière.

Voici un petit best-of des mythes insolites à retenir pour briller en société !

1

Durant le voyage vers Calydon, les héros de Cassandre Lambert s'arrêtent au temple d'Héra, où Nestor conte l'histoire tragique de deux amants : la prêtresse Comaetho et son bien-aimé Mélanippe. Malgré l'interdiction de leurs parents qui refusaient leur union, ils s'unirent charnellement dans un temple d'Héra. Offensée, la déesse envoya la famine et la peste dans leur village, et les deux amoureux furent sacrifiés pour calmer sa fureur. Notons que dans le mythe originel, la déesse profanée n'est pas Héra mais Artémis (oui, encore elle... décidément !).

2 Dans le roman de Cassandre, Asclépios est curieux au sujet de l'exceptionnelle longévité du sage Nestor, et jaloux d'apprendre que celui-ci a déjà rencontré Apollon. Mais en réalité, les mythes lui prêtent une histoire peu réjouissante : les onze frères de Nestor ont été tués par Héraclès car ils avaient tenté de voler les bœufs de Géryon du dixième de ses travaux. Or, la mère de Nestor était elle-même la seule survivante de sa famille après un massacre perpétré par Apollon et Artémis. Si le dieu des arts a accordé une existence de plusieurs générations à Nestor, c'était donc pour se racheter. Une vie cher payée…

3 Encore un dernier mythe, et pas des moindres : celui de Mélampous, l'homme qui murmurait à l'oreille des oiseaux. Dans les récits antiques, Asclépios n'est pas son disciple ; cet ajout permet à Cassandre d'inscrire son protagoniste dans une lignée de guérisseurs mythiques. En revanche, ce qu'elle nous raconte de Mélampous correspond bel et bien au mythe de départ. Il possède le don de comprendre les animaux depuis qu'enfant, il a organisé des funérailles à un serpent tué injustement. En guise de remerciements, les petits du serpent mort ont glissé leur langue dans ses oreilles pour lui transmettre cette capacité. Brrr, l'écrire suffit à nous donner des frissons !

LA COURSE D'ATALANTE

Une course. Des prétendants vaincus les uns après les autres. Une, deux, trois pommes d'or… Vous connaissez déjà cette histoire, n'est-ce pas ? À moins que Cassandre Lambert y ait ajouté quelques détails de son invention…

Voici les principales différences entre la course du mythe et celle du roman.

1. Dans le mythe originel, tous les prétendants qui perdent la course contre Atalante sont exécutés.

2. Dans les récits antiques, les pommes d'or d'Aphrodite proviennent du Jardin des Hespérides, un lieu mythique où se déroule le onzième des travaux d'Héraclès.

3. Mais qui est le prétendant qui profite de ce coup de pouce divin, justement ? Là est toute la question ! Dans la plupart des récits, il s'agit d'Hippomène, un prince de Boétie. D'autres textes le nomment Mélanion et font de lui un disciple de Chiron. Cassandre, elle, choisit Méléagre pour l'incarner.

4 Dans le roman, Aphrodite n'est pas la seule olympienne à mêler son grain de sel à la course. Oui, Arès a aussi son mot à dire : il entraîne Atalante en secret, tout en la plongeant dans une spirale de colère et de violence. Cet ajout s'inscrit toutefois dans une continuité logique : dans certains mythes, Atalante est l'amante du dieu de la guerre !

5 La différence majeure entre le mythe de la course et la réécriture qu'offre Cassandre Lambert, c'est son dénouement. Hors de question qu'Atalante accepte d'être mariée, surtout après une telle injustice !

Amis lecteurs, nous espérons que cette visite des coulisses de la réécriture mythologique a satisfait votre curiosité ! Les récits antiques débordent d'aventures palpitantes, de destins contrariés, d'amours interdites et de batailles épiques qui inspirent les plus grands auteurs d'aujourd'hui. Si vous avez désormais envie de (re)découvrir ces mythes, alors notre mission est accomplie. Il ne nous reste plus qu'à vous laisser trépigner d'impatience en attendant le second tome d'*Atalante* pour encore plus de quêtes inoubliables !

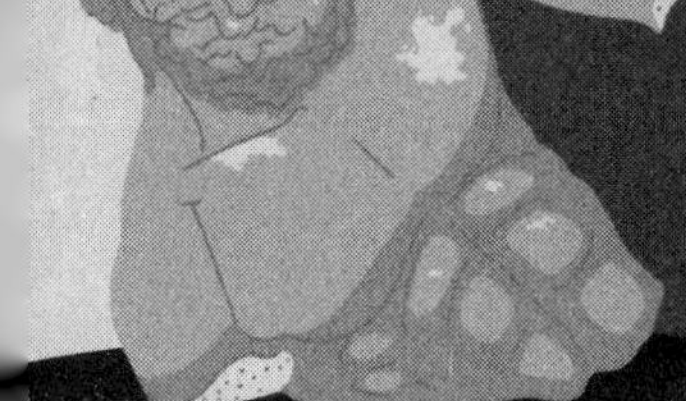

INTERVIEW
CASSANDRE LAMBERT

PARMI TOUTES LES HÉROÏNES DE LA MYTHOLOGIE GRECQUE, POURQUOI AVOIR CHOISI ATALANTE ? QU'EST-CE QUI LA DIFFÉRENCIE D'AUTRES FIGURES FÉMININES COMME ARIANE LA RUSÉE OU LA FASCINANTE CIRCÉ ?

Je voulais absolument mettre en avant une héroïne qui transcende les stéréotypes de genre, qui se distingue par ses capacités physiques hors du commun. La deuxième raison, c'est que j'estime qu'Atalante est moins connue du grand public, moins présente dans les diverses réécritures littéraires et/ou cinématographiques de la mythologie. Personnellement, j'ai entendu parler d'elle pour la première fois il y a très peu de temps dans un podcast !

EN TANT QUE ROMANCIÈRE EN 2024, QUE PENSES-TU APPORTER À CES RÉCITS ÉPIQUES QUI ONT DÉJÀ TANT ÉVOLUÉ AU FIL DES SIÈCLES ?

Peut-être un regard neuf et une nouvelle interprétation des mythes célèbres, très souvent misogynes et où les femmes n'occupent qu'une place mineure.

DEPUIS QUAND T'INTÉRESSES-TU À LA MYTHOLOGIE GRECQUE ? LE PROJET D'UNE TELLE RÉÉCRITURE ÉTAIT-IL UNE ÉVIDENCE DANS TON PARCOURS D'AUTRICE ?

Quand j'étais petite, je jouais avec mon frère au jeu vidéo *Le Maître de l'Olympe – Zeus.* J'étais absolument fan. Alors j'ai commencé à tenir un journal où je dessinais les portraits des divinités principales, secondaires, avec leur histoire, quelques-unes de leurs caractéristiques, leurs attributs…

une vraie encyclopédie ! Puis, au collège, pendant les cours de latin où on abordait les mythes grecs et romains, cette passion s'est encore accentuée. Ça fait longtemps que j'avais envie de me lancer dans une réécriture, mais c'est un projet ambitieux qui nécessite beaucoup de recherches, et de trouver le bon équilibre entre l'interprétation personnelle, la modernisation et la fidélité aux mythes originels. Ça m'a demandé beaucoup de réflexion pour articuler les différentes épopées auxquelles Atalante participe (le sanglier de Calydon, les Argonautes, la course aux pommes d'or...) et en faire une histoire dynamique, pas seulement un déroulé de ses exploits.

QUELLES ONT ÉTÉ TES SOURCES DE DOCUMENTATION DURANT TON PROCESSUS D'ÉCRITURE ?

J'ai épluché des encyclopédies, lu énormément de réécritures mythologiques pour emmagasiner du vocabulaire et découvrir de nouveaux mythes qui pourraient se recouper avec ceux présents dans *Atalante*. La mythologie grecque est une source d'inspiration fascinante : il y a toujours de nouvelles histoires riches en rebondissements ! (Et tellement de versions différentes du même mythe qu'on prend le risque de s'emmêler les pinceaux.) Et l'ambiance antique d'*Assassin Creed Odyssey* m'a vraiment aidée à m'immerger dans cet univers, à visualiser les décors, l'architecture (la playlist m'a suivie pendant toute l'écriture du premier jet).

À QUEL PERSONNAGE MYTHOLOGIQUE T'IDENTIFIES-TU LE PLUS ? POURQUOI ?

Atalante car, comme elle, j'ai toujours besoin de relever des défis, de sortir de ma zone de confort, de vivre de nouvelles aventures. Peut-être aussi parce qu'elle a occupé mes pensées pendant plus d'un an pour l'écriture de cette duologie ! Je crois que mon éditrice est d'accord car elle n'arrête pas de dire « Cassandre » à la place d'« Atalante » pendant les corrections éditos et les présentations commerciales ! :')

DÉCOUVREZ UN EXTRAIT
DU TOME 2 D'ATALANTE EN

AVANT-PREMIÈRE

À PARAÎTRE EN MARS 2025!

ASCLÉPIOS

Mélampous l'avait envoyé quérir une plante au nom étrange, le *vivranthium* – censé renforcer la mémoire et la « clarté mentale », quoi que cela veuille dire – sur le mont Taygète, le plus haut d'Arcadie. Depuis trois jours, Asclépios se pliait en deux à la recherche d'une feuille qui ressemblerait à la description fournie par le vieux guérisseur, sans succès. Il commençait sérieusement à croire que Mélampous l'avait gratifié d'une quête impossible. Sans doute une autre de ses combines pour l'exclure de l'atelier.

Asclépios avait du mal à saisir le fonctionnement du cerveau dérangé de Mélampous. Il comprenait que son mentor préfère la solitude, mais ne pouvait-il pas simplement le renvoyer ? Ou l'expédier dans un sanctuaire pour lépreux ? On disait qu'Athènes croulait sous les cadavres depuis qu'une nouvelle vague de lèpre s'était déclarée. Le nombre de malades se multipliait de jour en jour, mais les cas ne dépassaient jamais la périphérie de la cité, ce qui laissait croire à une punition divine. Quand bien même, Asclépios aurait été plus utile là-bas.

En plus de perdre son temps, il n'était pas auprès d'Atalante pour la soutenir pendant les courses. Et si Arès profitait de son absence pour la tourmenter à nouveau ?

Asclépios se morigéna. Oui, son sang-mêlé lui offrait un statut particulier, cependant, il n'était pas assez imbu de lui-même pour croire que sa simple présence pouvait empêcher une divinité d'agir comme bon lui semblait. Atalante prétendait qu'Arès craignait le courroux d'Apollon, mais il n'en aurait pas juré. Jusqu'ici, son père n'avait jamais daigné intervenir dans le cours de son existence. Il avait parfois du mal à croire qu'il le ferait un jour, même si ça ne l'empêchait pas de continuer à espérer.

– J'abandonne. Mélampous s'est joué de moi, c'est évident.

En plus, les bois n'étaient pas sûrs. La grotte de Dymanes, située plus bas sur les pentes, était un lieu de culte dédié à Artémis, et nombre de chasseresses et nymphes s'y retrouvaient pour rendre hommage à leur protectrice. Sans compter les nombreuses gorges, ravins, passages escarpés et autres joyeusetés qui rendaient l'ascension difficile et risquée. Pour couronner le tout, il avait surpris une conversation entre deux bergers qui disaient avoir reçu la visite du dieu Pan tout récemment. La divinité était plutôt décrite comme agréable (malgré son apparence repoussante), appréciant chanter, jouer de la flûte et protéger les troupeaux. Mais la nature méfiante d'Asclépios le poussait tout logiquement à se méfier lorsqu'il s'agissait d'un dieu.

Il fit demi-tour à la hâte. S'il se dépêchait, il serait de retour avant la tombée de la nuit. Il aurait peut-être même le temps de rendre visite à Atalante avant de rejoindre Mélampous à l'atelier pour lui exposer son compte-rendu. Ou plutôt, pour lui avouer son *échec*. Cette constatation le tourmentait plus qu'il n'osait l'avouer. Mélampous l'avait déjà chargé de nombreuses missions sans queue ni tête, mais jusqu'à maintenant, il avait toujours réussi à les remplir haut la main. En fait, c'était la première fois qu'Asclépios était confronté à une telle déconvenue. S'il n'y avait pas eu Atalante, il se serait sûrement obstiné pendant des jours, voire des semaines, jusqu'à trouver ce fameux *vivranthium*. Abandonner n'était pas dans ses habitudes.

Il s'arrêta au beau milieu du chemin escarpé, tiraillé par l'hésitation. Pendant un instant, il eut l'impression de sentir le regard désapprobateur de Chiron sur sa nuque. Il pouvait presque entendre ses reproches.

Est-ce ainsi que je t'ai élevé ?

Asclépios soupira, vaincu. *Soit.* Il pouvait bien continuer les recherches un jour ou deux. Rajustant son sac sur ses épaules courbaturées, il reprit l'ascension, les pieds traînants. La pente était raide et Asclépios dérapa à plusieurs reprises. Il fit halte sur le bord d'un fossé pour reprendre son souffle. Tirant une gourde de son sac – vide, bien sûr –, il la rangea avec un grognement de frustration. Il ferait mieux de trouver un point d'eau où dresser le camp pour la nuit. Il baissa la tête à la recherche d'une branche solide qui pourrait le soutenir dans sa progression. Là, sous une souche, il crut apercevoir le bâton parfait. En s'approchant, il remarqua qu'une vipère aux écailles vert olive, d'environ un mètre de longueur, était bloquée entre la souche et le bâton, une partie du corps complètement écrasée. Le serpent siffla en le voyant approcher.

— Tout doux. Je vais te soulager.

Avec précaution, Asclépios souleva le morceau de bois. Immédiatement, le serpent fut saisi de puissants spasmes et ouvrit la gueule en grand.

Et là, Asclépios le vit.

Entre ses crocs.

Le *vivranthium*.

Il se pencha pour vérifier de plus près, et le doute fut vite dissipé. La plante correspondait parfaitement à la description de Mélampous : une tige robuste et ramifiée, des feuilles lancéolées pourpres et de petites fleurs rouges regroupées en épis.

— Par Zeus…

Il craignit que le serpent ne s'échappe avec sa précieuse plante, mais il finit par s'immobiliser après une ultime convulsion. Asclépios s'empara alors du bâton et s'accroupit devant le corps désormais recroquevillé du reptile.

La fleur était mâchouillée, comme si la vipère avait essayé de l'ingérer. De ses crochets découverts tombaient des gouttes de ce qu'Asclépios identifia comme du venin.

Il s'empara du *vivranthium* et le fourra dans sa besace sans ménagement.

Voilà. Ça devrait faire l'affaire.

Il s'apprêtait à reprendre la route avec la satisfaction du travail bien fait, mais un mouvement attira son attention. Là où les gouttes du venin s'étaient échouées poussait à vue d'œil un nouveau plant de *vivranthium*. C'était impossible, bien entendu, et pourtant : Asclépios ne pouvait nier l'évidence.

Intrigué, il glissa un flacon vide sous les crochets de la vipère pour récolter son venin. S'il parvenait à faire pousser lui-même ce végétal rarissime, peut-être arriverait-il à impressionner son nouveau maître. Avec un peu de chance, Mélampous pourrait même renoncer à l'expédier aux confins de la cité pour ses quêtes vides de sens.

Tu rêves, mon pauvre.

— Et pourtant...

Ses jambes flanchèrent. Peut-être parce qu'il commençait à comprendre qu'il venait de tomber sur quelque chose d'extraordinaire. Quelque chose qui allait changer le cours de son existence. Il y a des événements qui marquent profondément une destinée. Et son cœur lui soufflait que celui-là en faisait partie.

Avec prudence, Asclépios se saisit du corps encore chaud de la vipère. Il ajouta quelques fleurs broyées de vivranthium dans le flacon, puis il en déversa la moitié dans la gueule ouverte du reptile, lui rendant son propre poison. Asclépios attendit, mais il ne se passa rien.

Évidemment.

À quoi s'attendait-il ?

Il se releva dans un soupir de frustration.

Et puis, l'impensable se produisit : la queue de la vipère frémit. Doucement d'abord, à tel point qu'Asclépios eut l'impression de l'avoir rêvé. Mais très vite, tout son corps se détendit, sa langue se rétracta et sa gueule se referma. Le serpent glissa le long de son bras et vint s'enrouler autour du bâton.

Asclépios se figea de stupeur. Était-il possible que... ?

Le serpent était mort. Il en était certain. Il l'avait vu de ses yeux.

Et pourtant...

Il laissa échapper le flacon qui se brisa en mille morceaux. Des gouttes dispersées naquirent cinq nouvelles fleurs. Tout son corps fut saisi de tremblements incontrôlables.

Asclépios songea à la prophétie.

Tu auras le pouvoir de ramener les âmes,
Mais c'est ce même pouvoir
Qui t'ôtera la tienne.

Il était trop tôt. Il n'y était pas préparé. Il ne voulait pas de ce savoir. Cependant, la consécration de toutes ses années de formation était là, juste sous ses yeux. La consécration de sa vie entière. Et il était terrifié. Il brûlait d'envie de faire demi-tour, de regagner le palais et d'oublier ce qui s'était passé.

Un souvenir s'imposa à lui, si précis et limpide qu'il eut l'impression d'être projeté dans le passé. Asclépios devait avoir cinq ou six ans. Quelques années avant que Chiron ne décide de prendre Atalante sous son aile. À l'époque, ils n'étaient que tous les deux, maître et élève. Seuls contre le reste du monde. Mais le mode de vie rudimentaire imposé par Chiron n'était pas facile à suivre, surtout pour un garçon aussi sensible. Une journée glacée d'hiver, son maître avait entraîné Asclépios dans une longue sortie sous la neige afin de récolter du plantain, une des rares plantes qui survivaient même à des températures très basses. Asclépios avait à peine dormi à cause du sifflement du vent et des courants d'air gelés qui l'avaient fait frissonner toute la nuit. Comme n'importe quel petit garçon, il était las, de mauvaise humeur. Il aurait aimé rentrer au chaud, se blottir dans les bras de Chiron (ou même d'une maman, mais malgré son jeune âge, il avait déjà compris qu'il n'aurait jamais cette chance). Alors il s'était figé d'un coup, resserrant les pans de son épaisse cape autour de ses frêles épaules, et avait levé la tête pour faire face au centaure, avec toute l'impudence des enfants contrariés.

— Je suis fatigué, maître Chiron. J'ai froid. Je veux rentrer.

Asclépios n'était pas un enfant capricieux. Il se pliait à toutes les exigences de son maître et les crises de larmes étaient rares, pour ne pas dire inexistantes. Chiron aurait pu céder cette fois-ci, en récompense de son bon comportement. Il aurait pu porter l'enfant sur son dos et l'emmener à l'abri comme il le demandait, le temps d'une journée. Au lieu de quoi, le centaure avait répondu :

— Sais-tu pourquoi Apollon t'a confié à moi, Asclépios ?

L'enfant avait baissé la tête, pris d'un élan de honte. Chaque fois que son père était évoqué, il était saisi d'un fort sursaut de peur et d'excitation.

— Pour faire de moi un héros, avait-il murmuré.

Il avait tant entendu cette rengaine. L'enfant savait que c'était important. Il savait qu'en qualité de demi-dieu, il était destiné à de grandes choses s'il s'en donnait les moyens. Du moins, c'était ce qu'on ne cessait de lui répéter. Et, en temps normal, il y croyait dur comme fer. Mais il était frigorifié, fatigué, et ce mantra était loin d'avoir le même impact.

— Crois-tu que les héros cèdent à la fatigue ? Crois-tu que les héros soient esclaves de leurs émotions ? avait repris Chiron avec sévérité.

Asclépios s'était mordu les lèvres pour retenir ses larmes. Son maître s'était agenouillé et avait posé une main sur son épaule. Elle était si grande qu'elle l'enveloppait totalement. Loin de l'intimider, ce contact l'avait rassuré. Auprès de Chiron, il se sentait en sécurité. Protégé. Aimé. Lorsque le centaure avait repris la parole, sa voix s'était adoucie :

— Le destin porte ceux qui l'acceptent et traîne ceux qui le refusent. À quelle catégorie veux-tu appartenir ?

Ce jour-là, maître et élève avaient écumé la forêt jusqu'à la tombée de la nuit. Asclépios avait passé la journée à bouder, mais avait encaissé les assauts du vent et de la neige sans une plainte. En rentrant dans la grotte, le soir, sa poitrine vibrait d'une énergie nouvelle. *La fierté*. Car ce jour-là, Asclépios s'était surpassé. Il n'avait pas abandonné. Il avait fait face aux difficultés.

Et il ne céderait pas aujourd'hui non plus.

Asclépios enserra son nouveau bâton, ramassa ce qu'il restait de la mystérieuse plante et regagna le palais avec une certitude : il affronterait son destin, comme il l'avait toujours fait.

REMERCIEMENTS

« Façonner un vrai héros est un art qui meurt. Comme vouloir peindre un tableau, ça demande du cœur ! »

Comme Atalante, j'ai eu la chance de croiser la route de personnes merveilleuses et inspirantes. En voici une liste non exhaustive :

Amélie et Benjamin Place. Parce que vous avez été mon « maître » Chiron à moi, et que pendant toutes ces années de gymnastique, vous avez fait beaucoup plus que m'apprendre à tenir en équilibre. Un coach, c'est aussi un instructeur de vie. Alors merci.

Sebastien. Professeur ninja, partenaire d'escalade, aventurier, et surtout coach en motivation. Qui me rappelle que « l'autoroute » est là. Je suis heureuse de t'avoir dans ma vie.

Nina, parce qu'une meilleure amie, c'est aussi une confidente et une âme sœur qui te tire vers le haut en toutes circonstances. Tu es la meilleure coloc' du monde.

Un énorme merci à toute l'équipe Didier Jeunesse. Merci à Mélanie et Marie, mon duo choc d'éditrices qui a fait preuve d'une patience et d'une bienveillance remarquables alors que la période « post Koh-Lanta » n'était pas du tout propice aux corrections et à la réflexion. Je ne serais jamais allée au bout de ce manuscrit sans vous et votre soutien. Merci à Camille, Sonia, Lauriane, Olivia, Éléonore, Oriane. Vous êtes mes héroïnes !

Papa, dont les compétences en course à pied rivalisent avec celles d'Atalante (oui, oui, c'est possible), Clovis, Victor, Olympe, Maman.

Merci à toute la promo Koh-Lanta 2024 qui ne m'a pas DU TOUT aidée dans l'écriture de ce bouquin mais avec qui j'ai eu la chance de vivre une aventure incroyable qui m'inspirera, j'en suis sûre, un tas de belles histoires : Ugo, Marie, Gustin, Maxim, Sarah, Maud, Alexandre, Ari, Cécile, Frédéric, Fabrice, Thibault, Sophia, Charlotte, Ilyesse, Jacques, Cécile, Lola, Emmanuelle, Nathanaël, Mélissa, Michel, Vanessa.

C. L.

BIOGRAPHIE

Cassandre Lambert

© Myriam Lagarde

CASSANDRE LAMBERT est née en 2000 et a grandi dans la campagne lyonnaise dans une famille nombreuse. Ancienne étudiante à la faculté de droit, elle aime relever les défis sportifs et pratique la gymnastique en compétition depuis l'âge de dix ans. Fan de comédies musicales, d'Audrey Hepburn et des romans de Pierre Bottero, elle est aussi bookstagrameuse sous le pseudo @Cassyneverland. Aussi loin qu'elle s'en souvienne, elle a toujours écrit ! C'est durant de longues nuits blanches à la fin du lycée qu'est né son premier roman, *L'Antidote mortel*. Un roman écrit « juste pour s'amuser », jusqu'au jour où sa mère lui a dit : « Cassandre, tu as beaucoup de talent… Tu ne voudrais pas l'envoyer à un éditeur, t'as peut-être une chance ? »

Trois personnages, et trois destins aussi liés qu'opposés. Au bout de leur route périlleuse, il faudra que justice soit rendue.

L'autrice équilibre suspense, rebondissements et courses-poursuites, maniant ironie dramatique et cliffhangers avec maestria.

Citrouille

La plume est fluide, la narration ensorcelante.

L'Amour des livres

À 20 ans, Cassandre Lambert cartonne avec un premier roman.

Le Progrès

CELLE QUE JE CHERCHAIS
Cassandre Lambert
noah armelle
Noah a 18 ans, un physique d'asperge
et (absolument) aucune aptitude sociale.
Alors, la rentrée à la fac de droit, il la sent mal :
crouler sous les devoirs, galérer financièrement,
boire des litres de café et ne pas réussir
à s'intégrer, il n'envisage rien d'autre.
Jusqu'à Armelle. Insaisissable, lunatique
et fêtarde, elle est tout ce qu'il n'est pas.
Sauf qu'il en tombe irrémédiablement amoureux...

© Laure Ngo

© Sébastien Pelon

Pour Lucile et Salomé,
l'été ne s'annonce pas aussi bleu que le ciel.
Ce sont sûrement leurs dernières vacances dans la maison familiale, et Colombe, la troisième cousine, brille par son absence. Même avec les amis d'enfance, tout a changé. Les sentiments et les rancoeurs compliquent ce qui semblait si simple auparavant. Mais le pire, c'est peut-être ce silence, cette impossibilité de se parler, de se comprendre.
Le poids des souvenirs et des secrets sera-t-il trop lourd à porter pour surmonter leur souffrance ?

TRISTAN KOËGEL

© Louise Billyard

Pablo et Mayssane. Mayssane et Pablo.
Quand on est amis depuis l'enfance,
on s'imagine qu'on le restera pour toute la vie.
Quand on a ce lien si pur, cette capacité à s'évader...
Quand on a appris à jouer aux pirates,
que la vie n'est que rêves et fous rires...
Et puis, tout d'un coup, la maladie s'en mêle.
Il faudra apprendre à danser sur les toits.

NANCY GUILBERT
SWEET HOME
DJ ROMANS DIDIER JEUNESSE

13, rue de l'Odéon
75006 Paris
www.didier-jeunesse.com
Illustration de couverture : Célia Bourdet
Graphisme de couverture : Nicolas Caminade
Graphisme des bonus : Éléonore Joubaire
Composition, mise en pages et photogravure : IGS-CP (16)
ISBN : 978-2-278-12886-0 • Dépôt légal : 2886/01

Loi nº 49-956 du 16 juillet 1949 sur les publications destinées à la jeunesse

Achevé d'imprimer en Italie, en octobre 2024, sur les presses de Grafica Veneta, Trebaseleghe.

IMPRIM'VERT

PAPIER CERTIFIÉ